拉贝先生

何建明 著

作家出版社

作者简介：

　　何建明，著名作家。现任中国作家协会副主席、书记处书记，中华文学基金会理事长，中国报告文学学会会长。全国政协委员，全国劳动模范。代表作：《南京大屠杀》《国家》《忠诚与背叛》《根本利益》《国家行动》《中国高考报告》《落泪是金》《永远的红树林》等。

约翰·拉贝与夫人多拉·拉贝的结婚照

西门子公司南京办事处

日军轰炸南京期间，约翰·拉贝站在他亲自设计的防空洞洞口。洞口布告的文字为：西门子中国公司南京办事处　办公时间：上午9时至11时

拉贝在院子里撑起一面巨大的纳粹党党旗，以防止日本人的轰炸

约翰·拉贝同事韩湘林的签名照

战后，约翰·拉贝的全家合影
前排左一：拉贝女儿格蕾特尔·施莱格尔夫人
　左二：格蕾特尔的二女儿古德隆
　左三：拉贝夫人多拉
　左四：约翰·拉贝
后排左一：格蕾特尔的大女儿乌尔苏拉
　左二：格蕾特尔的丈夫施莱格尔先生

约翰·拉贝摄于1950年

安放在南京大屠杀遇难同胞纪念馆里的约翰•拉贝墓碑

1996年《纽约时报》刊登的关于拉贝的报道，题目是《南京浩劫：一名拯救他人性命的纳粹分子》

目录

七十多年前，日本侵略军在南京实施了一次灭绝人性的大屠杀，其总人次超过三十万人，称为"南京大屠杀"事件，被列为第二次世界大战"三大惨剧"之一而载入人类史册。对于这场罕见的大杀戮，无论是我方还是敌方——日军，以及第三方的国际社会，有一个人是绕不开的，这就是德国人约翰·拉贝先生。

　　这位德国船长的儿子，在六十多年前的1950年1月5日因中风去世，离世时的年龄并不大，六十七岁。拉贝先生在中国南京市民中有很大影响，而世界对这位在二战中建立不朽功勋的人知之甚少，我以为跟他纳粹的身份有关。希特勒领导的纳粹党给人类造成了巨大灾难，但拉贝却在中国人民的心目中具有崇高的声望和美誉。

　　2014年夏秋之交的一天，我来到南京广州路小粉桥1号拉贝当年租用的故居，在这位伟大的国际友人塑像前，深深地鞠了三个躬。当我抚摸这位已经远离我们的德国友人的头像时，心情久久难以平静——因为我和所有中国人都知道，假如当年没有拉贝和他领导与组织的"安全区"，日军在南京大屠杀造成的中国人死亡数字绝不止现在的三十万人……

关于纳粹的他

认识拉贝先生，我们可以逆时进行——

1945年，当伟大的苏联红军占领法西斯老巢——希特勒的所在地德国柏林时，对所有德国纳粹分子进行最严厉的惩罚和清洗。有人向苏联红军报告：约翰·拉贝也是纳粹分子。于是此时仍在柏林西门子当普通办事员的拉贝先生被红军逮捕。

审讯是严格的。审讯的目的是为了清算希特勒为代表的纳粹分子的所有罪行与党余残孽，但拉贝获得比任何纳粹分子都要好的命运——他被无罪释放。

苏联红军的理由是：你是一个对反法西斯斗争作出特殊贡献的德国公民，你在日本法西斯残酷统治下保护了中国南京数以万计的平民。

拉贝由此重新获得了一般德国人很少能获得的工作机会。1945年苏联红军和盟军占领下的柏林，一片废墟，几乎见不到一座像样的房子。西门子公司作为纳粹制造战争工具之一的企业也不例外地被红军和盟军的将士们作为清洗和报复的对象之一。然而，为了给同样受难的德国人民有一个生存的机会和可能，红军与盟军还是保留了这家"百年老店"。这样，一部分没有参与纳粹战争的工人和市民被留在了工作岗位，拉贝可能是唯一有纳粹身份而重新获得工作的有特殊贡献的德国人，西门子公司以极大的热情保留了他的工作岗位。

西门子所在地位于柏林西北区，属于英国军政府接管。

德国重建工作极其繁重，可以重用的德国人对苏联红军和盟军来说，并不太好找，而拉贝这样的人便成了英国人比较放心的少数德国人之一，他被英国人雇用为首席翻译。但由于重建德国中所遇到的一个特别难解的问题，即到底谁是最危险的人，德国内部也出现了巨大的困惑，因为战后的德国人彻底放弃了任何与战争相关的欲念，纳粹和希特勒分子都必须接受清洗和惩罚，所有政府部门和重要企业，一律不得有纳粹思想和纳粹背景的人参加工作，更不用说到重要工作岗位。于是意见不一，拉贝最后还是被英国人解雇了。

出于对拉贝的尊敬和照顾，他提前退休后仍会在西门子公司做些零工。据熟悉拉贝的人讲，拉贝回到德国后的日子非常艰难，全家六口人没有任何收入，就像他在南京所负责的二十来万难民一样，有上顿没下顿，可谓饥寒交迫。为此中国方面后来曾设法帮助这位"活菩萨"，可是远水救不了近火，拉贝晚年的心境与生活都极糟糕。

心境不好和生活困难等多重压力下，拉贝突然中风不起，最后不治身亡。即使这样，他也算是体面地离开了人世，相比其他德国人战前战后的命运，他还属于有尊严地闭上了眼睛——德意志人非常讲究这一点。

拉贝是1938年4月5日回到西门子公司的总部柏林的。之后的十余年时间里，他一直生活在柏林，但日子并不好过。原因有两个：一是他因揭露日本法西斯在南京的暴行而受到希特勒政府的多次迫害；二是战后他又因为纳粹党员的身份，被非纳粹化的新德意志社会歧视，饱受生活艰辛加心理压抑双重之苦。

拉贝是个信仰和行为具有双重性的德国人。他并没有背叛自己的国家，甚至没有背叛他心目中的国家理想主义，对纳粹党领导下的国家也保持了独立的作为一个德国人的那份坚定，因而他必然遭受来自敌方和自己国家内部的双重挤压，压抑的辛苦导致了他失去身体上的最后支撑。

在拉贝回国之前，正值德国法西斯与日本法西斯、意大利法西斯同盟轴心国家联手对付世界和平的白热化国际环境时。1938年2月23日，在柏林总部的西门子公司显然受到了来自纳粹政府的重压，给身在中国南京的拉贝发出回国的指令。

拉贝在这之前的三个多月时间里，经历了南京大屠杀的全过程。但这也是他人生中最杰出、最伟大、最闪光的一段经历，他由此成为中国人民永远怀念的好朋友和国际爱好和平人士心中的英雄。

在南京的日子里，拉贝是个圣人，我们中国百姓称他是"活菩萨"。但拉贝毕竟是个德国人。德国人的性格不允许他彻底背叛自己的民族与信仰。作为人的拉贝，他的善良、正义和爱心，使他成为伟大人物，在异国他乡拥有千千万万拥护者，每年朝圣他的纪念雕像（当年拉贝居住过的南京大学校园内的房子前）；而作为德国人，他具有受当时德国社会、政治文化及民族影响所带来的心理和信仰上的缺陷——并不能简单地认为这是他个人政治品质与人格上的问题，但这确实是导致他晚年悲剧命运的主要因素。

拉贝确实是个纳粹党员，可历史已经告诉我们：不是所有纳粹党员都一定是坏人，就像当年中国大革命时期许多中国共产党人加入国民党一样，拉贝加入纳粹党一方面是出于他对自己国家在上世纪30年代初希特勒刚上台时所推行的政策的本质没有认识清楚，身为西门子公司海外职员的他，以其德国人严谨而有些古板的民族意识，恪守着要"为国家服务"的信仰，同时还因为有个特殊的原因，促使拉贝在并不了解国内政治和希特勒到底是何许人也的情况下，于1934年3月1日在南京加入了国社党（即后来的纳粹党）。

这一年，已经在中国工作了二十多年的拉贝，为响应和配合德国政府与中国政府之间建立良好关系的政策（事实上蒋介石的国民政府与当时的德国政府关系一直不一般，在南京大屠杀前后，蒋介石身边的军事顾问基本上都是德国军人，而与日军决战的中国军队的重兵器和精良武器，基本也是德国人卖给中国的），因此拉贝作为西门子公司在中国首都的负责人，他在南京创办了一所德国学校，这学校主要是让在南京和中国其他地方的德国人子女有读书的场所。身为中国地区的德国学校理事长，拉贝在海外办学，必须得到国内当局和执政党——希特勒的国社党的批准，这样才有可能申请政府给予的教学经费。

拉贝在这种情形下加入了纳粹党。

国社党的全称为国家社会主义工人党，如此名称由长期在海外工作、对国内情况基本不太了解的拉贝看来，这是一个工人阶级的政党，而且拉贝也看过许多作为这个党的领袖希特勒的讲话，这样一位正直的德国人完全相信了他的主观判断：国社党是代表工人阶级利益的，领袖希特勒是"好人"。拉贝的入党与对纳粹党的信仰便是如此，简单而直接。法国历史学家克莱斯勒女士，在其研究"纳粹主义在中国"的过程中，证实了像拉贝这样的人并非是因为真正信仰和崇拜希特勒而在远离本土时加入纳粹组织的。根据克莱斯勒女士的调查，在当时的中国，几乎每一个德国人办的学校的理事会里，都有一个国社党的党员在代表德国国社党行使领导职权。这位专家因此认为："一位德国的外交官、记者或者是国家企业在国外的代表，是很难避免不加入国家社会主义工人党的。"（克莱斯勒《在中国的纳粹党员名单》第27页，1998年版）

应该承认，拉贝先生对自己是国家社会主义工人党的身份颇为看重，并且在如何维护"党"的形象的某种信仰问题上具有自觉意识。正如他在1937年9月21日的日记中写的那样："在我的潜意识里终究还有一个最重要的，不是重要的，对我是理所当然的原因，使我坚持留在了这里。我是一名德国国家社会主义工人党党员，是有职务的，甚至当过短时间的地区小组副组长。"从这段话中可以看出，拉贝看重自己的党员身份，其内心也存在着一种必须维护"党的荣誉"的自觉意识。

拉贝一生有三十年时间在中国，期间有两次回国经历，但时间都很短。对国内的情况和国家社会主义工人党及希特勒到底是什么样，其实根本不清楚，加入纳粹或者仅仅出于对国家和工人阶级的特殊感情所种植于头脑中的那份自我酝酿的"爱国心"而已。

从拉贝加入纳粹党开始到他生命的最后时刻，都显示出他对这个其实并不了解的党的认识和天真的信仰。远在东方的拉贝，他对自己国家内部的事和他所加入的党的了解仅仅是靠一些从上海转到南京的英文报刊上获得的极其有限的零星文章。这些文章和新闻中的内容，多数是希特勒在上台初期时蒙骗德国人民的东西，当然这样的东西也蒙骗了远在东方的拉贝这样的海外德国人。拉贝从心底对自己加入的党和希特勒怀有特别天真的态度，这可以从他日记中看出——

是的——

我们是劳动者的士兵，

我们是工人们的政府，

我们是工人们的朋友，

我们不会抛弃困境中的工人（穷人）。

这是拉贝日记中所写的诗句。像所有德国人一样，拉贝富有革命的激情，他对自己成为工人阶级的"先进分子"——国家社会主义工人党党员怀有崇高和神圣感。也正是这份"崇高和神圣感"，使得他终究没能认识到纳粹的本质。因此拉贝在离开南京之后所做的一系列揭露日本侵略者在中国的暴行后所受的种种"背水"命运，连他自己都弄不明白到底是怎么回事。

首先是回国之前，拉贝在上海举行了第一场记者招待会。这场招待会上，拉贝首次在公开场合把日军占领南京后的暴行公之于世，且是以他极其有力的所见所闻形式进行的。这对让全世界认识日本侵略者的真面目起到了其他人所不能代替的作用。

拉贝始终认为这是他作为一个"有良心的和有责任感的"德国社会主义工人党党员必须做的事。事实上，拉贝到上海做的这次揭露日本侵略军暴行的行动也得到了包括当时德国驻中国大使的赞赏。一般来说，拉贝对别人的赞美并不沾沾自喜，从他的日记里面所写的这段文字中可以看出他是一个十分质朴、忠厚、谦逊和纯粹的德国人：

现在，我已在上海舒适而暖和地（像树与树皮之间的一条蠕虫）坐着，觉得很像是"胜利部队进入柏林后的吹牛家"。每个人都相信我是一位英雄，这使人十分难堪。因为我看不出自己身上或者在内心有什么堪称英雄的东西。每当有人唱起赞歌时，我就会一再想起一首美丽的诗歌。这首诗歌是说有一个汉堡少年，他救了一个快要淹死的伙伴的生命。晚上被救者父亲去拜访他（他已经躺在床上），感谢他救了他儿子的命，他说："救了命？嗯，没有的事！"满不高兴地又翻身去睡了。（见《拉贝日记》第699页，江苏教育出版社，1999年版）

他的朋友也几乎一致这样认为，拉贝是一个"质朴的人，只要能做一个正派的汉堡商人他就已经心满意足了"。"他乐于助人，谦逊可亲，充满理智，诙谐幽默。这后一点尤其体现在艰难困苦的时期，他总有办法让自己心平气和地与别人达成共识。他从不高高在上，而是相处随和。"当然，拉贝也像其他德国人一样，"虽然谦逊，但有时也会表现出一点儿虚荣心，例如身着燕尾服，胸前别各种奖章，在柏林名摄影师的镜头前摆弄姿势表情"。这样评价拉贝的人是拉贝的德国朋友埃尔温·维克特。

"质朴忠厚，以仁爱之心待人，工作严谨而热情，富于强烈的同情心"，这些典型的德国人的优点使拉贝受到朋友们的一致赞赏和信任。维克特说："拉贝在中国生活了近三十年，他的家乡与其说是德国，不如说是中国。他属于那种富有传奇色彩的老中国通，说一口纯粹的英语，但不会说中国话，和中国人打交道却用洋泾浜英语。"洋泾浜是上海的一个地名，那里有外国人在中国的租界地。拉贝他"用中国人的思维方式进行思维，理解中国人，而且欣赏和热爱中国人"。这也是后来拉贝为什么在日本军队残暴对待中国公民时能够挺身而出保护他们的重要原因。

拉贝在中国看不惯太多富人欺负穷人、强者欺负弱者的事，所以他在偶尔回到自己的国家时，也十分反感这样的行为。

1930年，拉贝回到柏林时在街头看到西门子公司工人上街罢工时，有军队用机枪架在街头镇压，令他极其愤怒：

……我对家乡的政治局势一无所知，因此也就看不出个所以然。后来我才明白，当时德国的实际情况比我自己感觉的要糟糕得多。我的左边是施泰因广场音乐厅，里面是帝国国防军；我的右边是乌兰德大街的跑马场，里面驻扎的是共产党人。到了晚上，双方交火对射，我只好和家人从卧室跑出来，在走廊上过夜。柏林的日子很不舒服，那一段时间正好是总罢工，技术救援组织到处出动，填不饱肚子的女大学生沦为娼妓，歌剧演唱家图几个施舍任人包唱，投机商囤积居奇造成商品短缺，买荤油要凭票，西门子内部甚至还有专买皮靴后跟的票券。我是该领的票都领了。布伦德尔是我西门子的同事，也是我的朋友，他有一次告诉我，城里有个地方可以买到各种豆子，价格便宜。我买了两大袋豌豆想带回家，但偏巧赶上下雨，一路上又没有有轨电车，慢慢地袋子被雨泡软了。结果到家的时候，豌豆只剩下了一半。我是一点也不适合于在柏林生活！

在电车上，一个姑娘饿昏过去了，我把我的食物分给了她一部分。在那个人人日子都不好过的困难时期，还有一件事情在我的脑海里一直记忆犹新，西门子在上海办事处的会计布朗先生回国休假，邀请我和布伦德尔，还有其他几个朋友一块儿去波茨坦广场旁边的普绍酒馆喝杯啤酒，就酒吃的是他从老家巴伐利亚带来的小吃——白面包、香肠和黄油。当时在旁边有一个八岁左右的小姑娘，用围裙捧着火柴，每盒要一个马克。我们酒足饭饱之后，布朗把剩下来的食物全部送给了这个小姑娘。小姑娘突然大声哭了起来，将围裙里的火柴全部抛撒在地上，如获至宝地捧着食物奔向正在门口等候的母亲。我们的啤酒顿时索然无味了。

当我得到消息，可以重新回到中国发挥我原有的作用时，我不禁轻舒了一口气，我想别人不会为此而责怪我吧。（见《拉贝日记》江苏教育出版社，第709页）

事实上，长期在海外的德国人拉贝，其思想和意识里，已经对自己的国家根本没有多少了解了，曾有的一点儿的印象也纯粹是内心的某种虚幻的理想主义色彩。正是基于这一点，故1938年初，刚刚经历人世间罕见的日军在南京暴行的拉贝，他的意愿如同他在南京大屠杀期间拯救中国难民的强烈心愿一样，是让全世界了解日本法西斯所犯的罪行。而这也注定了他对同为法西斯的希特勒德国从渐渐失去崇拜与幻想、到彻底决裂的命运。

拉贝天真地以为他在中国南京的善行和义举可以在自己的国家获得同等待遇。他肯定是想错了。

　　不过，起初并非如此。因为1938年的德国和希特勒还保持着很多假象，与中国的关系仍处在"半热恋"状态。读者也应当清楚一个时间点：这时的德国法西斯还是比较隐蔽的，而它跟日本、意大利成为法西斯轴心国是两年多之后的1940年。这阶段的希特勒，不仅蒙骗了像拉贝这样质朴而单纯的德国人，连斯大林、罗斯福、丘吉尔这样老练的政治家都被他蒙骗了。

　　说离开南京后的拉贝对希特勒怀有信任感就断定他骨子里有纳粹血脉是不客观的，也是不公正的。

　　1938年4月15日，经历近一个月的海上旅程，拉贝与妻子一起回到了自己国家的首都——柏林。

　　毫无疑问，此时的拉贝已经是除日本国之外全世界都公认的英雄，报纸上的宣传和他在上海、香港等地举行的几场公开揭露日军在南京的血腥暴行的活动震惊了国际社会，而他在南京的义举也受到世界爱好和平人士的普遍赞扬。

　　离开中国时，中国政府授予他一枚蓝白红绶带玉石勋章。德国外交部也授予了他一枚红十字功勋章。

　　回到德国后的拉贝，忙于到处作报告，介绍和揭露日军在南京大屠杀过程中他的"国际安全区"内所发生的真相。这些报告会引起了德国朝野的巨大反响，甚至让德国军方都十分感兴趣。5月25日，拉贝被邀请到国防部作报告，反响仍然很好。德国军人最感兴趣的是拉贝带回的由友人约翰·马吉先生拍摄的日军士兵在南京施暴的影片，拉贝后来明白了他的国家的军人们原来已经悄悄地视法西斯军队的日本侵略军为自己的"榜样"了。

很快，拉贝就收到了纳粹党大区党部负责人的口讯：你不能再到处作报告了。

为什么？拉贝不解。

你的报告内容涉及影响到我们与日本国的关系问题。人家这样告诉他。

拉贝沉默了，也开始痛苦。

"先生的经历和这些珍贵的影片资料，应该让元首了解和知道。这也是你的责任。"这时有人向拉贝建议。

"确实我应该这样做了。"拉贝觉得自己在这个时候回到德国，能够有机会亲自向"元首"汇报中国正在发生的事的真相，就是他的使命。之后的时间里，他在充分作了准备后，于1938年6月8日将平时作报告的文稿，寄给了希特勒，并且还附了一封信：

元首：

我在中国的大多数朋友都认为，迄今为止还没有一份完整的有关南京真实情况的报告面呈给您。

在此附上的是我所作报告的文稿，其目的不是为了公开发表，而是为了履行我对身在中国的朋友们许下的诺言，即向您通报南京的中国平民遭受的苦难。

如果您能让我知晓，此份文稿已面呈给您，我的使命也就此完成。

在此期间，我已被告知，不得再作此类报告以及展示相关的照片。我将谨遵此项规定，因为我并无意和德国的政策以及德国当局唱反调。

我保证坚定地追随并忠实于您。

拉贝

然而，事与愿违。正当拉贝一心期待有"元首"带给他的好消息时，一天，他的家里来了几个盖世太保，告诉他："你被捕了!"

两名盖世太保官员搜寻了他的家，并且带走了拉贝的六本日记本和约翰·马吉的影片资料。

在警察局里，拉贝被审问了好几个小时。

我有罪吗? 拉贝非常生气。

从此以后你要保持沉默，不许作报告、不准出书、不准违反一个党员的纪律和责任。在此前提下，我们会马上释放你。先生能保证吗? 盖世太保盯住他的眼睛问。

拉贝沉默片刻，点点头。

就这样，他被释放回家。四个月后，他被扣的日记还给了他，马吉送给拉贝的影片资料则被永久地扣留（这套极其珍贵的关于南京大屠杀的影片资料在战后被发现并成为今天证明日军犯罪的有力证据之一）。此后的他，直到柏林解放，一直在他自己的纳粹党监视下过着不自由的生活，远在南京的中国人和"国际安全区"的朋友们所期待的他回到金陵城的希望彻底破灭。

一直到去世，拉贝没有离开他其实并不熟悉的自己的国家。

好人当"主席"

现在，我们要讲拉贝跟日军南京大屠杀相关的事了。

一个德国人，原本与中国和日本之间的战争可以是无关的，而且当时的情况下他完全可以置身于外，然而拉贝没有。正是他这个"没有"，成全了他作为一个德国人、一个在别人看来不可思议的人生辉煌：一个纳粹，做了世界上一般人做不到的事——他和他的同事在日军屠刀下救了数以万计的中国人。

这自然得从1937年日军占领南京前后拉贝担任南京"国际安全区"主席这个角色说起。

当这个"主席"，对拉贝来说完全没有想到，因为在日军与中国军队在上海打大仗时，拉贝和其他在南京的德国人几乎都在忙着作撤离南京的准备，只是拉贝是西门子公司在南京的负责人，他手头的事太多，加上南京城当时太乱，到底走还是不走，他所在公司还拿不准主意。作为西门子公司，更多的是关心他们的生意及留在中国的财产在日军占领后还能不能保住，或者说得更远一点，就是当日本占领南京后，他们西门子是否还可以留下来做中国的生意。这对当时的西门子和像拉贝这样忠于职守的生意人来说是第一位的。

也许除了犹太人，德国人也是世界上做生意最认真最能干的一个民族群体。拉贝本人就是这样一个德国人。

1882年出生在汉堡的拉贝，早年丧父，初中毕业后就当学徒，后来到了非洲的莫桑比克的一家英国公司，在那里他学会了一口流利的英语。1908年，他踏上了前往中国之路，从此在中国一干就是三十年。他和妻子也是在北京认识的，两个孩子皆在中国出生。来中国之后的第三年，拉贝成了西门子公司的代理。第一次世界大战期间，中国在相关国家的压力下，曾向德国宣战，即使如此，拉贝还是留在中国。"他很有策略地让中国官员相信，战争期间继续由他来经营西门子驻北京代表处不仅符合他们自己的利益，而且也符合中国的利益。在中国，要做到这一点并非容易。"拉贝的朋友这样评价他。

但是一战开始的两年后，中国在英国的压力下，仍然把拉贝等德国人挤出了中国生意场。不过拉贝本事不小，一年后他又重新上路，回到了中国，为西门子开辟中国市场立下汗马功劳。1931年他担任西门子驻中国首都南京办事处经理。西门子在南京的业务主要是为这个东方帝国的首都开设电话业务和几个发电厂等，拉贝的工作非常有起色，公司总部对他的业务开拓充分肯定。但对拉贝来说，如果不是后来发生的事，恐怕他一辈子也仅仅是西门子公司内部的一名优秀的驻外代表而已，世界上不会有多少人知道他的名字。

日本侵略中国，进攻南京，让拉贝变成了另外一个人，他的经商才能、统筹能力、领导才干、为人的优秀品质，在一场大屠杀背景下获得了彻底的释放，并且放射无限光芒而从此让世人瞩目与怀念。

我们的笔下也因此有了拉贝这个人。

一直有人将拉贝比作拯救了数以千计犹太人的辛德勒先生，这有一定道理。但在我看来，拉贝或许更加伟大和了不起，因为拉贝是作为一个生活在中国的外国人，他又是以公开的纳粹身份在与日军周旋的情况下，拯救了二十余万苦难的南京市民，而且拉贝根本不知道他这样做其实随时都有可能受到自己同胞的检举和告密。"拉贝当时完全没有意识到自己所做的一切是违背德国利益的，因而处境危险。"他的另一位德国友人这样说。

拉贝的壮举比辛德勒先生的壮举要早好几年，毫无疑问他救的人数远远超过了辛德勒救的一千二百余位犹太人。我认为拉贝更杰出和伟大之处，是在于他用完整的方式记录了日军南京大屠杀的种种罪行，这是他的另一个历史贡献。"在当时的情况下，拉贝竟然还能安排出时间来记日记，简直不可思议。"德国同行们一致称赞他这一点。

南京人说拉贝是个好人自然不用说。而拉贝的朋友们在南京大屠杀出现之前早已这么说他了。

道德、正义、爱心、仁慈、热情……我看到拉贝的友人几乎用共同的词汇来形容和描写他的品质。我们中国人认为，一个人的品行，全在于他平时的养成。拉贝能在日军施暴时挺身而出保护中国人，这与他身上长期养成的正义感有直接关系。他的好友埃尔温·维克特这样说："拉贝1908年离开德国的时候，还是威廉二世皇帝统治时期。1919年他短期回国，此时德意志帝国已处在共和国时期，但动荡的局势还没有平定下来，在汉堡，他看见一个人被暴徒殴打倒地，他的性格驱使他上前把那人扶了起来，结果他也遭到了殴打。在柏林，西门子工人上街罢工的时候，他看见街上架起了机关枪。于是从那时起他开始记日记，久而久之成了他的一个嗜好。"

从看不惯，到以记日记的形式控诉不公正和任何暴行，让拉贝从一个精神公正者，成为行动正义者。

拉贝在中国的三十年里，仅两次回国，且时间也很短，但即使如此，他对假期里回国所看到的街头不平，仍十分敏感和愤怒。在得知要很快离开故乡、重回中国的消息后，拉贝又如此爱憎分明道："当我得到消息，可以重新回到中国发挥我原有的作用时，我不禁轻舒了一口气，我想别人不会为此而责怪我吧。"

多么诚实、天真与可爱的德国商人！

应该说，在中国做生意的日子里，德国人以他们先进的技术和严谨的作风及诚实的信誉，受到当地人欢迎——政府、军方和市民对德国颇有好感，这一点德国人自己有深切的体会。

然而，上世纪30年代后的中国，所有的事情都被另一个国家干扰与打乱了，这个国家自然是日本。

拉贝这时一家人都在中国的首都南京。1937年夏天，素有火炉之称的南京实在让人难以忍受。拉贝的妻子在6月底就到了北戴河。那时有钱人和外国商人已经把北戴河当作消夏好去处。"七七事变"发生，拉贝他们认为"这起发生在北方的小小的事件会在当地加予调停解决的"（《拉贝日记》第4页）。因此他在不久之后便向公司请假，搭乘轮船到了秦皇岛，去与妻子一同度假。

"我亲爱的乌鸦，你总算来啦！"妻子搂着丈夫，一边亲吻一边用手指刮着丈夫高高的鼻子说，"瞧瞧，工作又把你弄瘦了！"

"这不，我现在可以安心与你休养一段时间了吗？"拉贝回敬妻子一个热烈的吻。

"乌鸦"一词在德语里与"拉贝"是同一词，所以妻子和朋友常把拉贝称为乌鸦。

　　美丽的蓝色海湾幽静而浪漫，似乎感受不到此时中国北方的京津和南方的上海正在进行的中日激战的气氛。但显然人们在议论中还是十分紧张和担忧。

　　"上海快要保不住了！"

　　"上海保不住，南京还能生存吗？"

　　拉贝的耳边每天都是这样的声音，这让他心境很不爽。"我必须要回南京了！"8月28日夜幕下，拉贝告别妻子，登上南去的火车，十五小时后到达天津。

　　这时的天津，已是日军占领区，到处都是逃难的中国人。夹在难民中的拉贝，开始感受到了日军的侵略给中国人民带来的凄惨景象："只要火车一停下来，乞讨民众的凄惨的哀求声就从各个窗口传进来。"

　　平时只需要四十来小时就能从北戴河到南京的路程，这回拉贝整整用了十天半的时间。

　　9月7日，拉贝回到公司经理办公室，看到一堆信件，其中有德国驻中国使馆寄来的，也有朋友寄来的，甚至还有南京政府防空委员会发布的防空警报注意事项等。

　　"拉贝先生，我们要走了。你也该离开这个鬼地方了！再不走，弄不好日本人的炸弹就会扔到我们头上。"公司的同事都在忙着打包，或准备回国，或搬到其他地方。他们告诉自己的头儿：前天，日本的飞机扔炸弹，其中有一颗就离他们的公司所在地一百多米远。"几个中国人炸死了！"同事们用夸张的手势对拉贝说。

　　"呜、呜、呜——"就在说话时，防空警报响起。"快快，拉贝先生，快到防空洞里去！"已经吃过几次日军飞机轰炸之苦的同事们，似乎已经很有经验了，他们一听到警报声，拉起拉贝就往公司院内的一个防空洞跑。

在跑进防空洞的那一瞬间，拉贝发现：自己公司院子的地上，撑着一面约六米多宽、三米高的德国国社党党旗，那个纳粹符号"卐"异常醒目。

"管用吗？"拉贝问同事。

"管用。"同事们有些骄傲地回答道，"美国和英国人都非常羡慕我们，说只有你们德国现在跟日本关系好，其他国家就难免不被日本飞机扔炸弹了。"

拉贝凝视了一会儿旗中央的那个黑色"卐"字，会心一笑，因为他想到了一件事：假如日军有一天进了南京城，或许这是个极好的挡箭牌。

防空洞很拥挤，三十多个人在里面几乎是鼻子挨着鼻子，而且里面积了许多水。这可不像是我们德国人干的活！拉贝借蹲在洞内的几小时时间，细细地观察了这个在他到北戴河时同事们挖的防空洞，觉得它水平低了些，"应该按照战争准备。"拉贝对所有事情都非常严谨。

回南京的第一夜，拉贝其实没有睡多少觉，他辗转难眠，主要是在想：时下公司上下都闹着要回国或搬到比较安全的汉口，但真要一走，公司和洋行的财产比如房子等等怎么办？都丢下不管了？不能。我是一个"正派的汉堡商人"，而且我身边有那么多中国雇员，他们都是华北人，他们的家已经被日本人占领去了。"先生如果不走，我们坚决跟着你留在南京！"中国雇员的话令拉贝感动万分。"在这种情况下，我能走吗？"这里是有个道德问题的。拉贝在责问自己。

责问的结果是：必须留下来，让别人走吧，我拉贝不能走，至少不能这样轻易就走了。

还有一个最后的、不是不重要的、但对我显得是理所当然的原因：我是一名德国纳粹党党员呢！拉贝的心底里闪了一个在他意识里"特别崇高"的理由。（见《拉贝日记——9月21日》）

我们社会主义工人党党员应该做什么？就是永远不放弃困境中的工人和穷人嘛！在拉贝的心目中，他加入的德国纳粹党就是这样一个为工人和劳苦大众的党。

"今天在善待了我三十年之久的我的东道主的国家遭遇到了严重的困难，富人们逃走了，穷人们不得不留下来，他们不知道该到哪里去，他们没有钱逃走，他们不是正面临着被集体屠杀的危险吗？我们难道不应该想法帮助他们吗？至少救救一些人吧？假如这些都是我们自己的同胞呢？"德国驻华大使馆派人来催促拉贝走，"今天再不走，我们就很难保证先生的安全了。"大使馆的人这么说，拉贝听了就生气。

"那就请先生自便吧。"大使馆的人无奈地摇摇头。

"韩，再带几个人，我们一起把防空洞重新整修一下。"第二天一早，送走一批回国和撤离的同事后，拉贝叫上中国雇员韩湘琳等人，钻进防空洞，又是排水，又是加固，一直忙到下午。

"除了准备吃的食品外，还要尽可能地多找些药品来。到我家里搬药品去。"拉贝俨然成了一名指挥官。他带人从自己家里搬走了全部药品，还有防止毒气的浸醋绷带。

"小鬼子怎么今天就不来扔炸弹了啊？"忙碌了一天的几个中国雇员望着天空，觉得奇怪。

拉贝也在寻忖。他打开收音机，一听便明白了：上海那边在下雨。

"今天他们不会来了。"拉贝对大伙儿说。

"你怎么知道的?"中国雇员们问拉贝。

"那边有雨，飞机起不来。"

原来如此。中国雇员心目中的拉贝就是了不起，干啥事都比一般人聪明和有办法，关键是他心眼好。

"可我是近视呀！而且这里——"拉贝指指自己的腹部，说，"还有糖尿病!"他对中国人说他"心眼好"半知半解，于是幽默道。

"先生不仅心眼好，而且还境界高。"对韩湘琳的这句话，拉贝更有些糊涂了。

"亲爱的韩，你到底是在骂我呢还是在夸我?"

韩笑了。一天，他俩路过夫子庙，韩对拉贝说："我说你心眼好，又有境界，就等于说你像我们伟大的老祖宗孔子一样!"

这回拉贝脸红了，很不好意思地说："我跟孔圣人差九万九千里远！我要永远向他学习，他是真正的道德楷模。"

9月22日这一天，拉贝第一次真切地感受到了日本战机轰炸南京的威力和给在南京居住的所有人造成的心理伤害。这一天，日军战机从上午10点30分开始，一直轰炸到下午2点30分左右，拉贝感觉那几个小时里，地动天摇，二十八个人待在狭窄的防空洞里，除了他和来此做客的一名叫克莱因施罗特的外国人外，所有其他的中国人在防空洞内一声不哼，吓得甚至连气都不敢出。

不日，拉贝到鼓楼医院看一位病人，见到了著名美国医生罗伯特·威尔逊先生，俩人讲起日军轰炸南京的事，愤愤不平。威尔逊说，你拉贝先生前些日子不在南京而有所不知，日本人做事非常不讲道德，用飞机炸死炸伤了无数无辜中国平民。拉贝说，我要向全世界控诉日本人的罪行，威尔逊先生你是医生，最有发言权，希望你能提供些证据给我。威尔逊说，我天天在医院救助被日军飞机炸伤的人，我在日记里把每天的事都记着，如果你认为有用，我可以复制部分内容给先生。

"太好了！我求之不得！"拉贝高兴地拥抱威尔逊。到底后来拉贝看到了威尔逊的多少日记内容，我们不得而知，但在1992年南京鼓楼医院建院一百周年时，有一位名叫加登英成的日本人向医院赠送了一本完整的威尔逊在南京工作时的厚厚的《威尔逊日记》复印件和录像带，而现在这份最早存于美国耶鲁大学档案馆的《威尔逊日记》复印件，则在中国第二档案馆保存着。

罗伯特·威尔逊先生当年冒着生命危险，从一个医生的角度，详尽记录了日军从8月13日至南京陷落之后期间几个月里，他所经历的有关大轰炸之下，他和他的同事们如何避免轰炸及给伤病员治疗的经历，在此原汁原味地摘选部分相关内容供我们一窥日军制造的一件件残暴事实——

8月15日：

我希望上星期的信有点档次，但人们会有理由怀疑它。我从这封信开始用日记体书信的形式，时不时地增加一点东西，直到我们会经历的那一时刻。

今天我们真的吓了一跳，我们当中的每一个人都经历了第一次空袭。它或许不会是最后一次。我正从Socony Hill往下走去看两位病人，碰巧有机会听到了来自上海的英语广播，详细介绍了发生在那儿的战斗，我稍后详述。在我回去的路上，我注意到人们在他们的房前聚集成一块，向北边的天空张望。那些不靠近房子的都跑着寻找隐蔽处。我开的福特车噪音太大了，我没有听到警报声，但显然它已经在城市的不同角落响了几分钟了。

回到家时，用人们中间有些骚动，马乔里为我回来而感到欣喜，但她一点也没有惊慌。警报器响了，不一会儿我们听到北边有射击声，然后就是飞机的噪声。它们几乎是直奔我们房顶而来，飞得很低是因为楼顶很矮，我们周围都被打中了。大约三百码之外的司法部里机枪伸出了窗外。军政部长何应钦就住在几百码之外，从声音判断，我估计他的住地配备了防空武器。

我们不太肯定是否听到了炸弹的爆炸声。至少没有一个落在我们附近。警报器警告了我们，而且当我们听到飞机马达的时候，我们走向了地下室，在那儿我们是安全的，除非炸弹直接落在我们的房子上。下午，警报重复了好几次，有一次两架飞机几乎直直地从我们头顶飞过。然而到这个时候，中国飞机早已上天，日本人被赶走了。谣言说，有二到四架飞机被击落。

过了一会儿，传来消息说，日军轰炸了中央医院附近的商用机场。没提到军用机场。有一个受伤的人被送进了金大医院，他被飞机上的机枪击中了。他当时靠近清凉山的水库。中央医院也打来电话说，他们也收救了几个来自机场的伤员，正嘀咕着看我们是否有病房能容下他们。

我们医院是按照紧急事态组织管理的。两天以来，我一直忙于解决住院病人的问题，那些不能走的就在底层给一张床，而能走的就放在靠上的楼层，希望他们听到警报时，能自己走下来。我随后打了电话，看看我能为医院做什么事，但系统运转得很好，无需我离开马乔里和伊丽莎白。陈医生的家在外地，西奥多·徐医生是单身汉，这样他们就可以直接负责而无需心挂两头。我们讨论了搬进医院的话题，但目前我们仍计划待在这里。它的长处在于我们头顶上有三层水泥板，即使受到直接的攻击，除了毒气，我们也相对安全。

刚才通过电话，传来另一个消息，在空袭中看到了八架日本飞机，至少有五架被高射炮击落。按照这个比例，我们不应如此恐惧，但听上去有点太好了，都不像是真的了。

可能你们从上海方面得到的消息要比我们得到的更精确。我们得到的是来自中国报纸的一面之词，总是过分乐观，时常也夹杂着来自上海广播电台的内容。我希望能有一台收音机。上星期我写了发生在虹桥机场的事件。最终的结果是整个日本海军第三舰队鱼贯进入吴淞口。四十名战斗人员，加上他们在上海采取的高压手段，是略微过分了些，中国人决定打开门户。昨天一整天中国飞机都在轰炸日本军舰。几艘老旧的内河蒸汽船被沉入江底以阻断日舰的退路。在第一轮轰炸中，日本飞机的相当一部分航空油储备被化为灰烬，许多弹药也被摧毁了。日本人在外滩的公共租界架设了高射炮。中国当局严正警告说，除非马上撤走它们，否则中国飞机就要轰炸。

今天稍晚时候有报道说，也许是另一个野路子的谣言，日本人已经被赶出上海了。明天又将是新的一天，我们要看看有什么等待着我们。

8月16日：

富兰克林的生日。许多人高兴地回来了。我上次的讲话就好像是刚说的似的。明天又将是新的一天，只不过它是昨天。6:15我们就被警报弄醒了，我们穿着睡袍就跳起来了。警报系统现在已经全面启动了，因此第一个信号就意味着已经看见飞机了。下一个用一系列哀号声表示的信号，意思是飞机已经接近了，该进入掩蔽所了。第二个信号出现后，任何人都不允许在街上走动，这儿看上去就像一座久已荒废的城池。只要空袭在进行，下面就是绝对的安静，除非一架日本飞机正在头顶，在这种情况下，就会从任何人似乎都没看见的地方传来机枪和防空火力的射击声。第三个信号是一个拖长的音，代表空袭已经结束，街道上就奇迹般出现了满满的人。

这种程序昨天重复了五次。早上我是在第一和第二次空袭之间的当口去医院的。日本飞机第一次空袭时没有到达城市。第二次警报响时，我们刚刚做一个相当小的手术，注射了脊髓麻醉剂。我们将病人和辎重转移到X光室，那儿有两层水泥板在我们头顶上。日本飞机冲破防线，投下了一些炸弹，有一个落得不是太远（离我们的房子大约三百码），把马乔里第一次弄得有点紧张。我们做完手术后，准备结束一天的工作回家，正当打完电话发现一切都好的时候，第三次空袭开始了，我们又忐忑不安地躲了两个半小时，直到解除警报声响起。这下把时间都弄到2点后了，我终于能够回家了。这一次没投下炸弹，我们逐渐了解更多事实的真相，即我们的飞机在日本飞机还没到达城市时就和它们遭遇了，与它们战成一团。我们还没吃完晚饭，第四次空袭又来了。似乎每一次防御都组织得很好。在第一次空袭警报响过后，透过楼上的窗户，我们可以看见中国飞机三三两两地从通济门外东南方向的机场起飞，通常是往北飞，有时非常近地从我们头顶掠过。然后，在一段不确定的时间之后，它们又以近乎相似的队形飞回来，盘旋一会儿，再停在机坪上。

就在这次袭击期间，马克斯先生打来电话说，美国大使馆已经劝告所有的妇女儿童前往牯岭或汉口，他们已经预定了"吴淞"号上的二十五个舱位（不是卧铺），这是太古洋行（Butterfield and Swire）的船，将于午夜起航。我们和柏睿德一家沟通了一下，又给豪尔·帕克斯顿打了电话，他是使馆二秘，负责将侨民撤退出去。马乔里不是非常想走，因为我们看上去相对比较安全，但使馆的请求多少有点命令的意思，所以我们就开始打包了。柏睿德一家也决定走。我们计划在8:00左右到大使馆集合。于是乎我们就把时间分成一会儿打包，一会儿听防范日机的警报，一会儿看中国飞机盘旋，到了5:30，又拉警报了，一直弄到了大概8:10。我刚给豪尔打完电话请求指示，得到的答复是等最后一次警报一响，就马上去大使馆，当它真响的时候，我们赶紧前往大使馆。

由于无数次地钻地下室，伊丽莎白有点缺觉，但在汽车行驶中，她睡得很安静。"吴淞"号大副朝她看了几眼，就把我们领进他自己的卧舱了。其他人都围着船长和船员的舱房在甲板上睡觉。剩下能站的地方都只挤满了中国人。马乔里和伊丽莎白的生活必需品都放在了一个Corey（不知其意）和一个衣箱里，现在有特里默一家在牯岭，又有一些老牌的中国通在船上，包括马乔里去年秋天曾在燕京见过的鲁尔先生，我感觉她会受到很好的照顾。她毫不气馁，就像特洛伊人一样有毅力，我希望下一个词就会说她在牯岭一切平安。我最后说的问题之一是要落实好8月21日到公墓的旅行。

我们的保姆获准带着她的小儿子一起走，她出去时，高兴极了。给我留下了一个替代的厨师和一个替代的苦力，他们都是南京人，可能是城里最冷静、最泰然自若而又最无忧无虑的人。我们回来时靠使馆的通行证帮了忙。柏睿德前天突患严重的肠疾，我已经对他进行了治疗。他终于有了决定性的好转，能够帮着安排他的家人离开。我开着他的车，我们的duffle车在他和使馆车的中间。丹尼尔把我们送他的野营吊床留在了船上，让大副睡在上面。我在午夜过后不久就回到了死寂的家中，睡了几小时觉。

我们下船时，听说了不少新鲜事。有一离开的家庭是兰开斯特母亲和女儿。我以前可能提到过她们。他（兰开斯特）受雇于中国政府，工作地点位于通济门外的大校军用机场。他所提供的周五和周六空战的数字应当是可信的，也几乎大得难以想象。（我指的是周六和周日）看起来，这儿的中国人配备了最新型的美国战斗机，有大口径的机枪，能对击中的任何东西造成大的损害。参加这些空袭的日本飞机都是德国容克型，配备了较小的机枪。中国飞行员这两天实际击落二十六架日本轰炸机，而自己的损失仅仅只有三架。在第二次空袭中，有些日本飞机突破了防线，在飞机场丢下了一颗炸弹，摧毁了三架，一共是六架。实际上，在整个南京和附近地区，没有造成其他的损失。在日本飞行员身上和他们的飞机里，发现了地图，上面标有大约四十个轰炸目标。上面的数字不一定完全准确，但给人的印象是中国人是准备有所作为的。兰开斯特说的数字是毫无疑问的，中国人不公开它们是怕老百姓变得过于自负而放松了警惕。日本人是不会轻易放弃的，这些空袭只不过是表明他们今后想怎么做，不管怎样他们也要把丢掉的面子找回来……

8月17日：

今天只有两次空袭打扰了我们的平静。第二次的时候又让我在手术室赶上：这回是给一个三十岁的年轻妇女做结肠开口术，她的直肠癌几乎要闭合其肠道末端，已不能手术。我多希望几个月前能看到她！癌肿已经侵入她的子宫、一个输卵管并附着在骶骨上。手术将缓解非常痛苦的梗阻，但不能随后就将瘤体除去。我们没有费多大事就离开了手术室，大约十五分钟后，第二次的信号来了，只有这次不是代表危险的尖啸，一声长长的胜利信号说明敌机压根就没有迫近城市。

刚吃过午饭，警报又响了，我们每天中午开始执行吃中餐的新制度。我和厨师、苦力看着飞机一架接一架地从西南方起飞往北边飞去。代表危险的信号响起时，我们没看见任何日本飞机，大约3点差十五分时，最后的号音响起，宣告它们又一次被击退了。我们的飞机继续盘旋了大约半小时。回到医院时，我发现门诊业已停止了。但似乎有许多事要做。我的病室里收进了一名飞行员。他只有一点擦伤，包括眼睑上的一个伤口需要缝合。我们向他保证不出几天他就会非常健康，很快又能重上蓝天。他是战斗机飞行员。

现在是晚11:00了，我们的飞机到现在还没飞回来。在过去的四次空袭中，没一架日本飞机曾到达城市上空，如果他们的死亡率仍是周六周日那么高的话，他们轰炸南京的企图就支撑不下去了。中国人的脸色已经从周日的相当忧郁变得满是希望，而且恢复了信心。

上海的消息不是那么鼓舞人心，但即便如此中国人也取得一定的进展。他们轰炸机的使用产生了强烈的效果。相当一部分，大约二十架左右被击落了，但确实将日本强大的舰艇编队逐出了吴淞河道。一艘船，一艘战舰的确被击沉了，他们的旗舰也严重受损，不得不拖走。另一艘舰艇也退出战斗序列。随着他们主要的援助力量被击退，日本人在地面的进攻也受阻，今天他们的司令部被中国军队占领。他们在长江口外数英里处有一艘巨大的航母。四面都有战舰护卫，几乎不可能从空中接近它。昨天，由一名姓丁的估计是中国空军王牌飞行员带队，率二十六架轰炸机组成的中队，试图对其发起攻击。

昨晚陈医生被叫去见蒋夫人，因为她手指上有一感染。他不得不在军官会议期间给她治疗。这些军官脸上也洋溢着同样的变化。委员长情绪高昂，内心的镇定开始取代以往几周的煎熬，残酷的困境袭扰着他，是要一个失去尊严、失去主权国家地位的和平，还是要一场战争，在他看来中国尚未做好足够的准备，而且他有可能将其苦心经营经年之久的一切毁于一旦。与日本相比，中国更适于一场持久的战争，除非他的空军都打完了。那时，日本人就会有计划地对中国境内每一重要目标展开大规模轰炸。今天他们第一次使用了毒气弹，结果尚未得知。它的地点在海宁，我甚至都不知道它在哪儿。从目前情况看，似乎不能太指望日本空军会第一个屈服，如果那样的话，会加速停战的脚步，因为中国人没有更多的念头，只想按照目前发展的势头继续发展。

但回到陈医生在委员长那儿听到的丁上校的故事。看起来他，丁，得到的命令是此次打航母的行动，不成功便成仁。他率领着二十六架轰炸机，从南京起飞，避开了上海，直奔海上，不一会儿他们就看到了围在航母周边的日本军舰。航母周边组成了极佳的防空火力，构筑了稳固的防护，使得想要靠近航母都是不可能的。丁随即下令他的人马返回南京，而非牺牲他们所有的飞机（以及生命），他自己则留在那里盘旋、找机会。他们返航时在扬州遇上日本飞机，打下了两架。他们在那儿降落，然后打电话请示，但没得到肯定的指示要他们回到指挥官那儿去。他们发现他仍在火炮范围以外盘旋。但防空火力太强，他们根本无法渗透，只好返航。在靖江，丁上校本人又击落两架日机，随后二十六架飞机全部安然回到南京。考虑到他们击落了四架日机，军方原谅了他们没有攻击航母的错误，但直觉告诉我，我们今后还会听到更多有关这艘航母的消息。

今天还报道了一个真正的英雄伟业。一个年轻的飞机射击手在和日机激烈交战中，打下了两架。突然他的飞机似乎运行异常，让他惊愕的是他看见自己的飞行员被击中了。他爬出自己的座舱，来到飞行员的座舱，他发现飞行员已经死了。因为没有两个人的空间，所以他把死人绑在自己脖颈后，将飞机平安飞回南京。

昨天晚上，马克斯一家收听了一日本广播电台用英语播报的新闻。日本人似乎将请求英国人、法国人和美国人来逼迫中国人停止与其争斗。

在北方，中国人正在包围天津。日本人极力想夺取南口。迄今为止，他们未能得手，而且损失了五千名士兵和四十多辆坦克。我不知道中国人在那儿损失了多少，但由于他们的装备比之对手而言要差许多，那么几率就是损失惨重。然而，因为处于防守的位置，他们的损失也可能不是太大。

海因兹小姐再也不当和平主义者了，而是和我们一样全身心地投入到为中国人服务之中了。上帝的意志必须完成，但我们不得不希望和祈祷我们能把所看到的一切进步不让一个强权来毁灭，对我们而言它至少也应当是本人的再生。

8月20日：

周三的缓解并没有持续多久。我还没有写完，警报就又一次拉响了，我们沉默了两个小时，只听见无数的飞机俯冲声。月亮很好，但我们实际上看不到飞机，有人告诉我，他们在空中可以不费力地看见对方。显然，日本人没有到达城市上空，因为没丢下炸弹。在最后的警报响起表示空袭结束之前（空袭从午夜持续到凌晨2点），我已经在床上睡着了，正如前面所说，我已经把床搬到了起居室，这样躲进地下室会方便些。

昨天早上一切都很平静，我们度过了相对正常的一天，查房、手术、干其他琐事。我比平时早些回家吃午饭，大约在12:15正吃的时候，警报又响了。这次日本飞机冷不防地潜入了城市。当它们大批进来的时候，我们已早有防范，但这次警报刚响，一架小飞机就开始俯冲了。一共只有两架飞机，它们丢下了不少燃烧弹，其中一枚落在我们房子的南面一英里，引着的火烧了大约十五分钟。它不久就被扑灭了。

直到差一刻3点，我们才解除警报，我赶往医院，发现门诊有不少病人。一个年轻的飞行员有点轻度失调。他的神情非常之忧郁。昨天的乐观情绪业已开始沉浸在沮丧加剧、灾难将临的气氛中。他说，尽管围绕着南京，中国人在得分上相对要优于日本人，但在上海地区情况不是这样。日本在那儿的高射炮对中国飞机造成了大灾难，许多最好的飞机已经被击落了。上海市送给蒋总司令做生日礼物的十架飞机都被摧毁了。

柏睿德在下午晚些时候在下关的一家商社里做了两次探访，气氛很紧张，有一种"今晚是大限"的感觉。然后他去了苏联使馆做拜访，那儿也笼罩着同样的氛围。他们都被吓坏了，感到在夜晚结束之前，我们就会听到敌机将采用不同以往的方式前来攻击，而我们对过去的方式早已习以为常了。

当我正在吃晚饭时，警报响了。除了降低了我的一点食欲，它没有任何影响。吃完饭，我和苦力、厨师走出去，上了门廊，去看中国飞机，它们从机场起飞，向西北方向飞去。大约半小时以后，它们回来了，开始降落。时近黄昏，我们洗了淋浴，云彩相当低，有一些条状的蓝天夹杂其间。突然听到了东北方向传来一阵低沉而不祥的嗡嗡声。从我的门廊上，我可以分辨出轰炸机的第一组，一组有三架。然后是另三架，又来第三组三架。它们直奔我们而来，然后开始转向南方。当它们到达离此半英里远的地方时，传来了高射炮精彩的射击声。从何应钦公馆和法务部，射出了如雨的追逐弹和小爆破弹。追逐弹很有意思，你可以看到子弹飞出的方向，能辨出目标是否准确。显然是不准的，因为飞机不停地来。正当我分辨出第三组的飞机时，两次巨大的爆炸震撼了大地，没等到数第四组的三架飞机，我发现爆炸就发生在我的身后，我赶紧躲进了地下室。当马达声减弱后，我又跑出来，发现在离房子半英里远的北边和东边有两堆火正在燃烧。正东的火堆是一个带弹药的军营，一直炸了约十五分钟。

又过了一个小时警报才最终解除，我赶往医院，估摸着会满是伤员。一个人也没来，我和柏睿德、马克斯先生一起到了后者的房子，准备听收音机了解当天的新闻。那儿没电，因为收音机正常工作要接通电源，我们只能借着蜡烛围坐在一起。但这样的喘息没多久，很快警报又拉响了。我们吹灭蜡烛，准备往地下室去，他的地下室有一个水泥顶，我们坐在通往地下室的台阶上等着预告飞机接近的警报声。我们白等了大约四十五分钟，警报又解除了。还是没电，因此我们没有外面的消息。马克斯先生劝我在那儿睡觉，我不太愿意，我们三人做伴感觉好多了。

今天早上，我们发现大约十二人被杀，不少人受伤。这是我的手术日，我也就第一次真正开始战争下的外科手术了。一个脚截肢、一个手指截肢，还有一个非常奇怪的创伤修复。一个约十八九岁的小姑娘看到炸弹落下，背对着爆炸蹲下。她的臀部差不多炸飞了。我们清洗了伤口，等到引发的感染清除后，可以给她做植皮术。一个腿部骨折的男人因内伤而在晚间死去了。

就在给脚截肢的时候，警报器又响了，但我们继续手术，半小时后，警报解除，敌人的飞机未能抵达城市。现在各种报道和流言满天飞。中国报纸说，四架飞机被击落。好几个地方传出的谣言称，我们的飞机有意避战，是给高射炮一个机会，看看它们究竟能做什么。如果真是如此的话，我希望他们不要再给它们下一次机会……

8月21日：

我是借着满月的光亮在写这篇东西的，因为我们正经历着今天的第三次空袭。昨天晚上我写好连载文章后，就去找马克斯先生，在他那儿，我们未受干扰地听了当天的新闻。立场公正的《上海邮报》（Shanghai Post）第一次承认中国军队在上海的各条战线均取得了进展。中国军队已经在日军中央打进了一个楔子，将很大一部分日军孤立起来了。他们用轰炸的方式摧毁了黄浦江边所有的码头，这就使日本人登陆增援变得非常困难。约有四万五千名士兵从日本抵达上海，也就是三个师团，但他们还没能上岸。

今天，一枚日本炸弹落到美国"奥古斯塔"船上，炸死一名美国水手，炸伤十八人。它肯定是从高射炮里打出来的。日本人早已占领了离岸的几个岛作为空军基地，特别是有一个就在长江口和杭州港之间。

我们约在11:30上床睡觉，我的床就是在楼上书房地板上铺张床垫。这是一个美丽的月光之夜，温度也降到华氏七十多度，因此我们这一夜很舒服，直到凌晨4:20。（啊！是解除警报声，现在有电了，所以我能看见我写的了）这时警报响了，我们穿好衣裳，在此后的两小时里目睹了壮丽的日出，随后信号告诉我们空袭结束了。我们后来听说，在约五十英里以外的扬州上空发生了激烈的空战，双方各被击落三架飞机。参战的总数不得而知。但有几架日本飞机到达了下关，遭到了高射炮的猛烈攻击，飞回去了。

回家吃早饭，一切看上去是那么宁静。王在8:00匆匆赶来，我们花了一小时主要看中文报纸，我现在开始能懂得大意了；我们刚开始，第二次警报就响了。我们观察了一会儿，看看有无骚动，然后我们就坐下来研究。就在9:00，好像是给我们发结束研究的信号，解除警报的号声响了起来，恢复了宁静。送来了一名病人，他是前天晚上在轰炸中受伤的。他的体侧被击中，只有一些小的皮外伤，但很快情况就不妙了，更大的问题是他的腹部开始膨胀，我们判断他的某些内脏，可能是肠被炸断了。只要我们能找到什么人为他签字，他马上就可接受手术。这是个不利因素，我们现在在家的超过二十一岁的人没人能为他签字。一个月前我们是不会那样做的，要是打官司，医院就要关门……

最后一次的警报又打扰了我的晚餐，我吃得早是因为如果拉警报，我仍可以在光亮底下吃。空袭持续。

8月22日：

从6点一刻到8点差一刻，很明显日本飞机没能抵达城市。看到医院很平静，我就去了马克斯先生的家，我们收听当天的新闻广播。这天还是多多少少有些远距离的轰击，夹杂着空中的轰炸，但少有进展。中国人宣称的楔子得到了证实，显而易见，他们已经占领了路边码头，将日本人压缩在码头和公共租界之间的区域里，使之狼狈不堪。

中国话说"狼狈"是"lang bei"，来源于两种动物的名字，一种长着短短的前腿、长长的后腿，另一种则是长长的前腿、短短的后腿。这种说法还有一个意思是"阴谋"。精妙的联系留下了想象的空间。

我们能安静地睡觉了，好歹他们还保留着安息日的传统，没发生空袭，现在是下午5:00。外国教堂的祈祷被停止了，我们就待在自己的家里进行祈祷。医院也很平静。

又有四个日本飞行员被俘获了，加上中央医院的三个病号，城里一共有七个。其中一个中国话说得不错，他的故事很有趣。如你所知，日本人有一种对截肢的恐惧。只要他们身上的一些部位没被割掉，他们对死亡就很少有畏惧。即使少一只耳朵或一个手指头也包含在这种恐惧里，据我所知，这是建立在灵魂转世的神道信仰上的。可能佛是有责任的。似乎如果他们身体的任何部分被切掉的话，他们就不能通过地球上的另一个人再生了。这些飞行员说，在日本，人们坚信所有在华的日本居民都被有计划地屠戮和断肢了。当他们被击落后，他们认为也会如此下场。说此故事的人和他的同伴被一些中国农民抓住后，又给吃、又给睡，直到他们被移交给当局后，也得到了很好的照顾，他们无比惊讶。如果他们的境遇在家信中提及的话，我们确信，军事审查当局会将这些删得干干净净。电台报道昨晚五十艘日本运输船在天津下锚，运来了士兵、军火和给养。五十艘运输船能运载相当规模的军队。另外，相同规模的、连续的兵员运输也从满洲经山海关滚滚而来。电台还说，尽管他们费劲地抓了整整一个星期，他们也没能拿下南口要塞。相反，中国人似乎在长城北边取得了进展，打进了热河省，既构成了切断日军后路的威胁又拉长了战线，而这是有利于中国的。

再过一周我们就会知道风向如何了。迄今为止，除了日本人最初进军河北占领了北平和天津，他们在各个方面都落下风。中国人到这时还没有确定除了保卫自己，究竟他们想达到什么目的。他们现在的思路是能撑多久就打多久，我们都希望他们能比日本人坚持得久些。当然，制空权是非常受关注的事情。有没有足够的飞机和飞行员去继续战斗是个大问题：迄今他们表现优异。在南京这儿的战斗机是美国的柯蒂斯飞鹰型，速度达每小时三百英里，有强大的机枪火力。昨天有一次拉警报时，我数了一下，我们一次就上去了十架飞机，其他我看不见但听到的声音表明有更多的飞机在盘旋。

有几个人因当奸细而被抓起来了。其中一个是离我们很近的最大商店的业主，他刚开了一家现代家具店，看上去不像第五大道的至少也跟百老汇的相似，前天最严重的空袭中，当日本轰炸机飞近时，他在他的新店屋顶上发绿色和红色信号，结果被抓住了，另一个在太平路上的富商也被抓了。这儿的许多人认为，日本人对内地城市的轰炸与日本人所设想的效果正相反。中国人非但没有陷入混乱的境地，而是认识到上海和北方的战事不是一个孤立的事件，整个国家都卷进去了，因此这个国家变得比以往更紧密地团结起来了。

这座城市现在已是人烟稀少了，除了那些非常穷的、无处可去的，还有就是有官方身份的人。有意思的是，1932年，麻烦的苗头刚冒出来，国民政府就迁到了洛阳，而这次形势要比1932年险恶多了，却毫无迁出南京的迹象。我的厨师在街上很难找到东西买，他实际买的东西要花十分昂贵的价钱。他准备早上在早饭前出去买东西，要是他遇上了空袭，我就要自己弄饭吃……

8月25日：
昨晚的空袭来得较早，从7:55开始到8:50结束。最恼人的是，上海的广播从10:10调整到了8:10，因此我们全都错过了，只好借助于谣言和中国的报纸。它是比较严重的一次空袭，但今天我们没发现有什么特别的破坏。几晚之前，中国飞机没有升空应战，而是想给高射炮一个机会。但昨晚他们上天了，还打下了两架日机，一架冒着火降落在城外，另一架就我们所知仍只是一声爆炸。

报道显示，日军已经在战舰的掩护下成功登陆吴淞。很难说它是否会改变当前的局势。我们焦急地等待着进一步的报道。中国人在上海的胜利或失败将对未来事态影响巨大。如果日本人在那儿得手，他们就可能在北方也这么做，那么中国就要吞下这颗苦药。中国人在上海的胜利将给他们以巨大的精神支持，我确信会给他们以足够的激励，从而获得完全的胜利并将日本人彻底赶出中国。

今天下午下了阵雨，随后出现了美丽的双彩虹。几架中国飞机在天空翱翔仿佛在和彩虹嬉戏。一周以来，大道格拉斯运输机突然第一次出现，预示着商业飞行仍少许在进行。

今天我也腾出时间来整理了个大包，里面装满了马乔里的东西，希望不久有人去的时候捎上。还没等他们有机会下来，那儿的天气可能就会转凉。今天我的中文老师来，一天的工夫我们好好地上了中文课。我有没有提起过我现在的老师大王？他以前是语言学校的功勋教师。和他在一起学习肯定是高兴的，我的中文一定会突飞猛进。

8月26日：

日本人看来是存心不让我们听每天的新闻广播。根据时间表，新闻要在8:10播，到了8:05，警报器宣布了飞机的到来。我们根本没看见飞机的影子，也没听到炸弹声。在第一声警报后，我们的战斗机马上就冲上蓝天。它们正在低空盘旋，这时第二个信号来了，警告日机接近了。每隔几分钟，一架飞机就会飞得离我们很近，我们只好钻进地下室，等噪声远去了，我们又跑出来，欣赏着月光，月亮刚从紫金山顶冒出来，过了满月没几天。天又变热了，白天要华氏九十多度，晚上要华氏八十五度。地下室是全封闭的，非常闷热，我们都愿意在袭击之间跑出来换气。我们觉得能区分中国战斗机和日本轰炸机了，但是当任何一架飞机正在你头顶时，这绝不是世界上最舒服的感觉，我们还是暂时躲进地下室吧……

今天早上，黄上校访问了医院，探望了几名飞行员，我和他简短地谈了话。他去年12月驾机送蒋介石夫人去西安，当时蒋介石被扣押了。黄上校身材高大魁梧，有六英尺四英寸高、二百磅重。他确认了登陆吴淞的报道，但表示最多在四千人左右，而不是日本人宣称的五千人。日军进行某种大规模的作战不是不可能，而且很可能突破中国军队的防线。必须面对这样的不测事件，但我们衷心希望这样的事不会发生。黄是励志会的头儿，它是基督教青年会中为军官专设的组织。

今天海格曼医生从牯岭到了这儿。他见到马乔里了，说她看上去不错。他计划往下游走，去南通看他医院的废墟，但我们会把他留在这里和我们待几天。迪克和麦克伦先生各睡单人床在一间房里，马克斯先生在另一间卧室，我在两间房子中间的书房地板上铺了双人床垫。海格曼可以与我共享地板上的双人床垫。如果夜里空袭来的话，一帮人在一起，肯定会更意气相投……

8月27日：

昨天晚上在我写信时，我统计了一下日记报道的空袭数量。到统计时为止，共有十九次。我们的第二十次昨晚来了。我们听完发生在今天的、相当令人沮丧的新闻报道后，于11:00休息。看来我们必须承认日军已占领了吴淞地区。

最有影响的事件是昨天下午向英国大使开火的事。他开着一辆飘着英国国旗的轿车。这车离上海还有一段距离，这时四架日本飞机出现在了上空，开始攻击该汽车以及同行的另一辆车。在炸弹落空后，它们开始俯冲用机枪向汽车射击。仅有的伤员是英国大使许阁森爵士，他被一发机枪子弹击中受了重伤。他究竟有没有恢复，在收到我写的这个日记前，你自己就会在报纸上看到。

我们刚刚好不容易睡熟，12:00时又被警报声粗暴地吵醒了。这一次我们直到凌晨4:00才回到床上，与此同时，也经历了迄今最严重的轰炸。城里有三块不同的地方燃起了大火，都不太靠近我们。有十二架飞机参加了空袭，两架被打下来了。有一把火将两块宅地上的空房子烧掉了，另一把火在太平路上的一个大商店，第三把火则在二者之间的某个地方。空袭没达到任何目的，只是剥夺了相当疲劳的民众一些急需的睡眠而已。几个苦力被炸死在破屋子里，当时一颗炸弹正落在了屋子外面。

我今天下午在诊所里得到了一个空袭纪念品，是从一位老妇人臀部中取出的。那是一块锯齿状的半径约两英寸的弹片，打进她的臀部皮下有六英寸，就留在那儿了，幸好处理起来还算简单，只需要在金属周围给她上一点奴佛卡因，把它取出来就行了。它看上去是炸弹的一部分：她到医院来回都是走着的。

经过昨晚非常有限的休息，我今天早上就碰上了一个相当有难度的手术，一个男子自早上之前开始就有疝绞痛了。约有八英寸的肠子已有坏疽状了，但还没穿孔，因此在修补了疝气后，我不得不再切开一个口子把坏死的肠子切除，然后完成吻合术。最后一步要在吻合处的上方几英寸放置一个引流管。幸运的是手术期间没有发生空袭。事实上，你也可能注意到了，白天的时候没有空袭，这已有一阵子了。

8月31日：

又要记上两次空袭。第一次是刚写完昨天日记之后不一会儿。天色已近黄昏，第一声警报一响，我就急急忙忙地吃晚饭，好借用这日光。胡斯曼没能赶回来，只好等了一个多小时，直到警报解除的信号出现，他才饿着肚子回家。日本飞机没有到达城市，但十五到二十架中国的战斗机让空中响成一片。

第二次空袭警报短短的，从1:45到2:30，日本人又没能到达城市。它只是让门诊比以往晚开一会儿。美孚Socony地方分部的经理米德先生，每天都来治疗脖子上的疔和许多散发的疖子。他受了不少罪，但现在正快速恢复中。自体菌苗看来发挥了作用。

我提到米德先生的原因是他的家人乘坐的"胡佛"号昨天被中国飞机炸了。他没显得激动是因为今天早上他才听说这件事，他也得知旅客没人受伤。飞机是奉命起飞轰炸一艘日本运输船的。

9月2日：

该船预计在吴淞靠岸。"胡佛"号离灯塔约二十英里，距吴淞七十英里，此时四架中国飞机轰鸣而来，其中一架打开弹仓，丢下一串炮弹。七个船员受伤，三个旅客震昏了过去。船舷上有无数的弹洞，但都不靠近水面，还不是太严重。昨天一个船员死了，但其他的都脱离了危险。中国外交部很快就发出道歉信，并表示承担一切损失。调子完全和日本人轰炸许阁森爵士的反应不同。我们都感觉到这是一起最不幸的事故，中国人对此都心碎了。

昨天是我半休日，大王准点在2:50到达，他和我就着当地报纸细心研究了两个小时的形势。正在上课时，华德太太突然来了。她刚从上海到南京，正要从我们三楼整理一些爱默吉的东西，随她一起往长江上游去。

大约5:00，美国"土土依拉"号上的医生和其助手到了，我和他们一起到炮艇上吃晚餐、看电影。"关岛"号的医生也在城里，他也过来吃晚餐。他认识我的许多医学院同学和朋友，我们的访问很愉快。"土土依拉"号上的斯万森医生有个病人在我医院里，到现在为止我们还没能做出诊断。猛一看可能是疟疾，但九次化验也没能发现疟原虫，通常治疗疟疾的方法也全不奏效，我们暂时颇感为难。

我们在艇上又看了电影，约10:30我上了岸，发现码头空无一人。出租车都没了，出租车经理人说弄不来。公交车在9:00左右就停了。一个落单的人力车夫在附近，提出愿送我走。我们讨价还价了一会儿，最终决定五十分，他开始要价八十分。他是个很友好的小伙子，我们还没到交通部，我就知道了他的过去、他目前和将来的想法以及对生活的态度等私人事务的详情。整个行程花了一小时。一路上，一件相当有趣的事情总是不断地出现。路过的人力车夫总是互相问到哪儿去，付了多少钱。事实是每个经过的车夫都会得到我的车夫的回答，然后就大笑起来，说他走的路只有一半远却收两倍的钱。这没让我不自在，因为我知道由于交通停运，他们会向旅客敲竹杠，但我的车夫已经有点受不住了。最后我给他加了足够的钱让他笑着离开了，恐怕这天他要跟不少人讲这件事。

心怀侥幸，我们记录下难得的例外，已有两天我们没收到报警信号了。我们的估计是日本人正集中其所有的力量在吴淞登陆，准备发动总攻，因此他们认为任何偏离此目标的事情都是不值当的。种种迹象表明今后几天将有大的战斗，它会造就或打破目前的态势。

9月27日：

又有三次警报，总数达四十三次了。做完礼拜，查过房后，警报响了，我第一次去了大使馆。以后我应该常来。大使馆在一座小山丘上，从地下室的顶端，能清晰地看到数英里远的地方。当飞机还有数英里远的时候，我们就能够看到它们，并看到它们靠近。今天早上，它们没有进入市区，但一架接一架地向浦口火车站俯冲，将炸弹倾泻下去。那些有双筒望远镜的可以看到炸弹在落，而我们只能看见它们爆炸。九架飞机俯冲。随后的战报说没有直接命中，损失很小。一到两人死亡，数人受伤。

下一次空袭几乎接踵而至，他们的目标应该是下游的永利化工厂，这是只凭声音判断的，因为他们根本就没在视野中。第三次空袭来时，我正在家中准备吃饭。但他们没能进市区，因此人们都说今天很不错。

中央医院暂时放弃了驻地，就在城外的孤儿院里组成一个军事医院。他们准备照看从上海前线下来的二千名伤员。他们两天前转移到我们医院的病人将从明天早上开始正式由我们接管，这将大大增加我们的责任。多出的病员现在安置在老的大学宿舍，那里过去几年曾是梅格先生的学校。今天下午我们巡查了各式各样的病人，发现许多开放性骨折的病人需要很好地护理。今天早上在我的病区，我看到了第一个"达姆弹"创伤。病员是个从上海前线过来的军官；我们现在越来越多地接收他们了。子弹打进了他的胳膊一侧时洞口非常小，击碎了骨头，穿出去时留下了两英寸大的豁口。他的胳膊还能用的机会很小。我病区另一个病员是在下关打高射炮的，他成功地打下了一架飞机，让它成为一片火海。他的炮管变得太热了，发生了爆炸，炸掉了他三根手指。还伤了一只眼睛，可能会失去它。他还有数不清的小创伤。

今天早上，我在大使馆和一些报社记者谈了话。他们谈到了周六两个新闻电影摄影师的遭遇。当时这两人靠近下关的发电厂，敌机俯冲时，他们捕捉到了燃烧着的飞机摔下去的整个镜头。凭着特殊的直觉，他们迅速赶往中央医院，上到中央医院的顶层真实记录下那两次大爆炸。沈医生想他们肯定被炸死了，飞机一走，就冲了上去，发现他们还在摇动着摄影机呢。似乎还不过瘾，蒋夫人也出现在现场，并允许他们拍她看望医院里的伤员，让他们将所拍摄的片子径直带走。他们被告知，必须在这儿亲自洗印出来，在拿出去之前要经过审查。他们马上就带着片子赶回上海，可能你在收到我这封信之前，就会看到这些片子。蜡烛又有点短缺了。厨师明天打算去为我弄盏煤油灯。他今天下午从芜湖回来了，为他家人救了急。今晚我和格蕾丝·鲍尔及她一大家子中国人一起吃了晚饭。

9月28日：

下午还是有电的，等我晚饭时分刚吃完甜点，电就没了，我现在又点上了蜡烛。可能明天会一直有电。

今天的节目是敌机在中午出现，盘旋了大约两个小时，零零落落地丢了一些炸弹，又飞走了。云层在中间高度，因此它们从云上飞到这儿，一架又一架地俯冲下来，进入人们的视野。也看到了迅疾投入战斗的高射炮，飞机又迅速地爬到云层上去了，我们四架战斗机在第一声警报响起时就起飞了，但和后面过来的十二架到十五架日本飞机保持着距离。

今天我在医院里非常的忙。相当一部分从中央医院转来的病人需要尽快地进行某种外科方面的治疗。我处理了三个手臂严重开放骨折的病人和一个腿部普通骨折的病人。在我就要结束最后一例手术时，警报响了。我回到家，在空袭中吃着晚饭，同时竖着耳朵听飞机是否靠近，时刻警惕着它们飞到头顶上或是太近，以便及时躲到庇护所里。

今天下午会诊后，来了个阑尾炎病人，我们高兴地看到阑尾未穿孔（中央医院转来两个未手术的阑尾穿孔病人）。这个病案中阑尾已因脓液而绷紧，到明天早上毫无疑问会穿孔……

今天又是三封信：一封是来自香港的航空信，谈了……紧张的广东神奇之旅；一封是汉口的布朗写的……；第三封是彼特罗娃给马乔里的信，我不会转给她，因为在她收到此信前很久她就能见到她了。"杰克逊总统"号万岁！我希望这艘船能让马乔里有机会休息一下，也让孩子能回到正常状态中。

我正在读阿里克西斯·卡瑞尔的《未知的人类》，他在书里宣称，人类的科学成就已经远超其道义和精神的进化，现在发生的事情正是绝好的注解，我已看到一半了。

9月29日：

今天多数时间在下雨，这也可能是没有空袭的原因吧。但我还要把遭遇到的第四十四次空袭的后果记下来。我们的一位飞行员在安徽省上空与敌机战斗时被两发机枪子弹击中腹部。他成功地将飞机降落，随后就昏迷了。他们花了十一个小时才把他送到我们医院。我凌晨2点见到他，已经因失血而休克了，非常虚弱。一发子弹打中其右腹，穿过他的肠子，另一发子弹击中其左腹，我还没找到它的位置。它可能还在他身体里。小肠在两个地方被完全切断约二到三英尺，另外那地方有一个圆洞（一个圆环）从他的腹部伤口里突出来。

将其两个完全隔断的肠子之间那部分切去是很容易的，只需做一次吻合术。洞也由缝线缝合起来了，现在我们必须等待，看仁慈的上帝能否让他恢复过来。我会告诉你他的进展情况的。在我今天早上换药时，昨天做阑尾切除术的人在读报纸，所以我想不必为他操心。

拉贝先生 |

今天来了更多的美国邮件，其中有最受欢迎的《读者文摘》和《时代》杂志。另外还有家信，附上了朱琳的和富兰克林的信。家信中提到，看到报纸上说马乔里和伊丽莎白去了牯岭。有三封信是马乔里的朋友写给她的，我不会转给她，因为在她收到信之前很久她就能见到她们了。爸爸妈妈和我们的新侄子海伦、帕特和约翰的快照非常好。自我上次见到帕特，她肯定又长高了。

　　昨天又传来了日军的一个暴行。你此时一定已经看到报道了。中国一个捕鱼船队被完全摧毁了，三百个男女老幼仅剩下十个幸存者。这些人是在香港附近被S.S.Scharnhorst营救的，他们叙说了悲惨的遭遇。按照日本人一再强调的话来说，他们不可能杀非战斗人员，那么他们一定是把捕鱼船队当成中国海军了。

　　中国人在北方将防线撤至准备完善的保定府以南，慢慢地在争夺他们放弃的地盘。在上海，尽管日本人尽心竭力地战斗了六个多星期，他们实际上毫无进展。在中国军队撤出日舰炮火射程之后，除了一些小地方的你争我夺，战线就呈现胶着状态。日军在那儿的毫无作为无疑使他们愈加丧心病狂地对内地狂轰滥炸，显然是在出恶气。

　　城里大部分地区恢复了电力，包括医院，但还没通到我这儿，除了昨天短时间通了一下。但这个小煤油灯不错，比蜡烛强多了，这让我回想起早年在南京的岁月，那时我们还没有电。

　　……

　　拉贝看着威尔逊的日记，越发对日军野蛮轰炸南京的行径生气。"憋气！无论如何，谁发起了战争，谁就是罪人。"一向很有修养的他也开始骂骂咧咧起来。拉贝是个经历过一战的人，知道今天日本人在南京投下的炸弹数量不少。下午第二次空袭警报消除后，拉贝决意要去城里看看到底轰炸的情况如何——他当然更多的是关心德国在这儿的财产损失情况。

坐在小车上的拉贝，看到了城内一团团火焰，于是他就开车往那个方向驶去。

国民党中央党部起火了。

国民政府"中央广播电台"行政大楼和播音室那栋楼起火了……

显然日本飞机有备而来，针对的都是国民政府的要害部门投下炸弹。但令拉贝充满担忧的是，日军的炸弹并不长眼，其中有一颗炸弹就扔在距施罗德博士（一位德国人）家不到二百米的地方。拉贝走过去看了看弹坑，约六米宽、三四米深。"上帝，要是施罗德全家不是在前一天搬到汉口去，能保证不擦破皮、震坏脑袋吗？"望着玻璃窗破碎不堪的朋友家惨状，拉贝想：使馆要求侨民们早日离开南京并非没有道理。

离开施罗德家，走到繁华的中山路大街，拉贝看到距德国驻华大使馆不远也有好几个弹坑。这里的情况似乎还好，没有人员伤亡。但在通向交通学校的那个街道拐弯处的情况就不妙了：一大群人正围在那里，嚷着哭着的都有。拉贝过去一看，一片房子成了废墟，旁边有个巨大的弹坑，许多人在坑内的废墟里刨挖，说是有人压在里面。

"上帝哟！"拉贝看到有好几口棺材放在坑旁，显然有人被炸死了。

女人们在哭泣，一边在咒骂"小日本鬼子"。

"中央党部那边一个炸弹下来，就炸死了八个市民……好惨哪，有个脑袋都不知飞哪儿去了。"拉贝不太会说中文，但能听懂一些基本的中文。

22日的轰炸，令拉贝亲眼看到了战争的残酷，同时也对南京市民多了一份同情心。他觉得自己也是南京市民之一，日本人不该对无辜的市民和城市乱轰炸。

"我们不走！留在南京，看日本他们敢拿我们怎样！"日本人轰炸南京，除了威慑中国国民政府外，还有一份威慑是做给同情和支持中国抗日的英国人和美国人看的。它的这一轰炸，不仅没有达到目的，相反让英国和美国使馆还有法国使馆非常生气，这些国家的大使一致商议：不走了，就留在南京。令拉贝有些兴奋的是他的德国大使也决定暂时留在南京。

"很好，除了谢尔先生走了后我们没有了面包吃外，我并没有因此被日本人的炸弹吓倒。"拉贝对自己的朋友讲，这一天令他高兴的还有他从国民政府资源委员会那儿带回了一张价值一千五百英镑的订单。这个时候还能拿到这样的订单，西门子公司洋行上海总部对拉贝的工作表示极大的赞赏，并且在信上表达了对他在南京的安全的担忧。

"根据该信的意思，我可以采取一切我认为对我个人安全有利的步骤，也包括离开南京。多谢了！信使我感到高兴。但是，假如我留在这里，此刻怎么办理战争保险呢？"拉贝在这一天的日记里道出了自己内心的一份忧虑。

保险意识在西方人的眼里要比我们中国早了七八十年甚

至更长时间。

日本的这次大轰炸，把整个西方世界激怒了。拉贝通过上海朋友的信件和电报，在第二天知晓了当时西方各国政府和世界媒体对日本无视平民和国际法，造成平民和外国在中国的使馆和财产的严重损失——

合众社22日电：

因为日军的轰炸和中国军队高射炮的弹雨，包括七名女性在内的二十名美国人被暴露在危险之中。

尽管美英两国对轰炸平民及私有财产提出抗议，并且法国、德国稍后也进行了交涉，市内人口最集中的地区还是受到了轰炸。其中包括美、意、德、荷的各大使馆或公使馆，以及事实上全部是美国等外国人居住的新住宅区。

首都的三十多个地区中，平均每处落下了三枚炸弹。中国的两大重要铁路——津浦线和京沪线的车也未能幸免。不远处的长江上停泊着美、英、法、意各国军舰。

美国政府对日本在南京城的大轰炸给予了最严厉的抗议，这已经是在短短的几天时间内的第二次正式的强烈抗议。而且在22日日军轰炸南京后，美国国务院不仅立即代表政府向日本提出严正抗议，且马上派驻东京大使到日本外务省提交了美国政府的抗议书。23日的《纽约镜报》报道如下：

国务卿赫尔抗议：轰炸南京是威胁

9月22日，发自华盛顿（国际通讯社INS）：今天，美利坚合众国第二次向日本送达了强硬的抗议通告，对日军向中国首都软弱无力的居民连续进行"不恰当的"空袭提出警告。

这次警告是针对日军昨天晚上对南京进行残酷、毁灭性的轰炸，作为迅速反应而提出的。

……

美利坚合众国让日本强烈记住以下几点：一，美国对给本国国民以及所有非战斗人员的生命带来危险，以及对本国国民发出劝告撤离南京表示"反对"。二，轰炸普通居民地区"是不当的，是违背法律和人道主义原则的"。三，当该市受到全面轰炸时，日本所谓保证不会损害各国国民的生命财产是虚心假意的蒙蔽。四，因日本在南京地区的军事行动而发生的不管什么样的美国人员的伤亡及至财产的损失都应当由日方承担责任。

通告以后日本不要再进行轰炸。在表明"强烈反对"以后，美国政府表明道："衷心希望日本停止对南京及其周围地区的轰炸。"

作为外交惯例，以书面形式正式提出抗议通告要求日方予以正式的回答。

赫尔国务卿还公开发表了美国政府通告正文。其中一部分内容如下：

本政府一直保持这种见解：不论在什么情况下，对从事和平活动的广大地区进行全面的轰炸是非法的，是违背法律和人道的。

尽管一再保证"在实施预定攻击期间，要密切严加注意友好国家的国民生命及其财产"，但是本政府如果根据经验所示则不得不说：在进行空袭时，无论在任何时候，而且在任何地点，不管责任当局如何注意，在保证这些作战地区内的人民生命、财产安全方面都没有奏效。

鉴于南京是中国政府的所在地，在该地美国大使等在美国政府机关执行重要公务这一事实，美国政府会强烈反对作为结果出现一种像强行选择要么放弃美国使馆等工作的本政府机关及其设施，要么置身于极大的危险当中那样的情况。

因此美国政府对于因日军在南京地区的军事行动而产生的损害，为了政府自身以及美国国民，应该保留所有的权利，并应该衷心希望日本不要再对南京及其周围地区进行轰炸。

外交辞令很有讲究，美国政府对日军无视他们在南京的利益和人民安全确实非常愤怒。拉贝则通过西方的媒体也了解了更多关于日军大轰炸更真实的情况。比如《纽约邮报》对9月22日的大轰炸这样记述：

尽管英美两国提出抗议，上海的日本当局仍然宣称，日本从未放弃摧毁中国抗日中心南京的意图。在发表这一声明期间，空袭依然持续。

……

人口超过一百万的南京市民们顿时像发疯一样冲向已准备好的防空洞以及其他掩体，有的人则到小山上躲避。恐惧中的人们拼命地从人口密集地区向四处逃散，街道上呈现着极度混乱的景象。

日军飞机尚未出现，十三名中国年轻飞行员就驾着美制歼击机，伴着隆隆的引擎声飞上天空，朝着西北方向飞去，以迎击敌机。

然而没想到的是，三十至四十架日机突然出现在西南方向一万英尺的空中。日机随即俯冲下来，向政府中枢所在地城南地区投下了雨点般的炸弹。

设置在古城墙边丘陵上的中国军队高射炮立即开火，炮弹在空中形成了名副其实的钢铁飓风。

中国歼击机猛烈冲入日军飞机群。不久，四架冒着火焰坠毁下来。

几乎与此同时，另一支数量相当的日军飞机编队从西北方向集合冲下来，集中轰炸了有名的南京鼓楼地区的住宅区……

记者笔下的大轰炸呈现激烈状态，似乎也很惊心动魄。西方报纸的记者还观察到了另一种现象并提出批评。如《纽约每日新闻》9月22日标题为《美国人被愤怒的南京市民侮辱》。

9月22日，星期天，经上海发自南京（美联社）：今天，仍有少数美国人留在空袭威胁下的首都，当他们向大使馆撤退时，正在不安地等待着日军飞机来临的、愤怒的南京市民对他们进行了多次侮辱……

其实，这一天大轰炸后，美国驻中国使馆的大使等人已经逃到了停泊在长江上的"吕宋"号炮舰上。

然而拉贝则对这样的国际态度和事实真相有自己的看法。他在9月24日的日记中这样说：

"今天下了雨，云层很低。因此我们都高兴地走了出来！"他指的是下雨天，敌机不会来南京轰炸，他们从防空洞里走到了地面上，吸到了新鲜空气。"所有报纸上都刊登了全体欧洲国家及美国对违反国际法空袭南京平民的抗议。日本人对此平静地答复说，他们只是一如既往地轰炸了建筑物或是军事目标，绝对没有伤害南京市民或者是欧洲友好国家侨民的意图。其实根本不是这么一回事！至今绝大部分的炸弹并未命中军事目标，而是落到了平民百姓的头上，而且调查表明，所有平民百姓中最贫穷的人受害最严重。挤满难民的火车和仓库，受到了最猛烈的轰炸……"

"日本人不讲信誉！他们滥杀无辜！可耻！"当晚，拉贝在应邀出席德国大使馆的座谈会上愤怒地控诉了日本人的罪行。但对大使劝他早日离开南京表示了保留意见。

"你应该走，所有留在这里的人都不安全。"大使特劳特曼博士非常耐心地劝拉贝，并且告诉拉贝：德国政府已经向怡和洋行包租了一艘英国轮船"库特沃"号。

"每天一千墨西哥比索，价格尚可。将搭载所有准备离开南京的人逆江而上，到汉口。很安全的。"大使悄悄在拉贝的耳边说道。

拉贝还是摇摇头。

"你太爱中国了，拉贝先生！"特劳特曼博士唉了一声，又道，"那么至少你还有些物品需要送回国吧？"

"这个我需要。我和公司还有不少物品得离开南京，不能留给日本人当作轰炸的目标。"拉贝说。

"商人！真正的德国商人！"特劳特曼博士几分敬佩几分嘲讽地对拉贝说。

拉贝笑道:"我就是一个真正的汉堡商人。"

日本人对美国、英国等国家的严正抗议并没有放在心上,他们照旧轰炸,且越来越厉害。

9月25日,从早上9点开始,连续四个时段拉起了防空警报,拉贝和同事们几乎一天没有出洞,这让他很难受和生气。下午4点多后,他拉上韩湘琳往下关方向走,想到江边看看大使馆给他们德国准备的上船路线和船舶。路上,警报又响起,这让拉贝无法忍受,且吓得不轻。

下关电厂是拉贝一路上看到的日军飞机重点轰炸目标之一,八颗炸弹落在那儿,一个女人和一个孩子被炸死在电厂门口,显然这对母子想躲避轰炸,但还没有来得及跑进防空洞就被日本人炸死了。

"野蛮!最无耻的野蛮行径!"拉贝看着现场的惨状,悲愤无比。

在电厂,拉贝看到几枚炸弹击穿了房顶和配电设备上方的混凝土板。炸弹显然是正好在配电房里爆炸的,因此所有配电设备被炸得粉碎。厂里的办公室也完全变成了废墟,只剩下两根钢筋水泥柱也像一个八十岁的老人弯着腰。西门子公司的职员可都是优秀的工程师,对设备异常敏感。拉贝发现,这些电厂现在基本上彻底被毁,整个机房地板上的玻璃碎片积厚大约有几厘米高,肯定爆炸当时的冲击波十分厉害。

下关电厂是南京主要供电电源,蒋介石对此次日军轰炸电厂给予了高度关注。拉贝作为西门子对该厂的电机供应商,其责任是如何恢复它的发电功能。

"没有电的城市等于进入中世纪的城郭。"拉贝在回来的路上一边叹息一边如此对韩湘琳说。

"哎，电灯亮了呀！"韩突然兴奋地指指城区的街头。

居然有电灯亮起来了！拉贝也觉得奇怪。一打听，原来是浦口铁路照明电厂拉过来的电呀！

"老蒋看来有所备战的。"拉贝觉得中国政府对防日轰炸是蛮下工夫的。毕竟，南京是中国的首都。

"快快，拉贝先生快起床！"半夜，拉贝突然被韩等人叫醒。混乱和仓促之中的他，戴上眼镜后，才听清楚了外面是警报声。

"现在是凌晨2点31分哪！这日本人也太坏了吧！"拉贝看着表，极端生气道。

"别系领带了先生！"中国雇员扶起拉贝就往屋外走。

拉贝这下半夜是穿着睡衣和睡裤进的防空洞，如此穿着不正规，令这位德国绅士很不爽。

第二天，下雨了，下得还不小。

"乌拉！今天是和平的日子！"同事阿霍尔特高兴地过来对拉贝说，"今天我们好好睡一觉吧！"

"对，和平日子为何不享受一下？"拉贝极表同意。"和平日子"——下雨天，南京市民和拉贝他们这些待在南京的外籍人士都太热爱下雨天了。因为这样的天气小日本的飞机是不会来骚扰的。

"我补睡了一觉。美美的，多么高兴！"拉贝在日记中欢呼。

阳光灿烂的日子感到恐惧而得不到舒畅心情，下雨的天气反而欢呼"万岁"，这是侵略者日军给中国人民和像拉贝这样的在华外国人士带来的畸形心态。

钻出地洞的拉贝，小心翼翼地探出头来，然而对德国人和西门子公司利益怀着关切的他，再一次跑到中山路时，又一次震惊了：在德国人开的黑姆佩尔饭店的不远处，与天生药房和远洋办事处的对面，一片中国民房被日军的炸弹夷为平地，房子前面的一个防空洞没有能保住里面的平民们的生命，三十多个男女市民被炸成一团团碎烂的肉团，惨不忍睹。

　　"卑鄙！无耻！屠杀！侵略！"拉贝把能骂出口的愤怒全都倒了出来。他实在不忍看到日本人如此行径。

　　面对日本人的无耻行径，拉贝对中国的热爱与对日本人的蔑视程度似乎都在上升，尤其是对中国和中国雇员的敬佩之心。这一天晚上，西门子洋行上海总部的中国工程师周先生的到来和所说的一番话，令拉贝好一阵感动。周是应国民政府交通部的请示，冒着两边的战火，用了二十六小时的行程才抵达南京的，而平时从上海到南京的火车路程时间也就三四个小时，可见战火下的两地之间仿佛隔着千山万水。

　　周先生代表的是西门子公司的委派，拉贝作为西门子南京方面的负责人，自然要接待好上海派来的同事。

　　"周，南京的炸弹每天都有可能在我们头顶上面爆炸，你来此，你家人不担心呀？"拉贝问。

　　周笑笑，说："我对我妻子说了，万一我遇到不幸，你不要指望西门子洋行，绝不可对西门子洋行提出任何要求，你要回到北方的老家去，和孩子们一起在那里依靠我们自己的薄田为生。我这次出差不仅仅是为了洋行的利益，而首先是为了我的祖国的利益。"

拉贝听完周的话，感动得快要流眼泪。"好样的，周！"他为此热烈地拥抱了周工程师。西门子在中国之所以能够生意越做越大，除了西门子公司有一大批像拉贝这样的优秀职员外，中国雇员对公司的支持和献身精神起了重要作用。而拉贝对周这样的爱国主义者的真诚与无私精神，表示了极大的敬佩之情。

　　留在南京的外籍人士越来越少。德国使馆租借的船，已经在10月3日感恩节这天载着首批离京的人士起航。为了表示庆祝，大使在船上为所有可能出席的在南京的德籍同胞搞了一个船上"感恩节"庆祝活动。拉贝自然也去了，他有一个重要的任务是：请完成任务后回汉口的周工程师带走他记下的十六本日记。

　　"你把这些东西交给德伦克哈恩先生，请他帮助我保管它。"拉贝指着四个箱子，吩咐周。

　　"库特沃"号上的感恩节虽然冒着日机轰炸的危险，但依然开得很浪漫。德国驻华大使特劳特曼博士在庆祝会上发表了讲话，对所有准备离开南京的德籍女士和留在南京的德籍男士们表示了敬意。最后大家一起喝着咖啡，唱着《国旗之歌》，三呼"德意志"和"元首"万岁。

　　"怎么听《国旗之歌》就像听贝多芬的《葬礼进行曲》似的。"拉贝和几个朋友窃窃私语道。可不，因为他们身后的南京城里又在响着一阵阵日军轰炸引发的爆炸响声……

　　接下去的日子，除了指望下雨天外，就是待在防空洞里无聊地默对着自己的同事和雇员。这不是勤奋工作的拉贝，他内心时常出现某种焦虑，但有何办法呢？拉贝在这个时候学会了另一个本领：除了写日记外，他在试着给一个朋友主办的德文版《远东新闻报》写留守南京的特写，并且因为感恩节那天他写的一篇《发自船上的报道》后，引起了德国国内读者的广泛关注而获得好评后，被朋友扯进了该报的"兼职"圈子——《远东新闻报》聘他当"名誉职工"。拉贝是个谦虚的人，换了别人也许很是高兴，他却有些郁闷地回信给这位朋友——胡尔德曼先生，因为这位胡尔德曼先生由于拉贝上一次写的报道而把拉贝抬举成德国人的骄傲之类的"英雄"了。

拉贝有些受不了。他如此回信，并进而在信中说明了他为什么留在南京的时下心态：

尊敬的胡尔德曼先生：

感谢您10月6日的亲切来信。任命我为贵报"名誉职工"是您的一番美意。我深信，我的没有头衔的名片上在名字后面有了"《远东新闻报》（名誉）职工"这几个字一定会十分好看，何况我的英国朋友们十分重视字母多的名片，他们一定会羡慕死的。但是，尊敬的胡尔德曼先生，我担心，您这是自找麻烦。您一点也不了解我！并且，我担心您也有点低估了您的读者。他们自称对此"极端认真"，而我对此却毫不介意。我正是有这个可怕的"才能"，多半能在不恰当的时候，以我的所谓幽默让我周围可爱的人高兴一下。我想在此以我们家人之间的通信方式为例，我的男孩子，二十岁，目前正在德国参加青年义务劳动，他在给我的信中写道："亲爱的父亲！要是你能听到这里收音机里对中国都说些什么（简直令人难以置信！）就好了。报纸的报道还要糟糕，我根本不愿瞧上一眼。此外，我深信你的身体肯定非常好，我决不怀疑！向你致以亲切的问候……"我不会去说什么现在的局势不严峻，目前的局势的确非常严峻，如果有人不承认这一点，那么他的头脑肯定是太简单了。局势不仅严峻，而且会变得更加严峻。那么怎样才能对付目前这种严峻的局势呢？我认为，应当拿出自己的最后一份幽默，对着自己的命运说上一句："对不起，我就留在这里不走了！"天如果整个塌下来，那么大家都知道，所有的麻雀都会死去；如果是一枚炸弹掉下来，而且正巧掉在一只乌鸦的头上，那么死的则只有乌鸦一个，它再也不会去"呱呱"叫了。但是真要到那个时候，我想，扬子江还是会一如既往地尽情流淌。现在我每日的晨祷和晚祷的祈祷词是这样的："亲爱的上帝，请你保佑我的家人和我的幽默，剩下的小事情就由我自己去保佑了。"

现在你们一定想知道我们到这里来是干什么的，目前我们的生活怎么样以及我们是怎样甘于忍受这些轰炸的。

是这样的，我个人是9月初在北戴河休假后，从水路绕道回到这里的，因为我：

一、作为一个德国商行的代表，要在这里代表它的利益。

二、我在这里还有许多放心不下的破旧东西。（尽管有个柏林女士恳切地劝告我：别胡闹！你不该为那些不值五十芬尼的破东西操心！）

三、那好吧，我们问心无愧地承认，我想永远做一个负责的人，不忍心在这样的时刻对洋行的职工、用人及其家属弃之不顾，而是想要全力帮助他们——这本来就是理所当然的！

对第一点还必须指出，我们十分尊敬的中国客户还想不断向我们订货、签订合同，但必须按照下述条件：

支付条件：（一）签订合同时预付百分之五。

（二）我们取得战争胜利后四周再支付百分之九十五。

供货时间：两个月以内运抵南京，送货上门。

保战争险：没有必要。但如果你们愿意投保，我们同意！

这当然不行，我得苦口婆心说服客户！

对第二点还必须说明，那位柏林女士说的是对的。

对第三点来说，首先还要有一个十分安全的防空洞，显然我们并没有。我在这里所见过的防空洞，没有一个是很安全的，但它们看上去全都是防空洞，而这就足够了！

……

可爱的拉贝坦诚地告诉了他祖国的读者和属于他的亲人，比如自己的儿子。

现在我们都知道拉贝是因为建立"国际安全区"而拯救了数万南京市民的生命，其实在日军进城之前，拉贝还有一个重要的贡献，就是曾被南京人称之为"拉贝防空洞"的贡献。

从1937年8月开始，日本人在上海挑起事端并引发"淞沪大战"的三个月里，日军飞机不断开始袭击南京等地，大轰炸让无数无辜的生命逝于炮火之下，而这也是日本人犯下的屠杀之罪。"南京大屠杀"日本人"杀害中国三十万人"，实际上并没有包含在1937年12月13日日军占领南京之前的这几个月的大轰炸中死亡的中国平民的人数。而防空洞几乎就是平民们唯一可以防身保命的设施。但许多民间防御设施的地洞由于百姓不懂如何来筑建，有不少人就在这样的轰炸带来的震荡之中，遭遇了被倒塌的地洞压死的悲惨命运。拉贝发现了这个情况，他是德国工程师出身的专业人士，有德国人做事严谨认真的特点和技术能力超群的本领，他将自己修建坚固耐用的防空洞的经验在民间广泛推广。"拉贝式防空洞"先是在德国同事和驻京外籍使馆人员与传教士中流传开，后又被南京市民甚至部分守城军队及政府部门的小型防空洞建设所采用。这让许多人免于因防空洞的不坚固而丧命或受伤。这个功劳，应当给拉贝记上。

拉贝是这样把自己的这一经验通过信的形式告诉了朋友，而朋友又通过报纸给传播了出去——

人们是怎样建筑防空洞的？如果他有许多钱，就委托一位中国的防空洞建筑师承办一切（自然，首先是因为他本人一窍不通方可选择这一方案），付给他——建筑师五百元至三千元。这样建筑师便可分别按照付款的多少，运来大方木料、厚木板、沙袋、铁轨、陶土水泥管，以及我也不知道是什么的大堆大堆东西，事情就完了。我是自己操办这事的，就是说，我雇用了十名苦力，吩咐他们挖一个深坑（矩形的），一直挖到双脚浸水为止，坑深一点五米时就出现了水。于是，我们在坑底铺一些墙砖和圆木头，然后再铺上地板。地板上必须留一个洞，以便我们能够取到地下水。你们一定听说过怎样降低地下水位，真是简单极了！只要每天放一只桶或是空的食品罐头下去。我们还在墙边竖了几根柱子，支撑住上面的横梁，再把方形厚木板放在上面，然后覆盖泥土，要许多许多泥土和沙，堆成一个约一点五米高的土丘，再把妻子的花盆放在上面，我们称这花盆是伪装，日本飞机就不会识别出下面藏着什么。更使日本人不易察觉的是我们把这个巧妙的地下坑洞建筑在一棵树的底下，树根这时可能就长在它的上面。我们给四周的墙壁蒙上干净的草垫子，开了两个门，一个门供人们进出，一个门专供运送货物。后来还在这两个门外垒了沙袋路障，保护不受炸弹爆炸产生的气浪破坏。

人们都跑到我这个防空洞里来占位子！为什么？我不知道！它有这样的名声：特别牢固。

我在建筑这个"英雄地下室"时，估计最多可坐十二个人。但在建筑好以后发现我大大地估计错了。我们共有三十个人，坐在那里就像罐头里的沙丁鱼一般。所有这些人是从哪里来的呢？十分简单！我的每个勤杂工都有妻子，有孩子，有父亲、母亲、祖父和祖母，如果他没有孩子，就收养一个！（顺便说一下，多么兴旺的业务！）此外，我还得接纳一个邻居和他的家人。他是一个鞋匠，战前我曾对他发过火，因为他把百分之二十的扣头计算在制鞋价格之中。后来突然发现他是我用人的一个亲戚，我能怎么办呢？我让他们都进来了。我不能让自己丢脸呀！我在这个地下室里给自己放了一张办公室的椅子，其他人都蹲坐在低矮的小凳子上。我自己理所当然地也得进入这个防空洞，至少在轰炸离得很近而且很厉害的时候是如此。并且，我坐在里面时，孩子们和女人们会由于看见我也可怜巴巴地坐在里面而感到放心。这时我发觉，我在北戴河下决心尽快地赶回来是对的。

假如现在我这么写，说我一点也不害怕，那我一定是在撒谎。在防空洞开始剧烈震动时，也有一种感觉悄悄爬上我的心头，类似"哎呀，我们要再见了！"在我的防空洞里有一只家用药箱、手提灯、铲子、十字镐和榫凿，但是，坦率地说，当我想到，我们大家有可能都会被埋在这个老鼠洞里时，那些东西并没有给我提供多大的安全感。说真的，是害怕了。可是，为了消除害怕，说几句快活的话，或编造一个笑话，大家跟着笑一笑，炸弹的威力就大大减小了！老实说，只要炸弹没有刚好落到自己的头上，人们逐渐地也习惯了狂轰滥炸。每次轰炸的间隔时，孩子们都迅速地跑出去。这是可以理解的，但你无法想象得出，这时会发生什么事。

夜间轰炸既有弊也有利。第一次警报信号响过几分钟后，电厂拉断了电。领带可以不要，但在这几分钟内我至少必须穿好裤子和皮靴。然后，当我把所有要保护的伙伴安全地藏进地下室后，才可以悄悄地在暗处坐下。继而我经常会摸索着回到我的起居室里去，悄悄地找一张最舒适的椅子，转眼间便睡着了。这是我在孩提时代练就的功夫，那时，只要下雷阵雨，我就常常这么做。

可是（我们的室内生活写得太多了）只要危险一过去，防空洞里的客人们和我之间的家庭式关系自然也就中止了。必须是这样。除去工资以外，必须有一个区别，不至于会失去纪律。

现在再写一点有关这个城市和警报信号的情况：

谁要是在战前即两个月前，熟悉这个重新繁荣起来的南京城；谁要是在当时，特别是中午时分，观察过市中心繁忙的交通情况，如果他听说过大约一百万至一百二十万居民中至少已有八十万人离开了这个城市，那他对现在城里到处是死一般的寂静和几乎空荡荡的街道和广场就不再会感到惊讶了。所有红色的砖瓦屋顶都刷成了黑色，就连整个红砖瓦的住宅区也都刷成了黑颜色。每隔五十米至一百米就有供行人躲避用的防空洞，有些只是上面堆些土的洞，刚好够一个人爬进去。

所有的电影院、大部分旅馆、绝大部分商店和药房都已关闭。有些小手工业者还在半开着的大门和百叶窗后面悄无声息地干活。

一排排的房子之间，可以看到一些缺口，面积大约有六所至十二所房子那么大，这是轰炸造成的破坏。但是事情过后呢，人死了（虽然不是很多，但也够多了），现场清理干净了，于是便几乎不再有人注意这些缺口，事情也就忘记了。

同样也漆成了黑色的公共汽车还在行驶，在中央各部等单位下班时车里挤得满满的，因为政府官员都照样工作，星期天也如此！街上的秩序是无可指摘的。军人、警察和平民纠察队谦和而正确地履行着他们的义务。在两枚炸弹炸开了中山路主干道的碎石路面半个小时后，那些坑洞就已被填补，路面也修复好了。修路时交通一点也没有中断。

没有一个外国人（这里的外国人已经不多，德国人约有十二名妇女和六十名男子）受到过干扰。相反，人们都怀着惊讶的好感注视着我们这些还坚持留在这里的外国人！

警报突然会响起。以前我们用作报时信号的电器汽笛响起了拉长的"呜——"声，这是第一次信号：警告信号。就是说敌机已经起飞，正在飞往南京途中的某个地方。所有的人都赶快奔跑回家，或者奔向附近的防空洞。住得比较远的人就坐人力车赶到安全的地方去。有幸坐在汽车里的人突然发觉，他们的老式小汽车在和平时期时速还跑不到十里，现在却一下子达到十六七里的速度。当我喜形于色地祝贺我的司机取得这个出色的成绩时，他露出一种调皮而尴尬的脸色。看来是我击中了他的唯一致命弱点。

回到家以后，我就派人在大门两边守着，以检查拥进来的人们。邮局和电报局的公务员受到每个人的欢迎，随时都得安置他们。除此之外，凡是与我的家庭没有关系的人，都拒绝入内："真对不起，没有地方。请您别见怪，我们没有多余的位子了。"

抱着婴儿的妇女们受到优先照顾，允许她们坐在防空洞的中间，然后才轮到带着较大孩子的妇女，最后是男人。这是我始终顽固坚持的顺序，它使男人们感到无比惊奇。

几个大胆的男人——管家、用人、司机（他穿着西式服装，必须有相应的举止）以及其他人，还有本人只能暂时留在外面。

第二次信号！一再重复的一长三短的"呜"声，表示敌人正在南京上空。现在全城空荡荡的，一片死寂，无丝毫动静。街道上不时有步行或开着车的哨兵在巡逻，也有城市民众应急队队员。

我们数着敌机的架数，同时为正在追赶它们的中国歼击机感到高兴。在高射炮（防空火炮）开始射击时，肯定有纷纷落下的炮弹碎片，我们便慢慢走进防空洞的入口。轰炸机向下俯冲时，发出巨大的呼啸声，紧接着是一百公斤至五百公斤炸弹猛烈的爆炸声。当炸弹接连不断地落在不远处时，大家都张大着嘴，一声不吭地坐在防空洞里。我们给孩子们和妇女们在耳朵里塞了棉花团。只要稍一平静，就有"英雄"一个接一个地从地下室里走到外面去，想看看周围的情况。每当有一架敌人的轰炸机被高射炮击中后燃烧着摇摇摆摆地栽下来时，中国人就高兴得热烈鼓掌。只有这个滑稽的、让人捉摸不透的"主人"的表现又一次令人不可思议，他一声不吭地抓抓帽子，喃喃地说："别吵，死了三个人！"鞋匠嘀咕道："怎么啦，他们可是想要你的命呀！"

在云层后面，撤退的日机和追击的中国飞机还隆隆地响了好长时间。然后响起了缓和的"呜——"声，警报解除了，危险过去了！大家平静地却是大声地谈论着重去干活。

这段时间确实很有意思！没有谁埋怨无聊。现在已是晚上10时了，警方的戒严时间开始了，街上一切交通都已停止！

德国学校已不再存在（它已关闭），解聘了教学人员，退掉了校舍。孩子们均已乘飞机离去，去了安全的地方。这是过去的事了！但是不要担心，我们一定会再办起来的。

　　　　　　　　　　　　　　　　　老鸹

"老鸹"是德国驻南京领事科德尔先生给拉贝起的诨号，意思是"老拉贝"。

"谢天谢地，我们仍然健康。"

"感谢上帝，我们仍然活着。"

在上海中国军队与日本军队打得越来越激烈的那些日子里，这是南京城里的拉贝和市民们每天都在重复着的同样的两句话。

然而，毕竟南京已经不再安全，尤其是敌机的轰炸，人们的心情已经被彻底地搅乱了。比如10月19日这一天，拉贝甚至非常愤怒了——

开始是凌晨不到2点钟，警报就响起。睡眠中的拉贝刚刚穿上第二只靴子，炸弹就已经落了下来，整个房子都在抖动。

"里贝，你怎么还在睡呀？"拉贝见自己的伙伴躺在那里一动不动。

"呜呜——"第二次警报再度响起。

"喂，里贝！第二次警报了！"一般情况下，当第二次警报响起，意味着更大的轰炸即至。拉贝见里贝还没有动弹，有些生气和着急了。

"是是是，我听到了！听到了！"里贝这回才开始起身，动作依然漫不经心似的。

这一夜，拉贝看到他们西门子舒克尔特厂生产的探照灯大显神威。

走进防空洞，拉贝看着挤得满满当当的洞内就来气了：有个远洋公司的胖家伙，一人占几个人的位子，把身边的妇女和小孩子挤在一边。

"我希望你调整一下。这里的位子本来就不多，你不能一个人占了女士和孩子的三个位子……"拉贝走过去，冲那胖子便说，结果话还没说完，不小心脚底一滑，掉进了洞内的地下水沟，臀部一片湿透。

见鬼！早晨，拉贝从洞内出来，第一件事就写了一份"公告"式的通知，并用德、中、英文写道：

致我的客人们和本洋行成员的通知

凡经常使用我的耐轰炸的防空洞者，必须遵守下述规定：应该让孩子和妇女们（无论是谁）占用最安全的位子，也就是防空洞中间的位子。男子们只可使用两边的座位或站位。

有违本规定者，今后不得再使用本防空洞。

约翰·拉贝

"通知"贴在防空洞入口处，非常醒目。

"这个老鸹，他做事真够认真啊！"周围邻居们看了拉贝的"通知"都笑了，说拉贝就是个"好人"，唯独那胖子脸上露出不高兴的样子。

日本人够折腾人的。凌晨4点来钟，警报刚刚解除，还不到半小时，警报再起。拉贝疲倦地穿上衣服，往洞里刚站上不到几分钟，警报又解除。原来，是一次虚传敌情：天上飞着的是蒋介石自己军队的巡逻歼击机。

"乱套了！"人们的嘴里都在埋怨。但又能怪谁呢？拉贝安慰大家说："非常时期，非常状态也算正常。"

话虽这么说，拉贝他自己心里也很闷气，因为刚躺下，外面突然传来高射炮声——地面的部队朝天激烈开炮开枪。"彻底乱套了！"拉贝心想，千万别自己的炮打着了自己的飞机哟！

反正炮弹落不到自己的头上，睡吧！拉贝将被子往自己的身上一拉，蒙头照睡。可似乎又睡不着——大早晨的，怎么办？起来洗个澡吧。

拉贝走进了浴室。

8点55分，警报又响起。"这么下去，今天就别想再干什么工作了！日本人真是太没有教养了，连起码的信誉都不讲！"里贝站在门口对着天空直骂。

9点55分时，警报又解除，敌机没有在天空出现，据说日本人的飞机飞过南京，到了北边什么地方去了。

真正的活见鬼！

中午12点15分，警报再次响起。"别管它，估计又是放空炮！"许多人对此漫不经心了，连一向认真的拉贝也没了多少警惕性，慢吞吞地不想管警报不警报了。反正第二次警报响后还来得及进洞里。

"轰隆——"突然，一声巨响就落在拉贝他们的附近。"快快！快进洞！"这回是真轰炸了！

拉贝等惊慌失措地钻进防空洞，便听天空间激烈的对抗炮击声。有胆大的人从洞口探出头往上面看——阳光下，数架飞机也搞不清是敌机还是蒋介石的空军部队，反正天上打成一团，地面的炮火更是如万钧雷霆般射向空中……

日军飞机在这一天袭击了南京城北和城南，甚至连与拉贝他们有密切业务和生意联系的电厂也惨遭轰炸。而受破坏最严重的是浦口铁路局及附近的煤场，被炸得不轻，有九个人死亡，十余人受伤。

第二天，这样的轰炸在继续，死伤的人数也一直在上升。然而南京人似乎对这样的情况变得很习惯了，只要小日本鬼子的飞机不是过度的轰炸，空袭便成了他们的家常便饭一样。

拉贝他们可以看到一些从上海转邮过来的他自己国家和英、美等国的外文报刊，这些报刊都不时有文章说：南京人对日本人的飞机空袭当成了习惯，"这太夸张了！让他们来试试看！"拉贝有些生气这样的报道不负责，不过当里贝问他难道你不是习惯了进洞出洞时，拉贝又苦笑着点点头。

可不是，你不习惯又能怎么样呢？拉贝心想。

10月24日，星期天。拉贝认为他的中国伙伴韩湘琳做其他事、说其他话都很到位，唯独说日本人不会星期天"下蛋"——轰炸，是"胡扯"。这不，今天这个一碧如洗的星期天里，炸弹从天而降，在城北、城南雨点般落下，比任何时间里"下蛋"还要多。

"今天日本人是为了纪念他们下蛋七百枚才这么干的！"韩向拉贝解释。

"七百枚了?!"拉贝跟着韩趁中午时间空袭刚过的空隙，跑到一家中国人开的"德国肉店"，在那里他发现了九瓶"爱福牌"啤酒。"统统要。"拉贝像见了珍宝一般，全部买了下来。晚上与前来看望他的一名德国朋友痛饮了一通。

大轰炸的第二天10月25日，拉贝十分高兴，因为这一天是他和爱妻的结婚二十八年纪念日，远在北平的妻子多拉托韩先生送来四盆菊花，并且拉贝还收到了爱写诗的妻子的两首诗，这让他兴奋不已。

妻子的诗这样写道：

朦胧的预测已经变得明晰
命运从不是偶然幸运的产物
人生的道路如同行星在轨迹
唯有大智之道在宇宙中运筹
才能决定是合是分

是啊，一个智者的命运也决定不了与家人和妻子的合与分，这就是战争下的世界。拉贝对自己妻子的才情深感佩服，同时也因自己身处战争的旋涡中心颇有些伤感和担忧。

南京电厂是拉贝他们西门子公司在华的一个重要生意项

目，里贝就是负责这一块工作。由于日军的飞机不断轰炸，电厂的维修成了头等大事。作为西门子洋行的南京办事处负责人，拉贝有高度的责任负起电厂的正常运转。让他欣慰的是，几台涡旋轮机运转一直正常，而且连那台老式的博尔齐锅炉也还在正常工作着。"这是六年前的货，你们看清楚了吧：我们德国的货比美国锅炉强吧！"拉贝经常对那些总认为什么东西都是美国货好的中国人很不理解，他用事实告诉他们真正过硬的货是他们德国人造的。

结婚纪念日的第二天，拉贝拉着已经出色完成公司交代的维修任务的里贝一起到电厂，原本里贝是要走的，但上海西门子洋行驻华总部发来一份被拉贝认为是"最好的电报"说：里贝暂时可以继续留下来工作，不急走。"伙计，你得留下来陪着我天天吃日本人下的蛋啊！"他与里贝已经很有感情了。

到电厂的路上，拉贝他们听说了一个准确的消息：日本人已经占领了太仓。这就证明，中国首都南京的外围防线又被撕破了一道。好在还有一个令人振奋的消息：日本人在上海已经战死了一万人。

看来蒋介石的军队在上海干得不算太烂！

但从友人那里获得的南京情况又让拉贝情绪低沉：日本飞机在过去的六十多次空袭中，已经造成二百多人死亡，四百多人受伤，还有大量难民纷纷逃亡……

"听说了没有，蒋夫人昨天在去上海的路上，汽车驶进了一条沟里，她被扔出车子好几米，肋骨断了好几根！"这个消息让拉贝感觉对中国而言，是不是意味着凶多吉少的兆头？

"看，拉贝先生，你公司总部又寄来一大包圣诞礼物！"韩先生从车子上抱回一大包邮件，交到拉贝手里。

"太美了！"拉贝一看，是辛施兄弟公司从汉堡寄给他的一百份1938年的德国新日历，这里日历可以用作日历，又能记事，所以很受拉贝他们欢迎，也是拉贝他们作为礼物送给相关客户的。这样的"记事日历"在七八十年后的中国仍然被公众作为新年礼物相互赠送。

看着一张张精美的汉堡冬季风景明信片画景，拉贝的那颗铁面无情之心也变软了。

圣诞节又快要到来了，怎么在中国就没有一点儿感觉呀！如果在自己的故乡，现在这10月份就该忙碌圣诞节的事了，然而在南京——战火下的南京，他这个汉堡人也几乎都把这事给忘了——拉贝想到此处，不由热泪盈眶……"喂喂，别哭呀拉贝先生，过去你可不是这个样的！"

拉贝自己勉励自己。这一夜，他坐在防空洞里，想起自己的家乡汉堡，又想起自己的妻子与儿女，不由感慨万千——

我一再有把握地说：

哎呀，要理智，

蹲在防空洞前，

这可是缺乏理智！

首先，因为轰炸机的炸弹

大都是从上面落下的，

高空也会掉下碎片的，

击中谁，痛得要命，

如果劈啦爆炸，不及时走开，

你肯定会说：啊——我想，

还有足够时间躲开，

我只想看一下……

别说废话了——快些吧，

走进你的"英雄地下室"去！

你的理智在命令你！

德国人爱写作，也爱写诗。这是拉贝的诗。不过比起其妻子的诗，似乎缺了点我们中国人所讲的韵味，不是吗？这个冷面红心的"纳粹"！其实他内心还是炎热的，只是他的表层钢铁一般。

进洞，出洞。天天无数次的折腾，还要冒着生命危险去工作、催账、收款，以及帮助中国人恢复设备等等，拉贝终于病倒了……病得还不轻。

医生给他开了许多药，价格是平时的三倍多！精细的拉贝注意到这一点。他想让妻子寄些药来，可又不敢动笔发电报给她。如果那样的话，妻子一定会毫不理会日本人的飞机和炸弹跑到南京来的。"那样又太傻了！"拉贝内心深深地责备自己。可是人家特劳特曼大使的夫人就留在了南京，她能做到，我的妻子为什么就不能？

不行不行，我有这个念头就是犯罪，是对妻子的犯罪念头。

拉贝拿起阿司匹林，猛地往嘴里塞，然后喝下满满一杯水。他在日记上写道："如果一个汉堡人和一个柏林人走到一起，通常会产生意见分歧。这肯定是出于古代他们好争论的原因，就是说，他们每个人都自称有最伟大的'快舌'，即最伟大的辩才。我当然站在汉堡人一边。汉堡人说话也许会夸张，他们的话也许要打些折扣；但柏林人纯粹是'吹牛皮'，这就更差劲了！例如柏林人说：'傻瓜就是傻瓜，是无药可救的，即使阿司匹林也不顶用！'这不对！阿司匹林对我就起了作用，今天我感到已有起色……"

拉贝感谢阿司匹林——他的病明显好转了。日记还没有写完，防空警报又响起，拉贝被韩湘琳等人从床上拉起，飞快躲进防空洞。

"先生，我听上面说，要让市民们准备三天的饭……"韩对拉贝说。

"为什么？"拉贝不解。

"这不，你病的几天日本人的飞机没有来过……"

"这是下雨的缘故吧！可不是日本人对我的照顾。"拉贝说。

"是的。但你知道，下雨过后，日本人一定会大规模地轰炸南京，而且肯定要比平时轰炸得还要猛烈和时间长。"韩说。

准备三天饭，就是说要在暗无天日的洞里待三天？！拉贝摇摇头，又非常无奈地长叹起来。他翻开日记本，继续写道："一场现代化的战争就是地球上的一座地狱，我们在中国正经历着这场灾难，若与欧洲一场新的世界大战相比，也许它意味着只是一场儿戏。但愿善良的上帝保佑我们免受此难！"

炮弹仍然在洞外发出一声声巨响。拉贝和南京人并没有受到上帝的保佑，日本人强加于他们头上的战争之苦，正在不断加剧，更深的苦难还在后面……

雨后的南京，人们感觉头顶上的炸弹像过节放鞭炮一样，"噼里啪啦"乱响。令拉贝感觉奇怪的是，中方应对日机的防空战斗机不知什么时候竟然销声匿迹了。这是怎么回事？

"老蒋在上海已经打得没力气了！南京看来也快保不住了！"还是韩湘琳等中国人了解情况快。

如此看来，剩下的时间只能是听天由命了！拉贝参加过一战和非洲的战事，明白自己所处的南京着实命运不佳。这种日益多变的形势，可以从种种迹象表明：他身边的中国帮工——那些办公室的勤杂工和用人纷纷被征召去当兵了，而且年龄都在三十岁出头至三十五岁之间，他们可能只是早上受训几个小时，中午就被拉往前线与日本人打仗去了，其命运大多也是凶多吉少。

"蒋先生真是扛不住了！"拉贝和留在城里的几个德国伙伴私下里议论着，剩下的问题只有一个：他们这些"老外"到底今后在南京还能干什么事？这是拉贝等人最关注的。

雨，仍然下个不停。对拉贝来说，他最讨厌下雨，因为一下雨他的防空洞里面就会渗进许多水，这对一个德国人来说是绝对反感的事，尤其是像西门子这样大公司的职员来说，凡是与"工程"和"机械"相关的事摆出来的话，有些瑕疵是不行的，无论你有什么理由。但在南京，下雨对多数人来说是好事——日本飞机就不会再出现在头顶上了。

11月12日这一天日本飞机还真没有来，南京市民们与拉贝都认为是下雨的原因，其实这一天日本人就没有打算到南京来，因为他们此时此刻正在上海庆祝"伟大胜利"呢——他们在铁蹄和刺刀的共同力量下，已经把国民政府在上海市的旗子扔进了黄浦江里，换上了他们的太阳旗……

"升旗！今天你要升中国国旗！"办公室留下来的一名姓蔡的勤杂工一早过来向拉贝传达上面的指令。

"为什么？我是德国人，我不可能把德国的旗降下来，换上你们中国的青天白日旗的！"拉贝断然拒绝。

"这、这……这又不是我的意思，是政府的意思嘛！"蔡很委屈地说。

"我不管是谁的命令，在我的这块地盘上，谁也别想降下我们德国旗。"拉贝气呼呼地嘀咕道，"这是我们公司一贯的立场！也是我们公司与贵国贸易的条约内容之一。谁都不能随便破坏！"

又一位姓张的过来了，他拉住拉贝说："不是的，是蔡搞错了。今天是孙中山先生的诞辰纪念日，政府要求我们下半旗以示哀悼纪念。"

"我到底听你们哪一个？"拉贝似乎真生气了。

"是他错了。听我的没错。"姓张的堆着笑脸，对拉贝道。

拉贝总算明白其意，于是道："那就把德国旗和你们的国旗一起升上去，再降半旗。"

拉贝亲自看着两位中国勤杂工把旗帜升上后才摇摇头，进了屋。心说："这些中国人，办什么事都不能说个明白。"

上海失守，受难的不止中国人，拉贝他们也惨遭损失和伤害。从上海运输公司那里他得知：前日离开南京的里贝在路途上遭到日本飞机的袭击，人没有死，身边的几个能上能下箱全被炸烂了。"你们给我记个单子，等战争结束后，我一定要让日本人加倍赔偿！"拉贝这回真是气得眼镜几次从鼻梁上掉下。他托里贝随身带的东西丧失殆尽，能不叫他心疼？

南京的日子越来越难过。中国政府部门的人都像暴雨前的蚂蚁，人人都在忙着打包搬家——南京国民政府要害部门基本要搬空了，剩下的政府部门和各种机构也都你争我夺地在动用各种可能的运输工具为自己忙碌。有钱的市民则在千方百计投奔亲友或往香港、汉口甚至更远的地方搬迁。留下的穷人们，越来越没有指望，他们的脸部表情都是呆木的。

拉贝他们这样的外国人，已经是少数了。每个国家都有大使馆在协调各自的侨民撤离，下关口的长江上停留着十几艘洋船，随时在准备着出发。拉贝他们的德国人也仅剩一艘"库特沃"号船，是大使馆作为最后运送德国侨民撤离南京的唯一机会了。"库特沃"只有五十个卧铺，于是能够挤上"库特沃"的也要算运气了。

"无论如何，请拉贝先生帮忙了，我和妻子想搭你们的船到汉口，求求您了。请您跟船老板说说，加倍钱我们也愿意。"一位姓王的工程师来找拉贝，他是军事通讯学校的工程师，与西门子有业务往来，也算是拉贝的生意伙伴。

"你等等，我去请示一下大使先生。"拉贝是热心人，能帮助别人的事他一定想尽办法去做。可这回他是垂头丧气回来的。

"大使坚决拒绝，说这只能给德国人留位子……"拉贝似乎很没有面子地向王先生报告，"不过，大使还算给了我一点面子：你的妻子是奥地利人，大使答应她可以上船，但王先生你不行。"拉贝补充说。

王先生征求妻子的意见："行吗？"

"不行！你不在我身边，我无法活下去！"洋妻子像摇拨浪鼓似的晃着头，眼泪都快要溢出眼眶了。

拉贝只得双手一摊："这就没办法了！"

看着朋友伤心离开的样子，拉贝紧握拳头，咬着牙根，道：这些账都该算在日本人头上！

11月17日，还是雨天。南京人比较喜欢，用拉贝的话说，"我们现在真的不需要炸弹了，这里已经乱成一片。"

不管是白天还是黑夜，南京大街上熙熙攘攘乱七八糟，汽车、马车、三轮车……凡是能滚动的东西都用上了。甚至还能看到成群结队的大卡车和坦克车在街头行驶，它们都在做一件事：装运东西，撤离南京城。在这个撤离和装运队伍里，拉贝是其中的一个——他本人已经做好准备为自己的公司留在南京到最后时刻，但他的同事和朋友都要走了，还有拉贝自己家的许多物品也需要搬运到另外的安全地方，故此刻他也成了忙碌人群中的一员。拉贝想不到的还有一件事，就是诸多朋友听说他要留在南京，所以纷纷找他，请求他帮助看守和关照他们的房子及搬不走的物品。

"我的这台收音机很贵的，但它太重了，搬不走了。拉贝先生请你无论如何想法保管好它。"说这话的是大使特劳特曼博士的夫人。这夫人客气、亲切，且细声细语，一次一次地请求拉贝原谅她的"打扰"。

"应该的，应该的。"拉贝笑脸迎送这位大使夫人之后，回头直骂自己是"充大头"，像死要面子活受罪的中国人一样。

下关码头上的乱象已经到了极致。拉贝感觉自己似乎又像回到了当年在非洲的苦难岁月里。他自己的六个箱子放在朋友的一个包厢内，一看，还成。结果他刚想闭舱，就遇到了熟人西格尔先生。此兄运一大卡车的皮箱要上船，又找不到地方。"拉贝，你这神仙，快帮我想想办法吧！"

拉贝摊摊手，意思你看这个乱象，我能有什么办法？

"不行，你得帮忙。这些箱子其中一半是你老朋友里尔茨先生的，你得帮助他。"西格尔说。

一听是老朋友里尔茨的东西，拉贝眉头一皱，一挥手："跟我来吧！"

俩人把五个里尔茨的皮箱塞进了拉贝买下的舱位里。

"闪开！闪开！"突然岸上一阵嚷嚷。拉贝探头一看，有人扛着一个长长的卷筒式的东西，蛮横地从岸头冲向船的甲板，站在两边的行李和搬运工躲避不及，有人落水，有人开骂，一片混乱。

这不是欺负人嘛！拉贝岂容此等行为。他冲过去责问那人："你不能这么干！上船得有秩序！"

不想那人冲着拉贝，嗓门更高了："闪开！这儿你说了不算！我扛的是德国大使阁下的地毯！他必须第一个上船！"

"大使也不行！"拉贝一听就急了，一边大声制止，一边用手封住那人的嘴。

"你——"扛地毯的人一下被拉贝吓住了，涨红了脸，半天说不出话。

"你可以先走，但不能抬着大使来压人！明白吗？"拉贝悄声在那人的耳边说道。

那人点点头，终于明白了。

雨，还在下个不停。码头上、甲板上雨水夹着泥水，溅透和湿透了所有人的衣服与鞋子。拉贝跟着大家一样狼狈，但最让他说不出的愤怒是：在船上又一次遇到了工程师王先生夫妇。

是王的奥地利夫人先发现了拉贝。她说："拉贝先生，他受不了在行李舱的那个罪，没吃没喝的，他想换火车到汉口……"

拉贝一边甩着脸上的雨水，一边瞪着眼睛问王夫人："既然如此，那就上岸吧！改乘火车可能还来得及！"

王夫人又哭了："可我不想换乘火车，'库特沃'号是你们德国的船，日本人不会轰炸你们的船，乘火车太危险了！我不愿意。"

"你们……"拉贝实在想发火了，可觉得像他这样的绅士是不该对一个女士发火的，于是只得放轻声音再问，"那你们到底怎么办呢？"

"我们也不知道啊！呜呜……"女人哭了。

拉贝的心软了，伸开双臂，将这个奥地利女人拥抱了一下，说："我建议你们还是跟着这船走吧！"

"那好吧，听你拉贝先生的！"女人不哭了，回到行李舱里去找她的男人，"有事我还找你啊，拉贝先生！"

拉贝望着她的背影，无可奈何地摇摇头："拉贝啊，你活该，这都是所谓的那乐于助人的好心肠造成的！"当天的日记里，他写下这句话。

越来越多的迹象表明，日军进攻南京的日子已即日可待，蒋介石对守卫首都的决心也在发生动摇，南京到底还能坚持多少时间，日军进攻南京后会是什么样的情况，种种问题摆在中国人和留守在南京的诸多外国人的面前。随着中国政府机构的撤离，外国各使馆一方面随蒋介石的政府机构内撤力保配合，纷纷搬迁至汉口，另一方面又力图争取获取日方的态度，观望在日军占领南京后他们在南京的资产和权利能否获得保证。由于美、英等主要国家已经在政治立场上同日本国处于决裂状态，所以多数国家的使馆认为自己国家在南京的财产和权利恐难保障，故撤离南京已是不用解释的了。只是南京乃中国历史名城，且又是一国之都，自鸦片战争后，西方列强早已对这座城市有很深的渗透，尤其是各国的教会组织，布道人士和神职人员在此的活动时间远比各国驻华使馆的根基深厚得多，教会所办的学校、医院、神职场所等遍及城市和乡村。另外，随着西洋现代科技文明在中国的不断传播和引入，像拉贝所在的西门子等外国公司也在南京有许多分设机构和代理业务，所有上述机构和人员，归结在一起，便形成了一定的外国势力和人员，他们的立场和出发点也各不相同，在走与不走的问题上态度也不一致。即使留下来的机构和人员，其目的也很各异。但有一点值得注意，即所有神职人员的出发点相对而言，多数是为了不想自己苦心经营的"中国事业"轻易被日军破坏，期待以自己的慈善之心普度苦难的民众。另一部分是有职业使命的医生和在华传授知识的教授们，再者便是拉贝这样的生意人。

"既然留下来，我们就应该团结一致向日方提出要求，争取我们应有的尊严与权利。"其他的洋传教士、教授和生意人都这样认为。

"走的是明智者，留下的是英雄汉。"毕竟，战争是无情的，日本人的凶蛮与罪恶已经摆在这里。如何维护在炮火下的安全和为中国平民做一份有益的事，这让准备留下来的外籍人士们以及他们的大使馆在思考。

应该说，最早提出仿效雅坎诺神父在上海设立"中立区"的，是几位留在南京的美国人。上海淞沪战役之中，上海"中立区"不仅为保护在沪外国人利益作出了卓著贡献，而且也为保护数以万计的上海平民立下汗马功劳。因此，也让迫在眉睫的留守南京的外籍人士动了此念。关于整个国际委员会和"安全区"的提议过程，拉贝先生的日记里没有记载，但笔者从浩如烟海的"南京大屠杀"史料中找到了一份当年美国国务院档案翻译材料，这份珍贵的史料详细记述了提议过程的始末——

关于暂定在南京设立安全区的提案

1937年11月17日

下午5时30分左右，W.P.米尔斯（Mills）先生、M.S.贝德士（Bates）博士、刘易斯·斯迈思（Lewis Smythe）博士（后两位是金陵大学的教授）在约定好之后，来到了帕克（Peck）的住宅。

谈话首先由米尔斯先生和其他人对帕克作了如下说明。

（1）在南京附近和市内进行战斗时，为了一般市民能避难进行讨论，暂定提案设立安全区，或称为难民区、非战斗区域。（2）关于场所，研究了几个地方，但决定城内西部地区较合适。（3）当向大使馆罗勃兹上校（他处作上尉）征求意见时，他说，中国的军事当局会同意不把西部地区用做军事目的（因为实质上不会削弱他们的战略部署）。为什么呢？他说，假如在南京附近进行战斗，就要考虑战斗是在城市的东部或南部。（4）关于这项计划，杭立武博士对王世杰教育部长作了说明。王部长不仅表示赞同，而且还主动

83

向军事训练总监唐生智将军（现在为首都卫戍军司令）提出商量。唐将军没有陈述他的意见，但是他同意同蒋介石商量一下这个计划（蒋介石当时不在南京）。

接着，到访者们询问道：如果计划具体化了，大使馆会主动将它通知给日本当局吗？对此，帕克先生说，关于这件事今天已经有了结论。那就是回答金陵女子文理学院明妮·魏特琳（Minnie Vautrin）女士的信所说的内容，自己也会约定乐于接受这份功劳，将这一情报传达给日本。

接下来帕克先生指出如下内容：

如果有人知道了设定非战斗区域的计划是美国人想出来的话（也许会是这样的），其结果，两国任何一方破坏了协定的话，那么预定发起这项计划的人无疑就会受到大家的憎恶。因此，他主张提倡、推进这项计划的人为了避免自己受到失败的责难，采用一个没有误解的方法，应该由中国军当局自己主动地尝试加入到这项计划中来。

帕克先生进一步说，美国大使馆当然在向日本当局传达非战斗区域计划是基于中方所接受的一点。

到访者从内心里对这些见解表示赞同。

米尔斯先生提议说，正如帕克先生所说，如果大使在那天晚上预计见到孙科博士的话，试着同他探询一下这个问题也是一个好主意。到访者当中，不知哪一位决定明天再拜会帕克先生，商谈一下有关安全区的问题，谈话就此结束。

那天晚上，大使和帕克先生与孙科博士一起共进了晚餐，张群将军和南京市长马超俊也一起就座。谈话中，大使说道：说明一下上述计划的概要，话题是出自没有公务的平民，目前它还处于议论阶段，被问到了此事，就回答说如果

拉贝先生 |

计划具体化了，就乐于斡旋向日本当局传达等等。

市长好像对安全区的提案还没有听说过，就此他本人没有发表任何意见。但是，在整个晚餐中，他好像一直在思考那个提案，像是发现了其可能性。当问及他时，他说自己打算留在南京。说起来，推测像是否定。

应约翰逊大使的要求，帕克先生把那天中午同米尔斯、贝德士、斯迈思交谈的内容主旨向在座的中国人说明了一下。

一同进晚餐的张群将军是现国民政府处于非常时期最核心的人物之一。他建议道：对于安全区的计划，讨论这个问题还为时太早。但是，他的发言预示着一种黯然的假说，即日军一定会来到南京附近。我想他的发言只不过是想缓解一下当时严肃的气氛。（参见《南京大屠杀史料》第12卷第84-86页）

从中可以看出，这个提议首先是由几个美国籍教授有了想法，再征得美国驻中国大使馆意见后，口头已经向中国政府的高层相关领导通过气并获得赞赏后才提到议事日程的。

应该是11月18日，即斯迈思、贝德士等同张群这些国民政府实力派官员有了沟通后的第二天，他们又聚在一起讨论一些实质性问题了，比如请谁来当头儿。

这是让美国人感到有些头疼的事。按理他们肯定不会放弃这个国际委员会的主导权或者说领导权的，但严酷的现实摆在面前：现在与日本人打交道，美、英等国家已经没有什么约束力了，唯一让日本有可能会考虑"友好关系"的，只有德国人了。

"假如我们要在南京建立'中立区'，就得选一位能与日本人打交道的人当我们的头儿，否则我们这些人将无所作为，弄不好还会被日本兵'格杀勿论'呢！"这了筹备这件事，在金陵大学任教的贝德士博士想到了这一层。

"西门子的拉贝先生应该是个合适的人选！"斯迈思想到了他曾经接触过的这位德国人。

"这事非他莫属。而且关键他还是纳粹党员，日本人应该对他另眼看待。"

"我们接触过拉贝，这是个办事认真、细致，且不乏热心，又有商人机智的汉堡人。相信他能干好。"

几位美国教授和传教士为共同选中拉贝而欣慰。"日本人已经冲过中国军人设立的南京外围防线，设立中立区的事不可迟疑了。今晚我们就把拉贝找来商议吧……"斯迈思教授建议，"就到我家吧。这位汉堡商人来过我家，他会喜欢的。"

第二天，也就是11月19日晚饭时间。斯迈思教授家颇为热闹，鼓楼医院和金陵大学任职的数位美籍医生与教授差不离都到场了。拉贝应邀前来。

当贝德士教授代表美籍人士向拉贝介绍了他们事先商议的准备在日本军队占领南京之前成立一个国际安全委员会，同时着手建立类似上海雅坎诺神父在租界设立的"中立区"，及其任务和所要做的事后，隆重邀请拉贝出任该国际委员会主席。

拉贝激动地听取美国朋友们的介绍后，惊讶地问："为什么主席是我呢？你们可都是杰出的人物呀！"

"我们认为，目前只有先生你是最合适的人选。除了你本人的能力和有一颗善良的心外，你的德国国籍和国家社会主义工人党的身份，是我们所有人都不能相提并论的。"马吉牧师说，"当然，这是个光荣而艰巨的职务，拉贝先生你本人是否有此志愿？"

"对，这是我们这些人一致的看法。"贝德士等一齐向拉贝投来赞赏的目光。

拉贝认真地看了一遍到场的每一位"山姆大叔"的目光，他确认了这些目光是真诚和友好的，便十分慎重道："大家认为我的德国国籍和纳粹党的党员身份在日本人面前十分有用的话，那我就接受你们的建议。"

"OK！感谢上帝！感谢拉贝先生！"

"我代表所有留在南京的美国人和其他国际朋友向拉贝主席致敬！"

"向拉贝主席致敬！"

这一个晚上，拉贝也是第一次有机会认识了诸多美国朋友，包括马吉牧师等，他们现在可都是他的"部下"了——国际委员会成员。

"好，太好了！祝贺拉贝先生！"回到洋行办公地，拉贝将这件事向韩湘琳一说，韩立即表示，"我代表南京市人民感谢你！拥护你——尊敬的拉贝主席！"

"我无法想象日本人占领下的南京将是个什么样子。更不知道我个人是否有能力承担如此重要的责任。韩，你是中国人，你一定要帮助我完成这个使命，这也关系到我个人的荣誉，也关系我作为纳粹党员和德国人的荣誉。"拉贝则用期待的目光盯着他十分信任的韩湘琳。

"放心拉贝先生，只要你一句话，我一定为你赴汤蹈火！"

韩在此之前就曾对拉贝说过，只要拉贝留在南京，他就跟着留在南京，死而无悔。这回又听韩如此表决心，拉贝非常激动，给了韩一个结实的拥抱。

"韩决定与我同甘共苦。他是一个正直的人！"拉贝在当日的日记里如此赞赏他的中国同事。

现在，拉贝雄心勃勃，决意大干一场。上海那边不断传来消极消息，他不得不持有这样一份雄心。"否则将毁掉德国人的一切荣誉"，拉贝内心有股强烈的使命感。当他把这事报告给了德国驻华大使特劳特曼博士后，得到了对方的同意。大使同时还告诉拉贝，使馆方面暂时也要留下三个人：希尔特尔、罗森博士、沙尔芬贝格。

"罗森这个人并不想留在南京，这样的人怎么可能做好事呢？"拉贝对罗森这人很不喜欢，觉得这人贪生怕死。他希望大使能撤掉对罗森的命令，但没有获得批准。

韩湘琳便劝他说："你得跟大使馆的人搞好关系，他们是些什么人？说不准在背后还会告你状呢！"韩湘琳提醒他。

"我才不怕背地告状的卑鄙小人呢！我们所有留在南京的人都是英雄，都是要去面对日本人刺刀的英雄，他罗森如此胆怯的人，怎么可以跟我们战斗在一条战壕呢？我弄不明白大使先生是怎么考虑的。"耿直的拉贝依然愤愤不平，说他还要找大使的夫人，争取游说成功，"留下的每一个德国人，都应当像我们汉堡的商人一样，用你们中国话说：一个萝卜一个坑！"他说。

11月22日上午，大使馆打来电话，要拉贝去使馆开会。打电话的恰恰是罗森博士。"我必须有个汽车特别通行证，否则许多事都难办！"拉贝向对方提出，似乎带着某些情绪，但当时的情况确是如此：鉴于南京城内的情况，蒋介石政府已经在前几天宣布全城晚上戒严。作为德国方面的代表和未来国际委员会主席的拉贝这样认为也不是没有道理，可是使馆的罗森博士并没有这样认为，他觉得拉贝这人还没有上任"主席"，便开始"牛"起来了。

"这绝对不是可有可无的事，就像我们西门子的任何一台机器上的螺丝钉一样，少一个都不行，没拧紧也不行。作为德国利益的代表和国际委员会主席，我必须有一张汽车特别通行证！"在使馆与罗森见面后，拉贝依然不依不饶地提出上面的请求。

"那好吧，我同中国政府商量商量。"罗森直摇头。

"小子！你怕死，但去向中国人要个特别通行证还不至于让你生命有什么危险的。"拉贝心头有些乐。

当日下午5时，国际委员会正式成立，并作出了在南京设立平民中立区的决议。拉贝荣幸地当选"主席"。

"感谢大家的信任，我一定尽全力领导好这个组织，并愿同各位协作好。"拉贝的履职演说词并不多，这让听惯了德国人华丽词汇的在场的各位人士多少有些失望。"非常时期，非常语言，重在行动嘛！"拉贝忙向大家这样解释，于是大家又都笑了。

办事向来一板一眼的拉贝领导下的国际委员会，立即就根据自己确定的任务，拟了一份代表全体成员给日本当局的声明。这份声明需要通过美国大使馆的电台发给在上海的美国总领事，再由上海的美国总领事转交日本驻华大使。

"我们的这份声明，在日本大使收到后，他们不能随意发表，这涉及外交问题，而且我们这个组织目前还没有得到中方和日方的批准。如果不是这样的话，有可能我们想做的事一下陷入被动。因为一方面外交上会有些不顺畅，另一方面中方和日方反对我们这样做的话，所谓的中立区有可能反倒成了日本军队的帮凶。"主席拉贝已经开始转动起他那缜密的脑子了。

"这个意见非常重要。"到会的全体委员一致同意。

国际委员会的第一份文件出笼，一式两份，分别是中文和英文版本，目标是中方政府和日方政府。声明的大致内容如下：

考虑到可能在南京或南京附近爆发敌对行动这一情况，由丹麦、德国、英国和美国公民组成的国际委员会特此建议中国政府和日本政府为逃难的平民建立一个安全区。

国际委员会有责任取得中国政府的特别保证：撤除拟建的安全区内所有军事设施和包括军事交通指挥机构在内的军事机构；安全区内不准驻扎武装人员，携带手枪的平民警察除外。禁止所有士兵与军事团体进入安全区，无论这些军事团体具有什么性质，无论其军官军衔为何种级别。国际委员会将努力使上述保证得到尊重和令人满意的执行。

以下具体标明的地区，国际委员会认为适合用来保护逃难的平民。这个区域位于城区的西部，迄今为止，日本空军在空袭时始终注意使其免遭破坏。

所建议的安全区界定如下：

东面：以中山路为界，从新街口至山西路交叉路口；

北面：从山西路交叉路口向西划线（即新住宅区的西边界），至西康路；

西面：从上面提到的北界线向南至汉口路中段（呈拱形）（即新住宅区的西南角），再往东南划直线，直至上海路与汉中路交叉路口；

南面：从汉中路与上海路交叉路口起，至新街口起点止。

国际委员会将负责用白色旗帜或其他有待确定的标志清楚地标出这些边界，并将其公布于众。委员会建议从收到双方政府表示完全同意的通知之日起，视安全区为正式建立。

国际委员会特别希望日本政府从人道主义出发，保证安全区的民用性质得到尊重。委员会认为，为平民采取这种人道主义的预防措施，将会给双方负有责任的政府带来荣誉。委员会恳请日本政府迅即回复，以便能够尽快结束与中国政府进行的必要谈判，为保护难民做必要的准备。

国际委员会满怀信心地希望此建议能够得到友善考虑。

十五位国际委员会成员按当时的顺序分别在声明上签下了自己的名字。他们是：J.M.汉森、G.舒尔彻—潘丁、P.H.芒罗·福勒、约翰·马吉、P.R.希尔兹、艾弗·麦凯、约翰·H.D.拉贝、J.F.皮克林、M.S.贝茨、爱德华·施佩林、W.P.米尔斯、C.S.特里默、D.J.利恩、查尔斯·H.里格斯、刘易斯·S.C.斯迈思。其中拉贝、马吉、贝茨、施佩林、米尔斯、特里默、里格斯、斯迈思等八人，在日军占领南京后留了下来。这些人身份都很特殊，有大学教授，有医生，也有神职人员，还有拉贝式的商人，他们所在国的大使馆其实并不支持他们留在南京，然而这些"富有良心和正义感且不怕死的"人——他们自己也这样认为，断然决定留在日本军队即将到来的南京城内。这是需要超越一般人的勇气和良心的，拉贝他们为什么会这样做？这个问题在日本人占领南京前和占领南京后的漫长岁月里，几乎无数次地被人问及。到底为什么？"国际安全区"提议者之一、金陵大学美籍教授贝德士先生在给友人的信中作过忠实的"自白"。

贝德士先生认为，这是"残酷的战争所迫"。他说："过去一年半所发生的事情，使一个善于思考的人很难再相信那些仁慈的天意、善良的信仰。在残酷与贪婪席卷世界的浪潮中，我没有看到上帝的暗示。但人性的价值，人的生命需要和耶稣显示的景象，从未变得黯淡。在极端危险中手无寸铁地为人们的生命战斗，当你知道自己随时都可能被未曾注意的力量所毁灭而仍捍卫真理与人道——这是一种精神的激励与震撼。如果我们解除作为时间的奴隶状态，这样的生命可能是永恒的。这是一种新的自由感觉，在（上帝）给予的光明的指引下勇往直前赢得可能到来的一切。即使生命现在结束，它依然具有价值，仿佛是为他人的养育与机会所进行的投资，其价值之贵重永远不会消失。迄今为止，一个公开的紧急战斗的进程，一个化解狭隘宗派意识的企望，已经赢得了持续。但是，一个意欲报复的宪兵，一个心胸狭窄的密报材料的读者，就能粗暴地毁掉一个人的终身事业。

"'给全球以和平，给人类以慈悲。'但是，我们前面的和平能成为慈悲的和平吗？每个性灵的观念似乎都不可抗拒地被置于严峻形势之下，接受考验，但我知道它不会错位与扭曲。'不要被邪恶征服。'这是直入心扉的召唤。'以善胜恶'，需要比大多数人所能见到的更强有力的'善'，但这无疑是工作的正确途径……

"有大量的爱，即使在毫无希望的粗暴与令人沮丧的地方也可发现。"

说得多好！有爱的地方，即使在毫无希望的粗暴与令人沮丧的地方，那些善良和弱小的人们仍然可以发现自己力量的伟大之处。这样的人虽然在世界上并不是多数，但他们的能量却是不可低估的。拉贝他们便是。

"祝你生日快乐！祝你生日快乐……"这天是11月23日早上，拉贝一起床就收到了妻子托特劳特曼大使夫人转送来的两份特殊礼物：一是妻子祝贺他五十五岁生日的电报，二是一条很漂亮的围巾。

"谢谢亲爱的!"拉贝光着身子，浸在浴缸里，双手捧着妻子发来的电报和那条围巾，浴缸旁边的台式唱片机里正播放着《祝君长命百岁》的中文歌曲。

拉贝闭上眼，整个身子泡在温水中享受着——"清洁高于友谊"，他脑子里闪出这句话，连自己都忍不住笑了起来，因为今天一早不到5点钟，德国骑兵上尉洛伦茨先生给他打电话，这位在中国军队当顾问的年轻人说刚从前线到了南京，希望拉贝帮助他上"库特沃"号。"可是我们的船已经在昨天晚上就走了呀!"拉贝觉得非常对不起这位德国同胞。上尉的电话刚放下，胡尔德曼先生（《远东新闻报》编辑）又来按门铃……这一早晨让拉贝烦得不知所措。干脆，关上门，往浴缸里一躺，过自己的生日!

让拉贝哭笑不得的是：原本他准备让用人做个生日蛋糕，好与自己身边的中国朋友和德国同事一起庆贺一下，哪知厨师病了，勤杂工蔡先生说他不会用"蜡烛做蛋糕"。

"这人，他全弄反了，蜡烛怎能做蛋糕?"拉贝越想越发笑，最后竟然在浴缸里自个儿哈哈大笑起来。

韩湘琳过来了，听到拉贝难得的笑声，轻轻推开浴室，打趣地说："先生今天的心情不错呵！"

"当然，今天是我的生日！"拉贝这才止住笑声。

"是吗？应当庆贺呀！一会儿我让用人给您做碗长寿面！"韩湘琳兴奋道。

"叮铃……"电话声又响起。

"斯迈思打来的。说一定请你接。"韩报告说。

"喂——什么？他们、他们美国人做事为什么就……那好吧，我们发个电报去致歉一下，这个致歉必须办。"从拉贝的脸上可以看出，刚才的这个电话让早上整个生日快乐的气氛全都泡汤了。

"怎么回事？"韩问。

"斯迈思说，路透社在发电报时无意中把我们关于建立安全区的秘密给泄露出去了。才刚刚起了头，就弄成这样。日本人现在如此嚣张，如果我们不在私下里先通报他们，先向全世界公告我们要在未来他们的统治区内设什么安全区，他日本人还不认为我们是无视他们的威严和存在吗？所以必须有个补救措施……"拉贝一边穿衣服，一边扒拉着桌上的纸，准备起草"致歉信"。

"拉贝先生，今天是你的生日，我个人已经无法给你准备什么礼物了。但我的一个朋友知道你要为我们的市民办安全区，他要送你两辆卡车，上面还有一百桶汽油和二百袋面粉……"韩湘琳向拉贝报告道。

"我的天哪！你这是给我最好的生日礼物！韩，太谢谢你了！"拉贝张开双臂，激动地拥抱住韩，说，"你是最好的中国朋友，我为有你这样的朋友骄傲！"拉贝想起韩湘琳一家老少跟着他留在南京，今天又带来这么个"生日大礼"，禁不住热泪盈眶。

"很少有什么事可以打动我的，但韩，你所做的事常常令我感动。谢谢，上帝保佑你和你的全家。"拉贝说。

"要谢的是你！真的，拉贝先生，现在你要为我们办安全区的事已经让许多人知道了，如果一旦消息公布出去，我想全南京市人民都会感谢你的！真的。"韩湘琳也激动了起来。

"好，我们一起为大家做好事吧！"拉贝放开韩，又立即摆开一副主席的架势，"什么时候能把这两辆车子开到这儿来？我必须让这么宝贵的'礼物'停放在自己的眼皮底下！"

"这事交给我办就是了！放心吧，先生！"韩说。

拉贝依然抑制不住激动的情绪，双掌摩擦在一起，在屋里踱着步子，嘴里嘀咕着："不敢想的好事！不敢想啊！我这个主席看来有些权力了是不是？哈哈哈！"

这一天的事够忙的。

下午5点，也就是晚饭前，中国政府外交元老、当时南京政府实力派人物张群将军在其官邸里有个茶话会，此会显然是中国官方意向召开的。参加的人员有前几天走马上任的南京市国民政府守备总司令唐生智、南京市警察厅厅长王固磐和南京市长马超俊及各界著名人士。除此之外主要是留在南京城的五十多位美、英、德等外籍人士。唐生智等都在会上致辞，拉贝他们自然最关心中国政府对时局的判断和打算，另一个就是一旦日本攻占南京的一些中国方面的考虑——这包括了以他们设立"国际安全区"的看法。

"蒋总裁对抗日的决心大家想必已经从上海的战役中看到，关于保卫南京的问题，我们在12日已经发表过一个声明，蒋总裁和我们全体负责守卫南京城的将士们，对抵抗日本的决心是坚决的、坚定的，而且要与侵略者誓死一战。"唐生智进而说，"今天请大家来，一就是想告诉诸位：我们的抗日决心和意志是不会动摇的；二是想借这种茶话会的形式，建立我们之间的及时沟通情况的机制。随着战争形势的变化，我建议在张部长这个地方，每天晚上能够让诸位在此交流交流，相互沟通……"

拉贝和出席茶话会的美英德等国的外籍人士觉得这个建议非常好，总算他们可以在"非常时期"能与中国领导人、南京市政府方面保持畅通的接触，类似"圆桌会议"的活动。拉贝对中国政府官员说，第一次世界大战期间，在北京就采用过这样类似的形式。

"很好！我们非常赞成。唐将军想得很周到。"拉贝等鼓掌回应。

回到自己的住处，已经很晚了，但当拉贝看到客厅里放着四棵非常漂亮的圣诞树时，开心地笑了：一定又是妻子托韩湘琳给他的。

多拉，我爱你，深深的！拉贝拿起床头柜上的妻子照片，吻了又吻。

好事坏事在这一年的秋天里，拉贝可谓统统饱受了。第二天醒来，拉贝便得知了因为路透社的一个不经意的错误，他们"民间"商议的在南京建立"安全区"的消息，被外界误读为是"美国驻华大使馆"主张要搞的东西，日本政府当即提出抗议。东京方面认为，美国驻华大使馆已经离开南京搬往汉口，为什么在这个时候提出在南京要建立"安全区"（中立区）？

敏感时期的美国人并不想与日本交恶，所以赶紧让留在南京的使馆人员与德国使馆人员、那个拉贝非常不欣赏的罗森出面写个电文说明，好让美国政府撇开与此事的关系。罗森接受任务后赶紧通过自己国家驻上海的总领事馆把写好的电文通过美国海军电台，转给美国国务院，再由美国人去日本方面说明此事过程。电文这样写：

由德国西门子的代表拉贝领导，其成员为英国、美国、丹麦和德国人的本市国际私人委员会，基于某些城区在以往的空袭中屡遭破坏这一事实，请求中国人和日本人针对南京可能直接卷入军事行动这一情况，建立一个平民保护区。美国大使将此项建议通过总领事馆转交给了上海日本大使馆和东京。新的保护区在特别情况下只向非战斗人员提供安全庇护。与此同时，当然仍旧希望以往受保护的城区今后也完好无损。

鉴于主席职务由德国人担任，恳请对这一人道主义的建议予以非正式的、然而同样热情的支持。

外交仗怎么打，这不是拉贝的事。他关心的是他所承担的责任。比如现在他这个"主席"到底能干些什么，以及将来一旦日本人占领后，他与同事们有没有这个能力来保护那些饱受战争之苦的平民和留在南京的外籍人士及他们的财产。眼下他最苦恼的事是：日本人声称"不再炸南京"的承诺根本没兑现，而拉贝院里的防空洞则又被雨水灌满了——

"这是绝不允许的"，德国人办事的认真劲，不得不让拉贝手下的人"全部出动"，拿盆、拿勺的，全都到洞里去舀干……最令拉贝不可接受的是，韩先生说好的那两辆卡车由于一名司机害怕日本飞机轰炸逃跑而丢失了，另一辆装满汽油和面粉的汽车则又被驻军88师扣住了。

"不行！物品必须运回来！汽车也要开回来，你看看现在从前线运回来的伤员，成百成千的，他们都是在死亡线上挣扎，救他们的命也是我们的责任！"拉贝要求韩湘琳尽一切力量把被扣汽车开回来。

在一位叫杭立武的中国博士帮忙下，拉贝这紧追不舍的事后来实现了。

"你在车头上挂上德国旗，这样可以免被中国军方征用。"拉贝的办法多，但混乱的南京城每天也不断在增长麻烦。有时麻烦比办法还要多。因为南京市马超俊市长已经宣布了命令：市民尽量撤离市区。

后面的一句话马市长没说出：日本军队快要打到南京城了！

百姓并不知道：此刻的日本军队一路凯歌，直逼南京城外。

"拉贝先生，今晚我邀请您来张群先生的官邸一聚啊！"是马市长来电。

"OK，我一定去。"拉贝回答。

从马市长那里获悉：蒋介石已经基本答应拉贝他们设立"安全区"的建议，但日本方面没有任何音讯。这让拉贝非常着急。回到住处，他辗转难眠，心想：作为国际委员会主席，尤其是作为一名德国纳粹党党员，如果不能很好地完成

"崇高使命"，将是非常不幸，也很没有面子。怎么办？日本人现在又臭又硬，好像这世界上谁说话都可以不听，独断专行，霸气十足。

拉贝灵机一动：对，请我们的元首出面！日本人总该给面子了吧！拉贝忍不住从床上坐起，挥笔写就一篇电文，让德国驻上海纳粹党中国分部负责人拉曼先生通过上海总领事转交柏林的希特勒——

致元首：

国社党南京地区小组组长、本市国际委员会主席请求元首阁下劝说日本政府同意为平民建立一个中立区，否则即将爆发的南京争夺战会危及二十多万人的生命。

谨致德意志的问候

拉贝

西门子驻南京代表

元首能不能理会此事？拉贝坚信会的。但写完此电文后，拉贝担心的则是另外一件事：千万别因为发往柏林的电报费太高而上海的那位总领事不给他发这封"涉及几十万人生命"的"最最重要"的电报，想到这儿，做事一板一眼的拉贝还特意给德国驻上海总领事克里伯尔先生发了一封专电：

致总领事克里伯尔：

恳请您支持我今天请示元首劝说日本政府同意为平民建立一个中立区，否则即将在南京爆发的战斗将不可避免地引起可怕的血腥屠杀。

如有必要，我将支付电报费。请西门子洋行（中国上海）从我账上预支。

拉贝

一个做事细致、内心又极其崇高的人才会这么想、这么做。他是在为中国南京市民做事，却能无私地贡献自己的一切。中国人民为什么感谢拉贝也在于此。

晚上依然应南京市长之邀在北平路69号英国文化协会开碰头茶话会，没有新鲜事，这一天主要为英国上将霍尔特举行告别会，不过对拉贝来说非常重要，因为他借机把发给元首和上海总领事的电报交给了美国大使馆的艾奇逊先生代为发出。

这一天回来从收音机里听的消息令拉贝更加着急：守卫南京的要塞——江阴要塞已近失守。

"如果情况属实，那么南京痛苦的日子就真的要来了!"拉贝对韩湘琳说。俩人默然对视许久。

"愿上帝保佑南京，保佑我们吧!"拉贝在胸前画了个"十"字。

第二天——11月26日，是个阳光高照的日子。一早就有位中国人闯进拉贝的院子，请求见拉贝。

"有何贵干?"拉贝略懂一般的交往礼语。

那人便说："我的亲戚经营首都饭店，让我来跟先生商量，能不能在我们的饭店上面升一面德国国旗?"

"干吗用?"拉贝警惕道。

"嘻嘻，现在全南京人都害怕日本人的炸弹往自己的头顶上扔，也都知道他们唯一不向你们德国人的头顶和房子上扔，所以……"那人笑嘻嘻地解释。

拉贝一听，脸和脖子一下全都涨红了："这不行！绝对不行！"

"为啥？"那人傻了，似乎弄不明白这位别人都称其为"好人"的洋人为何如此怒气冲冲，即使不帮忙也犯不着发这么大的脾气嘛！

"这是原则！"拉贝气呼呼地说。

"原则？这还有原则？不就是借用一下你们的国旗嘛！"那个人一脸不解地走了。

"绝对的原则！我不能容忍这样的事在我拉贝身上出现。"拉贝觉得人格和国格上受到不小的污辱。

但拉贝又很快对这件事消气了，因为这个时候的南京几乎天天在传播各式各样的谣言和离奇的传闻，一会儿说蒋介石带着夫人宋美龄逃离南京了，一会儿又说日本的特务已经潜伏中国守军几个关键营地了，一会儿说德国的希特勒帮助中国同日本和解……总之，什么好事坏事都在传，唯一就是很少有一件事是真的。

唯一真的是：日本的飞机仍然天天在轰炸，而且已经把炸弹投向城区的居民区与建筑物，还有就是日本人的炮火似乎离南京越来越近了。

"先生，你们大使馆转来上海的一封电报。"韩湘琳告诉拉贝，"是不是你们的元首有回应了？"

拉贝两眼盯着电文，十分沮丧地摇头道："元首没有来电，倒是公司催我尽快离开南京……"

"啊？西门子让你离开南京？这、这……先生你要走啊?"韩湘琳一下着急起来。

拉贝看看他,说:"我不会走的,请放心。"

韩仿佛心头落下千斤重石,但又担心起来:"先生如何向你的公司交代?"

"我有办法。"说完,拉贝坐到办公桌上,提笔写了一份电文:

转上海西门子洋行:

来电敬悉,谨表谢忱,我已决定留在南京主持国际委员会工作,以建立中立区保护二十多万市民。

拉贝

这份电报,文字只有一句,但内容却重如泰山,语气也十分坚决。身在异国他乡,谁可以承担保护二十多万人生命的这样一个国际责任呢?拉贝坦诚而坚定,一丝不苟,认准的事,别人无法动摇他,这是内在的人格所决定。随着日本军队越发接近南京,他认为自己的这个选择和责任是正确而不可推辞的。

晚上依然是"碰头会"——茶话会。中方的南京市警察厅厅长王固磐通报情况,内容依旧,拉贝的感觉是中方有些"报喜不报忧"的味道。不过,这一夜让拉贝收获最大的是他一向不看好的罗森先生为他做了件大事:罗森是德国驻华外交官,前文讲到拉贝不欣赏此人是因为他觉得罗森曾明确表示不愿留在南京,这让拉贝一下有了"此人不够勇敢"的印象,拉贝认为这样的人很丢德国人的脸面。但今晚罗森在再一次代表使馆方面劝说拉贝离开南京并没有得到相应的回应时，拉贝反向他提出能否把张群将军的别墅留作他拉贝用——"当然我并非是为了自己享受，而是作为国际委员会主席，假如我有那栋房子，我的工作就很不一样了，最主要的是张部长家的防空洞比我那个不知要强多少倍！"

"你当真有此念？"罗森听后，认真地问拉贝。

"有。非常的有！"拉贝说。

"那我努力争取。"罗森答应试试。

第二天，罗森把拉贝做梦都想完成的事"搞定了"！

"太谢谢罗森博士！你让我重新认识了一个心地善良、宽阔的好人！"拉贝不曾想到他曾经讨厌的人，竟然做了一件如此了不起的事：张群的房子本来是给罗森用的，现在罗森主动让出留给拉贝。汉堡商人能不激动吗？令拉贝更加感动的是，罗森还悄悄塞给他一张英国领事普里多·布龙的"介绍信"，凭这张"介绍信"，拉贝随时可以登上英国怡和洋行的三桅帆船，而此船是仅有几艘停靠在下关长江上的外国救急船，它可以逆流上行到汉口。

拉贝没有看错人，罗森不但人好，而且其家境令人羡慕。拉贝一下与罗森走得很近，这也让他第一次知道了罗森的一些底细：罗森的祖父与伟大的音乐家贝多芬是朋友，罗森身边还留着贝多芬给他祖父的信。一百多年以来，罗森家族一直在外交战线工作，其父亲当过政府部长，然而罗森则比较不幸，一直只能当驻外大使的秘书，原因是罗森遇到了希特勒时代——犹太人不受德国政府欢迎，甚至严重排斥，而身为犹太人的外祖母，把罗森的前途给毁了。

拉贝知道上述情况后，对罗森曾经有过的一些消极情绪有了"完全的理解"。

这一天是11月27日。晚上的茶话会上又一次出现了唐生智这位大人物。身为南京守军的最高司令长官，他看上去似乎还很威武，并且当场作了"坦诚而重要的讲话"，内容大致有以下几点：

决意要保卫南京，直到战斗到最后一个人；

南京不久很可能将变成战场；

外国人因此处境危险，建议他们离开南京。他将竭尽全力保障留守人员的人身安全和外国人的财产安全。

估计再过几天，他的守城部队会关闭所有城门。如果有必要，他还将设法使外国人出城（或从城门或从城墙上翻越），但是城外也可能有危险。

南京城将由训练有素的部队保卫。已经采取特别措施以解决城内和城市周边五十公里以内的违法军事组织。

之后，唐将军补充了重要一点：南京周围部署的军队来自许多省份，这样他就很难防止城内出现骚乱。

在后来的私下交谈中，唐生智说如果日本人成功地攻陷芜湖，那么部署在南京地区的中国军队将会被围困；最后中国军队只有突围一条路。

作为南京城的最高司令长官，唐生智能这样坦率讲"实情"，在拉贝等外籍人士看来，实属不易了。尽管大家对唐决意"战斗到最后一个人"有些怀疑，但南京城到底还能坚持多长时间，从唐的口气里也似乎拿不准。因为一方面唐誓死保卫南京城的决心好像很坚定，另一方面私下谈话里又明显地流露出情绪低沉的哀兵味道。其实拉贝他们心里清楚，他唐生智的底气到底还剩多少，也绝对不是他身为十五六万守城军司令长官说了算的。

104

南京城的命运，现在是日本人说了算——尽管日本人离紫金山还有一二百里路。可一二百里对装备精良、铁蹄横行的日军来说，也就三五天的时间。这才是拉贝最关心的实际问题。

国际委员会又一次会议在斯迈思博士家召开。围绕着"日本方面对国际委员会提出的建立中立区毫无回应"的情况，如何在眼下日趋紧迫的形势下开展工作等问题，进行了激烈讨论。

主席拉贝认为，如果没有日方的答应，国际委员会即使建立了"中立区"，也等于我们是把一群温存散放的绵羊圈在一起，反倒帮助赶来的野狼更方便地吃掉这些可怜的羊儿，这样我们这些所谓的"好人"，却给南京人民酿成了巨罪！

"拉贝主席的这种认为并非没有可能，现在的日本人就是一群疯了的野狼，一旦他们进城后，认为我们这个中立区根本不符合他们的想法，或者借着没有经过他们的同意等等理由从而彻底否定它的合法性，那么我们收留的人越多，可能犯下的罪行也就越大。这一结果不可认为是不存在的。"米尔斯牧师建议，"应当尝试一下，向中国领导人提出，能否考虑和平让出南京城，这样不至于日本人硬攻之下再进城找到大屠杀的借口。从现在中日两国的军队及大趋势看，军事固守南京，其实是很荒唐的！"

刚刚当选国际委员会中方总干事的杭立武完全不同意这个提议，他说："我们同日本人打到这个份上了，再让老蒋空手交出首都南京来，我想即使蒋介石有此心，全中国人民也绝对不答应的。"

"你的意思我们只能等日本人答复？"同样是新当选总干

事的菲奇先生问杭立武。

杭点点头说："我看不出还有其他办法。只有耐心等日本人的肯定答复，否则就可能像主席所说的那样，用我们中国人说的一句话叫做'吃力不讨好'。"

"不可思议！我们冒着如此大的生命危险，竟然还可能落个不好的名声！怎么办呢?"有人急躁起来。

会场有些乱，每个人都显得情绪有些失控。唯有主人斯迈思坐在一旁沉默不语。

"博士，你的意见呢?"拉贝知道斯迈思是有名的"智多星"，便过来问他。

斯迈思站起来，从与拉贝一起来的施佩林手中要过雪茄，连抽了几口，说："大家的意见都有道理。不过我想，我们这些人动议建立中立区，首先是，本来就没有人授权给我们，完全是由于我们奉行上帝旨意、以自己做人的信仰去志愿为苦难的中国人民、南京市民们做一件有意义的事才有了这样的动议，其本身没有错。如果有错，也可以理解为是上帝的旨意赋予我们这些心怀仁慈的人的使命所致，也就是说，错不在我们。其二，从事情本身来看，日本人肯定是不爽的，因为我们这样做显然不符合他们意愿，作为一个征服者在战胜另一个对手时原本可以采取一切自由自在的行径——比如犯罪和屠杀。日本人一定这样认为，一旦占领南京后，他们就理当享有这种权利。而我们建立了中立区，从某种意义讲，明显是限制了他们的这种权利。所以说，日本人对我们的反感是肯定和必然的。现在出现的问题是，我们把对他们的这种限制提前公告了出来，并且还要让他们亲口答应。设想一下，他们会有答复给我们吗？不可能。我想这个结果从一开始就注定了。所以,我倒以为,事情并没有我们最早想象的那么好,但也绝对不是那么坏。我的意见是,任其自然,我们照干我们的事!"

"同意!完全同意斯迈思博士的意见!"拉贝显得很激动的样子,双手举得高高的,"我们做我们的事,结果如何,上帝会保佑我们!"

"上帝保佑!"讨论的主题虽然是个未知数,但国际委员会的每一个成员尤其是主席拉贝对自己领导的这个组织有了更多的信心。他认为像斯迈思博士等这些高智商和大胸怀的基督徒,再加上像他这样富有强烈使命感且干事精细的德国商人,"中立区"必定会造福于南京人民,至少可以让大难临头的广大平民有了一丝绝望中的暖意。

回到自己的住处——广州路小粉桥1号,拉贝让施佩林把腾出来给自己用的宁海路5号——宫廷式建筑的张群将军的住宅大门口挂着一面大大的德国旗。"这么个好地方,至少可以多安置些难民,我们得保护好,千万别让日本人的炸弹给毁了!"拉贝认为现在所能做的就是像斯迈思博士说的"任其自然,干该干的事情"。如果现在不做好最坏的准备,尽最大可能地提前把建立"平民中立区"的事情准备好,过几天后会极其糟糕。

"厅长大人,你是否留在南京?"拉贝今天曾悄悄问过警察厅厅长王固磐。王说:能留多少时间就留多少时间。

拉贝一听嘴噘了起来,心想:你这话意思就是想溜呗!

"现在留在南京的到底还有多少人?"拉贝其实最关心的是这个。

王固磐说:都说有二三十万,其实现在谁也弄不明白。

"现在撤离的已经不少，自己投亲奔友的也相当多，但日本人一路从上海打过来的这些地方的难民又不断拥进南京城里来。百姓以为首都南京可以避难。天知道这里几天后就是大地狱！"

"几天后这里就是大地狱！"这话从警察厅厅长嘴里说出来，让拉贝内心震动巨大。

上帝啊，到时我们这些人在一群嗜血的虎狼之口下到底能有何作为呢？如此巨大而痛苦的心理压力一天比一天严重地堆塞在拉贝的胸口。

南京城里到底现在还有多少人？看来是个谜。那么，我们这个"中立安全区"，到底需要准备多大的地盘？假设是二十万人，一天要用去多少食粮？如果是三十万、五十万人呢？

上帝，我简直是在做个糊涂的"主席"啊！拉贝一想到这事，脑袋都快要发涨了。

日本大屠杀之前南京城里到底有多少人，这一问题一直影响着中日两国几十年来关于"南京大屠杀"的看法。是不是三十万人，这个数字的准确性与可信性一直无法确定。老实说，我目前所能查到和看到的史料上，对这一问题也有不小出入。不过中国有个官方的材料值得重视。这个材料认为：

关于南京市人口，据民国时期南京市政府的档案资料记载，1937年6月，南京城区与乡区人口总数为一百零一万五千四百五十人。南京沦陷前夕人口变动较大，一部分随国民政府迁移，一部分有钱的人逃离南京。据南京市政府1937年11月23日致国民党军事委员会后方勤务部的公函称："查本市现有人口约五十余万。"这一数字，从日本有关资料可以得到佐证：1937年10月27日，驻沪冈本总领事以机密第2144号函致广田外务大臣称："南京市内公务员和军人眷属均已避难，人口剧减，据警察厅调查，现有人口五十三万余，都是各机关公务员、财产无法转移和当地商民等需要在南京坚持到底的人。"该公函是日驻沪总领事派谍报人员赴南京所作的调查结果。南京沦陷后，即1938年3月至4月，国际委员会成员斯迈思博士曾进行调查，结果是：1937年，"南京市人口恰好超过一百万，到8、9月，人口急剧减少，11月初，又上升到五十万。"从以上几个方面的资料可说明，南京沦陷前夕仍在南京的人口应是五十余万。加上未能撤离南京的中国守军和从上海、苏州等江南地区流向南京的外地难民，则总人口数应为六十余万。（见《南京大屠杀》史料集和《拉贝日记》第115页，江苏教育出版社，1999年版）

像美国人斯迈思博士这样受过严格高等教育和教会熏陶的基督徒，且又精通中国语言文字，同时又长期在中国工作，而且他们对自己的工作极其细致而严谨，我相信他们当年通过艰苦细致的调查工作而得出的结论是准确的、可信的。仅从这一点，我以为，上述关于南京城在日本大屠杀时留下的总人数为六十来万的记载，应该符合实际。

"先生，看到您这些天的脸色不太好，估计可能血糖又高了。必须注意按时注射胰岛素。"韩湘琳对拉贝的身体特别关心，而拉贝则关心韩一家的安全。"你赶紧把全家搬到我这里来，再过几天恐怕来不及了。几天后，整个南京城都是不安全的，只有这儿可能稍稍保险些。"拉贝对韩严肃地说明严重性。

"谢谢先生。我一定安排好。"韩说着，眼眶都有些红了，"如果不是因为先生在，我不知道一家人到底会有啥命运。"

"我们生死共存。"拉贝拍拍韩肩膀，安慰他。

其实他们现在是相互安慰。用人过来告诉拉贝：他所需要的注射胰岛素器械，已经全部煮好了，可以用一个月。

"你要准备这么多啊?!"韩一见那么多注射胰岛素的器械，惊讶地问拉贝。

拉贝说："这也是战备物资。你想想，未来的一个月里，我这个主席不知忙成什么样，不准备好它，一旦出现身体问题，安全区几十万南京市民怎么办呢?"

韩湘琳动情地说："中国要是有先生这样的官员，日本人也不至于打到我们首都来。唉!"

"轰隆——"这时，外面传来一声震耳欲聋的巨响。

拉贝很快从外交渠道那里得知：有三十辆中国卡车在出城不久，不知什么原因遭受袭击而爆炸，运输车的四十余人全部死亡。

悲也。这样的事在南京城内城外，此刻已经不是什么大惊小怪的事了，因为全城都处于越来越混乱的逃亡状态。

拉贝迎来1937年11月的最后一天。这一天，拉贝任主席的国际委员会正式对外宣告成立。美国、英国和中国的新闻媒体上，已经公布了这一消息。当日日记里，拉贝记下了这一天获得的一坏一好的消息：

传说警察厅厅长王固磐已辞职，有的则说他被捕了。因为王自己不是军人，害怕不能承担当前的责任。

另一则消息是好的：斯迈思博士告诉拉贝，城里有六万袋米，下关那边有三万四千袋。

"天冷了，难民们恐怕还需要避寒的草席子等物品。"拉贝觉得这些事完全不应该是他考虑的，应该是那个南京马市长考虑的。

"他是市长，我只是个洋人、商人！"拉贝在韩湘琳等中国人面前半发牢骚地说。

"我看你马上要当市长了。"韩开玩笑说。

"我？当你们的市长？国际玩笑！"拉贝也自嘲地笑了。

市长走了，洋人拉贝成了"南京市长"

这事被韩湘琳言中。

12月1日，山雨欲来风满楼的南京城此时已如飘摇在风浪中的一叶小舟，所有搭载在南京这艘"舟"上的人，没有一个不在打自己的小算盘——包括中华民国总裁蒋介石先生和他夫人宋美龄女士。唯独拉贝等二十几个决意留在南京城的国际委员会的外籍人士反而相对淡定。

在整个南京城处在忙碌的搬家和逃亡状态之中，拉贝等国际委员会的成员们，则在到处筹备物资，以备"安全区"所用。

9点30分，拉贝带着助手克勒格尔、施佩林赶到平仓巷参加国际委员会会议。根据拉贝的建议，在这次会议上，委员会确定了下面的相应机构和它的负责人，他们是：

主席：拉贝

秘书（其实是秘书长的意思）：斯迈思博士

总干事：菲奇

副总干事：杭立武

财务主管：克勒格尔

中方秘书处主任：汤忠谟

下设五个分工委员会：

总稽查：施佩林

粮食委员会主任：韩湘琳

　　　　副主任：索恩、孙耀三、蔡朝松、朱静等

住房委员会主任：王廷

　　　　副主任：里格斯、朱舒畅、王明德等

卫生委员会主任：沈玉书

　　　　副主任：特里默大夫

运输委员会主任：希尔施贝格

　　　　副主任：哈茨

"拉贝先生，我行吗？我可从来没有当过官呀！"韩湘琳对自己被任命为"粮食委员会主任"一职非常意外和激动，这样问拉贝。

"你行。相信你一定能完成好你所负责的筹粮工作，而且我觉得你是我们所有人中最合适筹办这事的人选。"拉贝拍拍韩的肩膀，说，"这几天你其实已经在履行职责了——你不是弄来好几卡车粮食了吗？"

"啊?! 我……那我一定做好！"韩湘琳一听，心想：原来当官就是这样的啊！于是他暗暗下决心：要为拉贝先生多弄些粮食来。

"当然，难民最怕啥？就是两件事：吃、住！你的责任重大，所以我要把这样的任务交给像你这样最信任的人去做。"拉贝说。

"那——我这个粮食委员会的主任就这样算数了？"韩激动得还是有些不信。

"当然喽！你这个职务是我亲自任命的，怎么不算数呢？我是主席，国际委员会所有的任命都必须由我签发。"拉贝瞪大眼睛说。

"好嘞！"韩湘琳从未有过的兴奋，哼着小调去告诉自己的家人和那些中国朋友了。

南京的马市长今天也出席了拉贝他们的会议，而且给拉贝带来了一个好消息：政府送给未来的安全区三万袋大米和一万袋面粉。

"这是振奋人心的大好事！"拉贝和委员会的人都过来跟马市长握手，表示感谢。

"要说感谢，还是我要代表南京市全体市民向你们诸位感谢呢！是你们的无私帮助和牺牲精神，给几十万市民指出了一条生路……"马市长连连拱手相谢。

这一天的拉贝忙得不可开交。从平仓巷开会回来，便去安排韩湘琳给鼓楼医院送去十二桶汽油，随即顺便带回了一台水箱放在他的院子里。

现在拉贝的院子里的第三个防空洞也建好，顶上是结实的铁板，入口是用砖砌的，比较坚固。

下午，拉贝赶到唐生智的司令部，在那里他收下了蒋介石统帅部答应捐献给国际委员会十万元中的第一笔两万元。

"剩下的什么时候给?"拉贝精明地问中方代表杭立武博士。杭耸耸肩,说:"也许很快,也许永远得不到了!"

"是这样啊?"拉贝愣了半天,心想:这点钱可能也就够以后难民们的一天伙食。唉,能拿到总比一点都拿不到要好吧!

宁海路5号,现在归拉贝他们的国际委员会总部所用,于是菲奇、克勒格尔、斯迈思等几个国际委员会成员一起来此,希望亲眼观摩一下他们"主席"的新办公处。

"拉贝先生,你现在应该把名字改成'约翰·拉贝·洛克菲勒先生'了!"斯迈思博士看完美观、豪华的张宅,如此对拉贝说。

"哈哈……我成世界巨富了!拉贝·洛克菲勒!"拉贝满脸笑容。洛克菲勒是美国石油大王,20世纪初的世界首富。斯迈思之所以称拉贝是洛克菲勒,是因为拉贝现在"拥有"的张宅确实太漂亮和豪华了:这栋两层的中式建筑,以当时南京城来看,绝对算是"大哥大",尤其是正门前的那个大花园和平展展的大草坪,对拉贝他们用作救助难民的场所,实在求之不得的好地方!总之,环境好、地方大,整座建筑又醒目,加之里面有坚固的防空设施,太适合作为拉贝他们所需的"办公"地了!

这天晚上6点,拉贝他们在英国文化协会所在地再次举行国际委员会会议,与前几次不同的是,这回请了不少新闻媒体。会上,拉贝代表国际委员会正式宣布了他们在南京设立"安全区"(中文翻译为"难民区")的计划和相关人员的职务。

中外新闻记者对拉贝他们的国际委员会十分关切,当晚的各种询问也让拉贝有些招架不住：

"日本方面对你们的安全区设立是什么态度？"

"目前还没有日方的表态。"拉贝回答。

"这意味着日本方面有可能不同意你们的做法。如果这样的话，你们一旦设立安全区会不会给日军屠杀中国人民反倒提供了方便？"

"战争的进程我们无法预料，但安全区的设立是符合国际人道主义的。任何一个国家的军队违反人道主义必将受到全世界的谴责！"拉贝回答。

"日本人的行为已经无数次证明他们的军队是不会理会这种谴责的，占领中华民国首都南京又是他们的梦想，当他们以胜利者姿态进入南京、进入你们的安全区为非作歹时，你们有何能力抵挡他们的枪炮和子弹呢？"

"我们没有枪，也没有子弹，但我们有一颗正义的心，相信世界上还有一样比枪炮和子弹更锐利的武器，这就是我们的良心和正义。"拉贝平静而坚定地回答。

"听说你也给你的德国元首写信请求支持你的计划，元首有答复了吗？"

"还没有。但我相信他不会丢下我不管的！"拉贝说。

"果真这样？"

"我想是这样。"

全场哄笑。

拉贝突然涨红了脸，站起来说："我以德国国家社会主义工人党党员的名义保证，我们的元首会理解和支持这样的行为的！"

又是一阵哄笑。

事后证明，拉贝的判断完全错误了，因为希特勒说一套做一套的骗子行为，不仅蒙骗了德国人，更蒙骗了苏联人和全世界人，希特勒不久便与日本、意大利法西斯站在了一起，且成为这三个轴心国的主心国。一生以纳粹党为荣的拉贝也在晚年彻底地对自己曾经的这份荣耀而悔恨。这都是后话。

　　此时此刻的拉贝，依然充满希望，如果日本不搭理他的国际委员会，那么他希望他的元首能够至少出面说一句话给日本人听听。

　　新闻发布会后，委员会又换到首都饭店开会，会议的焦点仍然是在日本人没有答复的情况下如何展开工作。争论并没有统一，主席拉贝必须拿主意。

　　"我相信我们最初的动议不会有错，斯迈思博士他们推荐我当这个主席的原因之一，就是我背后还有一个希特勒——我们的元首，我依然相信：他不会丢下我不管的！"拉贝的当日日记把这话写了进去。可见他当时对希特勒深怀信任。

　　"谢天谢地，我们有救了！"罗森告诉他，他给元首的电报，已经通过德国国家社会主义工人党中国分部负责人拉曼先生交了上去。拉贝得到此消息，几乎要欢呼起来。

　　会议开到晚8时左右，南京马超俊市长带一帮人来到首都饭店，与拉贝他们共进晚餐。

　　"尊敬的拉贝主席，各位先生：我今天来这儿，是来告别的……大家知道，日本人进入南京城的那一天已经不会太远，我们这里的人都将撤离。一旦撤离，整个南京城便没有了领导者，你们便成了几十万南京市民们唯一的依靠。拜托拉贝先生，拜托诸位了！"马市长说完话，连喝了三杯白酒，然后与在场的国际委员会成员一一握手。他拉着拉贝的手久久不放，最后说："拉贝先生，我这个市长其实在前些日子就已经不能发号施令了，现在、从现在开始，我要把市长的权力交给您了——尊敬的拉贝先生！"

"不敢不敢！市长是你！"拉贝受宠若惊。

回到住处，因担任重职依然兴致勃勃的韩湘琳过来对拉贝说："我没说错吧！你现在就是我们的市长了！"

拉贝却一脸严肃地说："我只是个委员会主席，怎么能是市长呢？不能。绝对不可能是市长，更何况是中国的南京市长！"

日本方面是否同意建立安全区，这一直纠结着拉贝。第二天即12月2日，法国神父雅坎诺终于从上海转来日本当局的电报：

转给南京安全区委员会：

日本政府已获悉你们建立安全区的申请，却不得不遗憾地对此予以否决。

若中国军队对平民（或）其财产处理失当，日本政府方面对此不能承担任何责任。但是，只要与日方必要的军事措施不相冲突，日本政府将努力尊重此区域。

美国大使馆官员 高斯

电报在拉贝手上放了很长时间，他看了一遍又一遍，默默地呆坐在办公桌前一句话也不说。

韩湘琳焦急地问："先生，这电报上的话到底是同意还是不同意我们的安全区呀?"

"不是说得非常清楚——不同意嘛!"另一个用人说。

"但最后一句话说是我们只要不与他们的军事措施相冲突,他们还是努力尊重我们安全区的!"

"唉,外交辞令就是复杂,能说得清的话非得绕来绕去。"

施佩林过来说:"我刚才听收音机里的英国电台对此评论是日本方面断然拒绝我们的计划。"

"英国这样认为?"拉贝问。

施佩林点头。

拉贝从椅子上站起身子,踱步道:"我不认为日本是断然拒绝我们的计划,因为从外交角度看,这个答复还是留了一条后路给我们,就是说,日本人给我们的计划提出了一个前提条件——只要我们不跟他们的军事行动发生冲突,他们是可以允许和保证我们安全区存在的。所以仔细分析日本方面的这个答复,对我们还是有利的。"

"先生你这样分析认为?"韩湘琳等人脸上露出了兴奋。

拉贝频频点头,说:"至少我这么认为,也至少说明我们与日本方面还有余地可谈!"

"这就好!这就好!"众人的气氛顿时活跃。

"施佩林先生,我们必须马上请美国使馆再想法向日本方面转达我们的回应和善意。"拉贝对助手说。

"你的意思是……"

"以我的名义,马上向美国使馆发一份电文,申明我们得到日方态度后的进一步意见。"拉贝重新坐到办公桌前,拿起笔,开始起草电文:

我们恳请您把南京安全区国际委员会的下列意见转发给雅坎诺神父：

衷心感谢您的帮助。日本政府承诺，只要与日方必要的军事措施不相冲突，它将尊重安全区区域，对此，委员会表示认可和感谢。中国当局完全同意严格执行我们原来的建议。因此，委员会将继续开展安全区的组织和管理工作，并通知您，难民已经开始迁入安全区。委员会将在适当的时候，在进行适当的检查之后，正式通知中国政府和日本政府安全区业已开放。

委员会恳请您，以最友善的方式再次与日本当局取得联系，促使对方注意：如果对方直接给委员会一个带有保证性的通知，将会大大减少陷于困境中的居民的忧虑。我们诚恳地希望不久便能收到日本政府相应的通知。

主席 约翰·拉贝

当晚，拉贝通过新闻发布会的方式，将日方和他发给法国神父的这封电文的内容，向外界作了正式陈述，以此再次恳求日方对他们的国际委员会设立安全区建议予以"友善考虑"，因为"由于必须事先采取措施以救助成千上万名只有在安全区才能找到避难场所的平民，委员会急需立即开始工作。出于人道主义，迫切希望即刻对此建议作出答复"。新闻稿上后来引用了拉贝这段话。

什么叫日理万机？拉贝这位不是市长的"市长"，从跟马市长告别握手的那一刻开始起，他就深深地体会到了。12月2日的新闻发布会上，罗森向他透露一件事：德国驻华大使特劳特曼和夫人突然回到南京了。

"是来支持我的?"拉贝大感意外。

"不是。是帮助中国当局与日本方面周旋……"罗森说。

"晚上无论如何要请先生到福昌饭店去一趟。杭立武博士要走了!"韩湘琳急匆匆地前来向拉贝报告。

"杭怎么能走嘛!他是我们的住房委员会主任呀!他可是个大人物,他走了我们怎么办?"拉贝急坏了。

"听说他是蒋总裁亲自点名要去完成一项特殊使命才决定走的。"内部消息灵通人士向拉贝报告。原来杭立武被调去秘密押运故宫珍宝。

一万四千多箱珍宝呀!都是我们祖先留下的东西,这样的任务不能没有人去完成!与杭见面后,杭立武悄悄对拉贝说出了自己所承担的秘密任务。

"太可惜!太可惜了!你一走,对我们损失巨大。我无法找出一个更合适的人来接替阁下的工作。"拉贝有些沮丧。

"国难当头,我们皆无可奈何!"杭叹息道。

"日本方面提出的条件就是希望我们的安全区不要与他们的军事措施相冲突,这显然告诉我们,在安全区内中方不能有任何军事行动和军事人员的存在。唐司令长官,我们安全区能不能公开成为南京市民的避难地,全靠一个条件了:你们的军队不能在区域里面有任何军事行动和军人。希望你看在几十万南京市民日后的命运上给你的部队下达一道特殊的命令。"拉贝在新闻发布会上,拉住唐生智总司令,以恳切而坚决的口吻请求——或者说哀求吧。

唐板着脸,长时间不作回答,最后从口里吐了一句话:拉贝先生,我尊重你的建议。明天我将向部队发布命令,让他们停止在你们的安全区内的任何军事行动,包括立即停止修筑工事。

"谢谢唐将军!"拉贝十分感激。他要的就是这句话。

但拉贝很快发现,唐生智的命令其实已经不能落实到下面的部队,或者说他也许并没有真的按他晚上跟拉贝所说的那样行事。第二天,拉贝及其他国际委员会成员一起碰面时,大家反映:守城部队的官兵依然还有人在区域里面挖工事,甚至有的地方在重新架设军事电台。

"我必须向你们严正抗议:如果再这样下去,我这个国际安全区委员会主席只能辞职了!"拉贝气得直接给中方当局打电话。

得到"保证"后,拉贝才缓了口气。但拉贝相信,此时此刻,即使是蒋介石出面,南京城里的人也未必都听他的,军队也是如此。从这层现实上去理解,拉贝算平和了一份气愤——韩湘琳总是从中国人的角度给他解释类似的问题,令拉贝处事有了新的思考角度。为此,他一直非常感激韩。

不管如何,安全区的工作不能停止和拖延,每停止和拖延一天,灾难将是更大更可怕。拉贝决定:必须尽快让全市百姓了解和知道他们的安全区是怎么回事。于是也就有了当晚他们给新闻界和城市警方的一份标题为《在安全区安置居民及分发食物的暂行措施》。内容为:

一、安全区内还没有做好大规模安置居民的准备。目前的战局还没有到达必须这么做的地步。

二、为了在紧要关头(也就是最后的时刻)将逃进安全区内的人数控制到最小程度,委员会建议,各个家庭可以和亲朋好友私下协商,现在就安排好自己的住处。委员会保留在必要的情况下在这些房子里安置难民的权利。

三、一个负责安置难民的特别委员会目前正在区内忙于了解所有可以考虑安置难民的房屋的情况。凡是无法通过私人关系在区内找到住处的难民，该委员会将通过协商解决。不到万不得已（也就是战局紧迫）时，将不实施该办法。一旦这个时刻到来，将会发布正式通告，正式宣布启用安全区。

四、私下协商仅适用于私房，不包括公共建筑或学校。

五、安全区内可供使用的空间有限，故家具或类似的财产不得带进区内。只允许携带铺盖、衣物和食品。

……

这是国际委员会第一份给市民看的公告，其内容同时还对什么时候开放安全区作了特别说明，指出：要等"中方军事人员及其全部军用设施全部离开区域"之后。拉贝对这句话是作了认真考虑的，一是这样可以催促唐生智将军赶快下达最严厉的命令，二是这一条也是给日本人看的。

"德国人做事太精明！"据说唐生智在看了第二天的报纸消息后说了这么句话。后来他下达了一个死命令：守城军队全部撤出安全区域，不得再在那里安置军事设施，更不在这些地方进行军事行动。

12月5日，是星期天。圣保罗教堂的钟声仍然低沉而清脆。这一天是本月第一个主日，传教士福斯特照旧准备着教仪——

我今天为你祝福
耶和华必天天看顾

你在家在外你出你入

耶和华必一路保护

你当除去恐惧的心

因为这不是从神来

靠着耶稣永不动摇

我们一生蒙了大福

……

一曲《我今天为你祝福》轻缓中带着几分忧郁在南京城区的上空飘荡着。

来教堂做礼拜的人比平时少，但比福斯特想象的稍多些，且妇女占了多数。离开教堂，福斯特乘车准备到牧师马吉家，结果一上路，三颗炮弹从他头顶呼啸而过，随即不远处的地面高射炮齐鸣，福斯特赶紧带着一起从教堂走出来的妇女们迅速躲进街头一旁的防空洞。在马吉牧师家，福斯特与马吉等人激烈地讨论着如何建议中方不要再一意孤行守城了。

"既然没有把握能够抵抗日军进城的可能，那么敞开大门让强盗进来也不失为一种智慧，何必非让惹怒的强盗再乱杀无辜。"马吉牧师也是这个主张。

"恐怕蒋介石先生不会接受这样的建议，他已经被共产党骂了几年不抗日，所以现在蒋先生是豁出老本也要撑着干出点样子来。这回在上海就把所有的精锐部队全押了上去……"福斯特说。

"结果又能怎么样呢？"马吉说，"他蒋介石的中国国力和实力都比不上日本，大上海他蒋介石押上了，输了；首都南京他还想有何作为？我还是那句话：既然无力抵御，干脆打开城门……"

福斯特笑着说："我们几个普通神职人员，怎能影响得了他蒋总裁？来，还是一起在上帝面前为南京市民们祈祷吧!"

耶稣神像前，马吉和福斯特心中念念有词地在上帝面前寄托着自己的那份对和平的期待。

"轰隆——"拉贝这一边的情况则不同，他生活在现实中——日本人的炸弹已经一次次逼近他办公室。有时爆炸声太强烈，他便让用人将桌子搬到离窗口远一点的地方。收音机就摆在桌子上，这几乎成了他唯一最亲近的"伙伴"，一切最重要的消息来自于收音机里传来的上海电台所发布的消息。

上海的电台里讲，日本军队的先头部队已经开赴距南京城只有十三公里的地方了。"如果这情报属实，那么日本人将在两三天内进城，而不是唐生智将军所说的两个星期。"拉贝跟韩湘琳分析。

"有这么快吗？"韩不懂军事，一听拉贝这么讲，便着急地问，"我们的安全区还没有准备周全，市民也不太清楚我们的安全区到底怎么搞，是不是赶紧向外贴些公告一类的东西？"

"我也这么想。我们的委员会中有人还在继续做你们中国领导人的工作，希望他们在日本军队打过来时，干脆打开城门……"拉贝说。

韩一听，愣了半晌，问："这不就是投降吗？"

拉贝看了一眼韩，说："不设防，也是军事上的一种手段，并非绝对是投降的意思。"

韩还是认为："我觉得与投降差不多，不打就开城门了，这等于是投降嘛！恐怕中国军队和南京人民有些不愿接受，太没面子了！"

拉贝摇头，喃喃地说："中国人就是讲面子。要面子是会害死更多的人！"

"拉贝先生，据我们所掌握的情况看，你们的安全区内，还有不少军人的活动，这是很危险的。"德国大使馆留守人员罗森博士急匆匆地跑来对拉贝说。

"昨天晚上唐将军不是答应得清清楚楚，要下令彻底让军队撤离我们的地方和停止其中的一切军事嘛！"拉贝不信还有这等事。

罗森说："唐将军下令不假，但下面的军人也越来越害怕日本人打进城来杀他们，所以正在以各种方式纷纷潜入你们的安全区……"

拉贝急得直搓手："这太危险！必须制止这样的事！"他吩咐韩湘琳等筹备组织好人员在未来几天内在安全区各街口安排警戒，严防军人和换成便衣的军人进入。

12月6日。早上一起床，空袭警报便不停地响着。从芜湖方面传来的消息证实，停泊在船坞里的怡和洋行的"塔克沃"号轮船和太古洋行的"大同"号轮船，被日军战机击中，死伤数百中国人。停在附近的一艘英国战舰的舰长也在空袭中负伤。

南京城的情况更紧张。日本人的炸弹落在浦口铁路站，一下炸死二十多人。

拉贝来到守城中国军队的黄上校那里，与他商谈不准军人进入安全区事宜。

黄上校对拉贝设立安全区本身持反对意见。

"设安全区本身就会从心理上让我们的守城部队瓦解了士气，这是很明显的事。"黄上校解释道，"你想，过去我们是因为自己的过错才输掉了这场战争，现在轮到我们对首都南京的坚守时刻了。这个时候，我们必须全力以赴，调动一切有生力量来迎接与敌人的殊死决战，不让日本人占领我们的一寸土地。可现在你们弄出了个安全区，百姓纷纷搬进去，连我们的一些军人也跟着往里面躲藏。这样，我们在与日本人打的时候谁来支援我们？这不是动摇军心吗？我不同意你们建立什么安全区！坚决不同意！"

　　黄上校显得很生气的样子，将身子转过去，有些不想理会拉贝。

　　"上校先生，是这样的。"拉贝觉得黄上校说的是奇谈怪论，必须让他明白他们建立安全区的目的和意义，否则误会大了，"是这样：想进我们安全区的人，都是留在南京城的人，他们之所以留下来，是因为他们没有钱带着家人和一点点财产逃走，他们是穷人中最穷的人，难道应当由他们这些穷人去用生命弥补以往你们军方所犯的错误吗？"

　　"我什么时候说过让穷人去为我们所犯的错误负责和弥补什么东西？"黄上校生气地看着拉贝。

　　"对不起，是我中文不好，表达得不确切。"拉贝赶紧道歉，接着说，"尊敬的黄上校，我想问的是，你为什么不命令南京那些富有的市民，那些逃走的有钱的八十多万市民留下来？为什么总是要那些社会最贫穷阶层的人来献出他们的生命呢？"

　　黄上校沉默片刻后，又说："即使像你所说的那样，建立所谓的安全区，也应该是在最后时刻，因为我们跟日本人打，就是到了他们进城以后，我们的军队也还要与他们进行巷战到底！那时候建安全区可能比较有用。"

拉贝表示反对："我不认为黄上校的想法切合实际。"他接着说，"如果不作提前的准备，一旦日本军队进入南京城比你们预期的要快，巷战或许根本就没有打起来，中国军队就撤出南京城了，那个时候即便有人想建安全区，恐怕已经晚矣！"

"不行，我坚持认为：不到最后时刻，建立安全区是动摇军心的行为。这个尊严关系到中国的形象和中国军队的战斗力。我是不会同意的！"黄上校似乎没有回旋余地。

与黄上校的交谈令拉贝有些沮丧。回来后，他痛苦地伏在办公桌前沉默了好几分钟。怎么办？部分中国军人如同又臭又硬的粪坑石头，不切实际的中国军人，让他们的尊严和荣誉见鬼去吧！

拉贝想到了日本人。是的，只有求日本人了，他们才是关键。如果日本人同意建安全区，拉贝他们的国际委员会就可以放手大胆地把工作全面展开起来。对，日本方面不是已经有了一个表态吗？应该趁热打铁，进而向他们提出要求。想到这里，拉贝立即又一次起草了一份给日本当局的电文：

1937年12月6日致日本当局电

一、日本当局的答复国际委员会已收悉，委员会对内容已作了记录。中国当局目前正在减少区内的军事设施的数量并从区内撤出军事人员。委员会已经开始用旗子标记出区域的界线，旗子的图案是白底红圈红十字（红圈象征安全区）。在安全区转角处的地上或建筑物的房顶上水平悬挂画有上述标记的大横幅。

　　二、鉴于安全区内剩余的中国军事人员正在逐步撤离，同时考虑到数以万计拥进区内的难民和其他平民的忧虑和困境，委员会希望日本军队在安全区筹备期间以及设立后不要轰炸该区，也不要对该区域发动任何形式的进攻。国际委员会将努力尽快完成赋予其的工作。

　　三、国际委员会获悉，日本当局在答复电第五段中作出了承诺，我们对此表示感谢。日方承诺内容如下：可以把下列情况看成是一种表态，日本军队无意对未被中国军队使用的地点或不存在军事设施或没有部署中国军队的区域发动进攻。

　　四、国际委员会在此通知日本当局，共有十五至二十名外籍人员志愿管理安全区。外籍成员继续留守在城市表明，他们认为中国以及日本当局在安全区方面所作的保证是诚实并且可信的，此外这还表明，委员会将坚定地负责将所有有关安全区的规定实施到底。

　　　　　　　　　　　　　　　约翰·拉贝

　　　　　　　　　　　　　　　国际委员会主席

　　在完成给日方的电文后，拉贝想了一想：觉得光给一个方面还不行，毕竟现在要使安全区正常运转，南京还在唐生智的掌握之下，怎么能离得开他呢？再说，唐本人不已经在前两天都表态支持我们的安全区嘛！问题出在他的下属和一些像黄上校的军人身上。应该继续争取唐生智的支持。想到这里，拉贝又拿起笔，给唐生智总司令长官也起草了一份电文：

尊敬的唐将军先生：

昨天您十分友好地和委员会主席及代表进行了交谈，委员会在此就您对委员会工作的首肯以及在帮助南京难民和平民方面所给予的支持表示衷心的感谢。

委员会特别要感谢的是您就安全区事宜所给予的详细的保证：

一、在安全区域内不设立新的军事设施、战壕或其他掩体，同时也不得在区内留有火炮；

二、在安全区域作出明确标记后，下令禁止所有军事人员进入安全区；

三、所有属于军事指挥所或其他部门的军事人员必须逐步撤出安全区。

对于您提出的为安全区作出明确标记的建议，委员会将立即执行，以便于中方军事人员执行您的命令。

委员会和受您指挥的警察局长方先生商定，张贴致中国军人的通告，向他们简要地介绍安全区的性质和作用，以便他们能理解禁止他们进入安全区的理由。

委员会关切并充满理解地注意到了您的表态，即：委员会的愿望具体实施起来会面临很大的困难。对此委员会要指出，接待大规模难民有一定的困难。他们寻求得到保护，但是只要安全区内布置有军事设施和军事人员，这种保护就不能得到。

委员会不否认您说法的正确性，即：短时间内从安全区撤出武装军事人员比较困难。但另一方面请允许委员会冒昧地指出，由于通讯联系的难度越来越大，总有一天，当等到最后一分钟才开始从区内撤出全部军事设施时，几乎就不会再有机会通知日本人安全区开始启用了。而在这一段时间内日本人会轰炸区内的难民，并指责中国军方因滞留在所谓的安全区而必须对此负责。

为此，委员会希望您继续努力，尽快从安全区内撤出所有部队。委员会已经发表了一项声明，表达了对您所作承诺的充分信任。

最后，委员会在此对您充满同情地顾及到平民百姓的利益表示感谢，请求能继续得到您的友好合作以及您关于安全区各项努力的建议。安全区维系着许多中国人的命运。

此致崇高的敬意

约翰·拉贝

拉贝送出两封电文，自己都觉得似乎有些异想天开：已经打到南京市郊汤山的日本军队能理会他这个德国纳粹党员的建议？唐生智将军恐怕正在忙着为自己逃命作准备，还有心思为他这个汉堡商人着想？

听天由命吧！拉贝安慰自己。不过7日这一天早上起来，看到头顶上掠过大批中国飞机，再次证明拉贝他们留下来的全部意义了——蒋介石先生向自己的首都告别了，那位与拉贝争执半天要"战斗到最后一刻"的黄上校据说也跟着最高统帅离开了南京。

现在的南京城内基本上只剩下三类人：几十万没钱的穷人，二十多个手无寸铁却心怀信仰的外国传教士、生意人和教授及医生们，以及几万不知如何打仗又随时准备撤离的守城中国军人。

守城军人们在做两件事：把多数城门封死、封结实；把城门外的居民房全部烧毁，不给日本人进攻时带去方便。于是整个南京城外一片火海与烟雾，那些被烧掉房子的居民和农民们大批拥进城内，借居宿营，有的就直接进到拉贝他们的"安全区"内。"这些人还不是最穷的，他们只是先头部队。他们还有点钱，可以花钱借住在安全区内的亲戚家。真正一无所有的人还没有进来。"拉贝与韩湘琳都这样认为，他们在与先头进入安全区的难民们交谈中了解到这些情况。

"吃饭是个大问题。"拉贝要求粮食委员会主任韩湘琳首先考虑这件事。

"同时还必须向学校的学生开放。"拉贝认为，大学生、中小学生是首先要保护的对象。

"这些学生的吃饭问题，可以提供集体膳食。"拉贝指示。

"我们给学生们提供什么食物?"韩见成队成队的孩子们进入安全区，有些不知所措。

"粥，当然是粥!谁提供得起米饭呀?"拉贝的眼睛一下瞪大了，他觉得韩这样聪明的人怎么会想不到如此简单的问题，"我们能提供大家喝上一碗稀粥就不错了，谁还敢想在安全区里吃上米饭?上帝都不敢点头的。"

"是。我想也就是粥了!"韩松了一口气，他是安全区的粮食委员会主任，以后也许会有几十万人都要由他来供饭吃，他老韩一辈子都没想到自己会担这么大的责任，"官其实也不是好当的呀!"老韩第一次有了当官的异样感受。

关键是，这个时候，常常说好了有人送来几卡车米，但最后到拉贝他们手上的有一半就阿弥陀佛了——中途被军人和不明身份人拦劫已经不是什么新鲜事了。

"今天才进了二千一百一十七袋大米，比原来说好的少了近一半。见鬼！"老韩报告说。

"别怨了，怨也没有用。最高统帅答应给我十万元，现在才拿到四万元。差六万元肯定没着落了，怨谁？"拉贝倒是实事求是。

下午，他和委员会的全体人员一齐上阵，在安全区各个主要地段上都用旗子标了出来，并且在大街上向市民贴出了公告：

告南京市民书

在不久以前，上海战争的时候，国际委员会曾经向中日双方当局建议，在南市一部分地区设立一个平民安全区。这个区域为双方所赞同的。中国当局允诺中国军队不进入指定的区域。这个区域既然没有驻兵，日方也就赞同不再攻打那个地方了。这个协定为双方所遵守。在那个区域以外的南市各地方，虽然有恐怖和毁灭的事，然而这个难民区域却是安全的，而且拯救了成千上万人的生命。

现在在南京的国际委员会也为本城作了同样的建议，这个区域的界址开在下面：东面以中山路北段从新街口到山西路广场为界；北面以山西路广场沿西到西康路（即新住宅区的西南界路）为界；西面以由西康路向南到汉中路交界（即新住宅区的西南角），又向东南成直线到上海路与汉中路交界处为界；南面以汉中路与上海路交界；这个区域的边界都用旗帜作了记号。在旗帜上面有一个红十字，红十字以外再有一个红圆圈，并在旗上写了"难民区"三字。

为使上述的区域成为平民一个安全地点，卫戍司令长官曾允诺在本区域以内所有的兵士和军事设备一概从速搬出，并且允诺以后军人一律不进本区。日本一方面说："对于规定之区域颇难担负不轰炸之责。"在另一方面又说："凡无军事设备，无工事建筑，不驻兵，及不为军事利用之地点，日本军队决无意轰炸，此乃自然之理。"

看到以上中日两方面的允诺，我们希望在所指定的区域内为平民谋真正的安全。然而在战争的时候，对于任何人的安全自然不能担保的。无论何人也不应当认为进了这个区域，就可以完全保险平安。我们相信，倘若中日双方都能遵守他们的允诺，这个区域以内的人民，当然比他处的人民平安得多啦，因此，市民可以请进来吧！

南京难民区国际委员会

民国二十六年十二月八日

这份中文公告书中把"安全区"译为"难民区"，是拉贝他们认为更容易被南京百姓们理解。同时为了确保拥进安全区的市民有序地住宿，拉贝吩咐斯迈思博士给报纸提供了一份新闻稿详细将住宿和膳食告示如下：

一、住宿

（一）建议居民尽可能在安全区内达成私人住房协议。需交付的房租应尽可能的低，绝不应超过和平时期通行的价格。

（二）安全区内的公共建筑以及学校是给没有能力签订私人住房协议的最贫穷的人预留的。学校只有在迫不得已的情况下才予以开放。

（三）对于居留在公共建筑物和学校的家庭，其家庭成员可以共同安置在一起，但是寝室的安置将根据性别区分。该住宿的安置是免费的，为了能安置大规模的难民，向每人提供的寝室面积不超过十六平方英尺。

（四）在安全区启用后，若以上设施不足以安置全部难民，委员会将要求安全区内所有空房或仅得到部分使用的房屋的主人免费接纳剩余的无家可归者。

二、膳食

（一）指定分发给委员会并由委员会储备的大米、面粉由经过委员会特许的私商出售。

（二）穷人的膳食（稀饭）由红十字会和红十字会负责管理的粥厂以低价提供。粥厂分别位于五台山、金陵大学附近，以及山西路交叉路口……

拉贝忙得简直焦头烂额：一会儿有人报告他送米的车子在城门外进不来，一会儿有人告诉他安全区的几个地方有军人把小旗子拔了。

"这绝对不能容忍！拔旗等于告诉日本人这个地方可以轰炸，那我们的难民怎么办？太危险了！我去看看！"拉贝一听就急了，迈开双腿就往那些被拔掉旗子的地方走。

"看，南京市长来了！"有中国人看见拉贝，便悄悄说。

这话让拉贝暗暗吃了一惊：我真当南京市长了？他突然想起了两年前在北戴河一次茶话会上，当时的德国大使特劳特曼先生就曾向他开过这样的玩笑。现在我竟然真的当上"南京市长"啦！

拉贝尽管没去理会中国人的街头碎语，但心头有几分得意。

　　"当时特劳特曼先生说这话时我还有些不高兴。可是现在，这句玩笑几乎要变成真的了。当然，一般情况下，一个欧洲人是不可能成为一个中国城市的市长的。但是现在出现了一个情况：前一段时间一直和我们合作的马市长昨天离开了南京。于是委员会不得不开始在难民区内处理由市政府处理的市政管理工作和问题。这样，我真有点像一名'执行市长'了。拉贝啊拉贝，你得意忘形吧！"12月8日的日记里，拉贝写了上面这段话。

　　"现在我是这里的最高领导者。你们唐司令长官是亲口答应我们的，安全区的建立，中方在11月22日就已经非常明确地同意，现在你们再进入我们已经规划定的安全区，并且未经允许就拔掉我们向市民公布的区域的标志，这就是背信弃义！我代表国际委员会，坚决抗议这种行为！希望你们立即纠正错误！"拉贝气呼呼地站在一批拔旗子的中国军人面前。

　　"你是什么人？竟敢拦挡我们的军事行动？"有几个下级军人见这位洋人在他们面前指手画脚，很不服气。

　　大概他们的长官认识拉贝，便见一位上尉过来，与拉贝谈和："先生不要冒火嘛！我们也是奉命行事。如果你不同意，我们这就撤。"

　　"当然不会同意！我有你们唐司令同意的安全区域图……"说着，拉贝拿出前一天的报纸，上面有"安全区"的"告南京市民书"和"安全区域图"。

　　军人们传递看了看，相互交换眼色，再也没有吱声。"走吧走吧!"军人们不耐烦地吹着口哨,走了。

"简直莫名其妙!"拉贝直挺挺地站在原地,很是威风。

"先生今天可真像市长啊!"韩湘琳在一旁乐。

"像吗?真像吗?"拉贝来劲了,干脆把脖子扭得直直的,然后斜着眼,问韩湘琳。

"像!关键是您发号施令,连军队都不敢违抗。"

"哈哈……"拉贝好不得意,"走,到其他地方看看。"

"是,市长先生!"韩湘琳等在拉贝身后前呼后拥地跟着。

日本人的空袭,已经是随心所欲了,因为中国军方的飞机显然放弃了空中的抵抗能力,或者根本就没有了战机。这是12月9日的景况——日军飞机在城南投下大量炸弹,使得拉贝他们的运米卡车无法正常进城。其中一辆米车费了九牛二虎之力与守城军人说通经过城门后,日军战机的炸弹随即落在这座城门口,当场有四十余人被炸死……

下午2时许,拉贝和贝德士、施佩林等在中国军方的一名上校陪同下,巡视了安全区沿线。他们站在山丘上登高俯瞰,只见到处浓烟滚滚,正在燃烧的民房冒出的烟雾,笼罩着城郊。

"那里有一个高射炮阵地!"施佩林眼尖,突然指着安全区西南界内的一个地方喊了起来。

"怎么还在我们的安全区内安置高射炮阵地呀?"拉贝扶着眼镜,也看到了那一排高射炮,很生气地质问随行的中国守城军上校。

"呜——"上校还未来得及回答,便有三架日军战机在拉贝他们的头顶呼啸掠过……"快卧倒!"拉贝动作迅速地滚倒在地上,同时招呼别人。

"哒！哒哒哒……"那安全区内的高射炮突然猛烈向日机射击。拉贝等仰头看着空中的一场近距离激战。可惜地面的炮火总是打偏。"或者说幸好它总是打偏，否则日本飞机上的炸弹一定投在我们的身上。"拉贝事后认真地说道。

"你都看到了上校先生，如果你们的军队再不从安全区撤走，我将向我的元首报告，报告你们的唐将军失信，而我们的难民区将无法继续工作下去，我这个主席也不想当了！"拉贝从地上站起来，连尘土都没顾上拍尽，冲着随行的中国守城军上校发火。

"我有什么办法。"上校悻悻道，"都这个样了，谁还有本事拦住日本军队？如果先生有可能的话，我倒是建议你应该直接向唐将军提出，让他下令把部队撤出南京，别再硬撑着打什么保卫战！根本就是鸡蛋碰石头嘛！"

拉贝愣愣地盯着上校，半晌没说话。

"对啊，我们找唐将军，看看他现在的态度如何？"拉贝突然像缓过神似的说道。

"唐将军会改变主意吗？"施佩林等怀疑拉贝的想法。

"只要有一点希望，我们就该去争取。"拉贝坚定地准备试一试。

"可以啊，我本人没有什么反对，只要你能说服我们的总裁。"拉贝无论如何也想不到，在他把自己"停战"建议向唐生智司令长官提出后，对方竟然表示理解和同意，而且从所提的"条件"看，也不太像假的。

"看来唐本人也已经对守城不抱希望了。现在就看蒋先生的决定了。"拉贝等兴奋地议论着。"既然如此，我们再努力一把，全力以赴争取停战的结果！"拉贝俨然像是一个主宰南京城命运的大人物了，他匆匆地带着一行人，赶到停在下关的美国炮艇"帕奈"号——美国大使馆的艾奇逊先生在船艇上。

"艾奇逊先生，我以国际委员会主席的名义，想立即通过您联系在汉口的你们的大使，请他给中国政府最高统帅蒋介石将军和日本当局提出停战的建议。"拉贝有些激动地对艾奇逊说。

"好啊，我的南京市长，如果你能促成此事，我们美国方面肯定乐见其成。"

于是，拉贝又回头分别将两封内容接近的电文发给汉口的美国大使馆，请其转交中日双方：

在国际委员会能成功地得到日本军事当局（中国军事当局——发向日方的电文则这样称。笔者注）在可能的情况下放弃对城墙内南京城的进攻（采取军事行动——同上）这一保证的前提下，已经在南京城设立的安全区的国际委员会将出于人道主义的考虑，向中国当局建议（向日本当局建议——同上）不采取军事行动。为了达到这个目的，委员会建议南京附近的所有武装力量停战三天，在这三天内，日军在现在阵地按兵不动，中国军队则从城内撤出。考虑到大量受到危害的平民的困境，委员会请求立即对此建议表态。

拉贝在电文的最后庄重地签下"国际委员会主席拉贝"的字样。

中日决战南京最后时刻，双方都已眼睛红了，这样的一份"停战"建议到底会带来什么结果，没有人知道。

拉贝像刚刚签发了一份几十万人的"生死状",心情激动而紧张,激动的是他这位汉堡商人竟然在异国他乡能够有权去过问几十万中国人的命运,紧张的是如果一旦电文被蒋介石和日本当局当作废纸一张,他这个"市长"的权威性将受到极大质疑。

使命和虚荣心一时让拉贝内心涌起万丈波澜。

从"帕奈"号上岸后,他们穿过燃烧的下关回城简直有些不可思议。晚上7时的新闻发布会结束后,拉贝等听说日本军队的前方部队已经将炮火推到雨花台一带的光华门了。这已不是什么可以瞒过大家的事了——南城门和光华门那边的炮声和火光肉眼都能看得到。

此刻的城内,路灯全被熄灭,夜幕中从前线抬回来的伤员和撤下的部队,三三两两,到处皆是,他们无目的地在街头流浪着。安全区各个进口处已经有大量的人拥入,其中不乏一些脱下军装的军人混在里面。这让拉贝他们很着急。

"日本军队一进来,发现这些人后,将给整个安全区带来不可估量的麻烦。必须采取措施,不让军人进来。即使是放下武器、穿着便装的军人。"拉贝说得非常严厉。

韩湘琳觉得不太可能做到这一点:"我们怎么可能去一个个核实其身份,再说他们也很可怜。"

拉贝的嗓门高了:"怜悯他们,就等于让更多的平民去送死!我们的任务是尽可能地保护更多平民!你们明白我的意思了吗?"

"明白,先生。"韩等人不再坚持了。但事情有那么简单吗?

又一份经拉贝审阅批准的公告,于9日当晚通过新闻媒体发出:

安全区安全措施

一、战争期间没有任何地方是绝对安全的。

（即使在上海的国际租界也有一千多人死于流弹、高射炮弹片、炮弹片和日本飞机及中国飞机误投的炸弹。）

二、我们要记住，日本人从来没有保证过，不对我们的安全区进行炮击或轰炸。

三、日本人仅仅保证在安全区内不存在中国士兵和军事设施的前提下不蓄意进攻安全区。

四、为此我们紧急呼吁居民，空袭期间进入防空洞或地下室。（瓦房同样也能保护不受高射炮弹片的伤害。）

五、一旦城市开始遭炮击或轰炸，只要可能，人人都应当进入防空洞或地下室。

六、即便只是听到城里有步枪或机枪声，也应当进入防空洞或地下室，或以围墙作掩护。射击时，在砖结构房子里的人不应当停留在门窗旁边。

七、空袭、炮击、步枪或机关枪射击时，如果有人正好在街道上，而且无法很快找到安全的地方，如有可能，应当在坑里或围墙附近掩护自己。

八、如果在城内或周围地区爆发战斗，行人不应成群结队，而应尽可能散开。

九、伤员可以送到鼓楼医院，要救护车请拨打电话31624。

十、发生火情请打下列电话：

大方巷消防站：31058；

鼓楼消防站：31093。

南京安全区国际委员会

"让我们进去！我们要进去！"在交通部门口，几百名带着铺盖和食物的老百姓，拼命往院内挤，却被安全区的"警察"死死拦住。

"怎么回事？"路过此地的拉贝看到后，责问那些护卫人员。他们告诉拉贝主席：里面两间房子里发现武器和弹药。

"那就先把难民们安置到另外的地方。"拉贝给出了解决办法。

12月9日的夜间，所有南京城内城外的市民都被阵阵惊天动地的炮火声所惊醒或被吓得不敢闭眼。拉贝的国际委员会除了不停地接纳潮水般拥入安全区的难民和脱掉军装的军人们外，似乎只有等待日本军队进城后的可怕命运。

城内现在最多的是伤员，断腿缺胳膊的伤员到处都是。医生成了这个时候最受欢迎的上帝。中央军的军医金大夫前来向拉贝报到，说他手下八所军队医院还有八十多名军医可为安全区提供服务。

"简直是奇迹！"拉贝高兴得直拥抱金大夫，"越多越好，未来几天里，医生将最受欢迎。我敢肯定。"

马吉牧师已经向拉贝报告了他要在南京城成立一个国际红十字会欧洲分会。"这个建议很好。你在欧洲人脉好，如果他们批准你的请求，就可以公开招兵买马了！现在我发愁的就是救助伤病员。"拉贝非常赞同马吉的建议。

"只要有利于为市区的难民服务，我们支持所有建议和行动。"拉贝虽然做事严谨，但思想又非常开放，他的这一主张颇有市长风范，让身边的韩湘琳佩服得五体投地。

"下关的士兵要烧我们的粮食，你说怎么办？"韩又报告不祥消息。

"这是胡闹！决不答应！"拉贝觉得中国军队疯了。他们企图通过烧光的手段阻止日本军队的进城速度，实在有些可笑，拉贝觉得。

"五台山上的那个炮兵阵地一直在向日本军队开炮，这样下去，日军将随时会用十倍的炮弹攻击我们的安全区内……"又是一个可怕的信息。

拉贝无法忍受了！他让韩湘琳跟着他找到中方守城司令部，交涉的结果算是勉强成功。"你们假如要拿自己的同胞生命当儿戏，那我实在是没有办法了。"拉贝这回唱的是悲情剧，不过他说的也是实情，一旦军队继续在安全区内向日本军队打炮，日军的大炮更加猛烈回击本来就是自然的事。何况，此刻的日军气焰异常嚣张。

拉贝最关注的还是蒋介石和日本方面对他的"停战"建议是否有回应。从汉口约翰逊大使那里传来的消息，拉贝得知他的电文已呈至蒋介石手中，而且约翰逊大使本人和美国大使馆对"停战"建议给予支持和肯定，但从大使非正式的口信中获悉：蒋介石批评唐生智同意"停战"是个"严重错误"。这意思是说，他蒋介石并不赞成拉贝的建议。

拉贝沮丧至极。他不甘心，绝不甘心！

于是他又向蒋介石直接发了一份新电文——当然还是通过美国在汉口的驻华使馆转呈。

致最高统帅蒋介石：

国际委员会在此诚挚地请求将此消息转达给蒋介石将军：卫戍司令唐生智将军出于人道主义的考虑欢迎停火建

议。但由于唐将军必须奉命保卫城市，因此关于中国军队撤退的问题须交最高统帅决定。南京成千上万的平民百姓因为军事行动已经流离失所，还有二十万人的生命正处于危险之中。在此紧要关头，国际委员会冒昧地再次重申自己的建议，望迅即接纳该建议。

主席 拉贝

12月10日，南京城内已经感觉时时在地动天摇。拉贝对这一天的日记记载也是非常特别，有几个分段：早晨的、中午的和晚上的……而10日这一天的南京，其实是异常沉闷，沉闷得令人喘不过气来，因为日军总司令松井石根已经向城内的守军通过飞机散发了"劝降"书，并且给了唐生智一天时间回答。但以唐为首的中国守城军在松井石根规定的时间里没有答复。这样，日军便认为是中国军队没有投降的意思。于是，更加激烈的、最后的南京决战开始了——

拉贝的日记里记载了当日午夜后的情况：

午夜2时30分的时候，响起了猛烈的炮火声，期间还伴着机枪声。炮弹开始可怕地从我们的房顶上呼啸而过。我让韩先生一家以及我们的用人们进入防空洞，我自己则戴上了一顶钢盔，头"最为高贵"，一定要完好无损。东南面起火了，火光将周围照得通明，前后长达数小时之久。所有的窗户不停地发出铮铮的响声，建筑物在炮弹爆炸的轰鸣中以几秒钟为一个间歇有规律地发出颤抖。五台山高射炮阵地遭到了炮击，同时也进行了还击，而我的房子就在这个炮击区域范围内。南面和西面也开始炮击。对这阵震耳欲聋的爆炸声稍微有些适应了以后，我又躺到床上睡觉去了。其实根本睡不着，只是打个盹……

日本人攻城之前，南京人大概都不可能闭着眼睛睡大觉了。炮火连天的夜晚过后，当第二天的晨曦微露之时，拉贝从床上轻手轻脚起来，拉开门窗的那一刻，他有些心怯，担心门外是不是已经有日本兵持枪顶着他胸前吆喝着"八格牙路！"

还算好，日本兵没有在门口站着，但屋里的水电全部停了。往大街上瞅一眼，"市长"拉贝有些不习惯：他的臣民仿佛全都拥到了街头——仔细一看：原来都是为了躲避炮火而向安全区转移的难民。

不知是喜还是悲。前些日子，拉贝等人整天忙着贴公告、插旗子，以标明何处是他们的安全区，现在看来，他的市民们完全清楚和熟悉哪个地方是"安全区"了。

"安全区"真的安全吗？在炮火连绵、势如破竹的日军进攻面前，拉贝突然反倒比过去那些日子少了几分信心，尤其是当他看到人群中夹着为数不少的士兵们也跟着不顾一切地拥进安全区时，他感到自己的心脏就悬在嗓子眼——多少次电文里和新闻发布会上，他——国际委员会主席，一个一向标榜"说话算数"的德国汉堡商人，一而再、再而三地向世人声称他的安全区里没有军人！

不是在说谎吗？这种说谎的结果是什么呢？拉贝不能不紧张，因为他知道日本军队等的就是这种结果：你的什么安全区，原来是给败下阵的中国军队作庇护所！

死啦死啦的！

拉贝颓废地坐在椅子上，喉咙里直冒青烟。

"韩，你赶快组织人，到安全区里，务必让那些士兵们把身上的枪和其他所有武器全部、一样不少地丢在地上，我们把它们收拢好……"拉贝的嗓子瞬间失声，严重沙哑地叫来韩湘琳。

"先生要武器干吗？准备跟日本人干？"韩觉得奇怪，有些不明白。

这让拉贝更着急，跺着脚冲韩说："你傻！你等着日本人来杀我们？"

韩猛然明白了，连连点头："噢——你是说等日本人来了，我们把没收的武器交上去？好的，我马上去办。"

"轰隆——"

"轰隆隆——"

安全区终于遭到了第一批日本炮弹的袭击。施佩林马上给拉贝报告了他所负责管理的福昌饭店的情况：有二十一人当场死亡，十二人重伤。

"我自己的胳膊也被玻璃碎片擦伤，流了不少血……"施佩林同时还报告了安全区另一个地方——一所中学内的伤亡：十三名学生在炮弹攻击中死亡，二十多人受伤。

"我马上去安全区检查！"拉贝知道接下去的伤亡会更严重。他叫上马吉牧师，俩人坐上车子，行至山西路广场附近，见不少士兵在那里挖壕沟等工事。问他们为什么不执行唐司令的命令"不准在安全区内从事军事行动"，士兵们根本不理睬他这洋人。在中山路，更多的士兵在长官的指挥下，正在扛沙袋做路障，树木被大片大片地砍断横倒在路中央，并且用铁丝网联结着。拉贝与领队的军官交涉，军官尚算客气，但坚决地回绝拉贝"停止军事行动"的请求，说：日军马上要攻城了，我们必须尽一切可能坚决地抵抗到底！

拉贝无话可言，心想：要真能抵抗得了，他作为一战的老兵，愿意跟着他们一起干，但他决不干痴心妄想的蠢事。

晚上依旧如故的"新闻通气会"还按时举行，可惜除了拉贝他们几个国际委员会成员和几家新闻单位的记者外，再无其他人参加。

记者没有从拉贝他们那里获得任何有价值的"军事情报"。斯迈思向在场的记者们报告了委员会成员在安全区抓到一个小偷，并问如何处理。没事可做的记者们对此事反而产生了兴趣，纷纷打听拉贝他们这个委员会如何处置这样的小偷。

是啊，我们该怎样处理？拉贝等人有些不知所措：国际委员会对所有难民们的事——有了事先的安排，唯独关于安全区内出现小偷这样的"违法"行为缺乏处理预案。

"我们没有法务机构。南京市所有的法院现在也业已关门，怎么办？"最后几个聪明的洋人一商量，宣布道：根据国际委员会临时"陪审团"审议，判处该小偷死刑。

"哇！"记者们一片哗然。

拉贝紧接着又宣布：由于目前战时的南京市内缺少监狱和押监设施，对此小偷减刑为二十四小时拘留期。

"啊——"又是一片哄笑。

连拉贝他们都笑得前俯后仰。其实，因为连拘留所都没有，这个小偷很快就被释放了。

12月12日。一整天内，拉贝如同一名坏了路灯的交通警察，一会儿在安全区的左进出口查问和挡着那些看上去像军人的男人们，希望他们自觉地将身上的武器扔掉，或者能不进安全区最好，一会儿跑到右边的进出口指挥那些老弱病残和妇女们安置到安全区内入住……他发现，即使他有十条胳膊、十条腿，也无法在人如潮水般的难民队伍里做成几件事。

听天由命吧！

大街上，所有的人都变得无所适从，曾经有过的狂奔乱跑现象也似乎一下停滞了下来：原来市民们和败阵下来的守军们，都不知道干什么了，死亡？还是活路？活与死，都是一样，都不属于他们自己能定局的……

多么可怕！拉贝第一次感到恐惧：原来人没了任何可想的时候才是真正可怕呀！

拉贝突然觉得自己也不知该干什么了。他回到自己的屋里后，不停地将药品放入皮包内，还有洗漱用的工具，似乎明天也要被日本人抓到什么地方去蹲苦狱一般。反正，像个小丑似的。"表演吧，小丑！全都成了小丑！"日记里他这样说。

"晚8时，全剧的最后一幕开始了——猛烈的炮击，地动山摇，七朝古都的所有城门仿佛都在开裂……"

火光映红了整个城南的天空。院子内的难民一直挤到了防空洞的边上。有人在用力地拍打着两扇院门，妇女和儿童哀求我们放他们进来。一些大胆的男人从德国学校后墙翻越过来，想进入我的院内寻求保护。这种苦苦哀求我实在听不下去，于是我把两扇大门全打开，把想进来的人全放了进来。防空洞里已经没有地方，我便把人们安置在房子之间以及房屋的旮旯里。大部分人带来了自己的被褥，在露天席地而卧。一些机灵鬼把他们的床安置在水平悬挂的德国国旗下面，德国国旗是为了防日本飞机轰炸而备的，这个地方被看作是"防弹地带"！

炮弹和炸弹在不停地呼啸着，越来越密集，越来越接近。南西的整个地平线变成了火的海洋，到处是天崩地裂的声响。我戴上了钢盔，给我的中国助手、好心的韩先生也戴上了一顶，因为我们俩人是不进防空洞的，再说那里面也已经没有地方了。我像只猎狗一样在院子里跑来跑去，在人群之间穿梭，在这儿训斥两句，在那儿安抚一下，最后大家都老老实实地听我的话。快到半夜的时候，我的院门前发出了一种可怕的沉闷的响声……

我的朋友、礼洋行的克里斯蒂安来了，他是我们安全区的财务主管。"我的天，你来干什么？"我激动而紧张地对他说。"只是来看看你们。"他说得平静，然后又说，"刚才有人愿意出手一辆尚未使用过的公共汽车，只要二十元，你说要不要？"我快要疯了，说："都什么时候了，克里斯蒂！""如果你不反对，那明天我让他到我们办公室来办此事。"克里斯蒂走了。我望着他的背影，感慨万千：国际委员会有这样的伙伴，我们还怕做不出一些伟大的事吗？

在北面，漂亮的交通部大楼正熊熊燃烧着。我感到浑身的筋骨都在疼痛，我已经有四十八小时没合眼了。我的客人们也都睡觉了，办公室安置了三十人，储藏煤的地下室外安置了三人，有八个妇女和孩子睡在用人的厕所里，剩下的一百多人分别在防空洞里。还有的在露天、在院子里、在石子路上……

这是南京大屠杀前夜的拉贝日记的部分内容。他这个"市长"院子里所安置和保护的二百多人，在炮火的光亮中正向没有日本鬼子的最后日子告别。

第二天，他们迎来的将是人类历史上最惨无人道的一页——南京大屠杀的黑幕，伴着日本军队的铁蹄声，正徐徐拉开……

屠刀下的"安全区"

"叽——咚！"这是13日一大早把拉贝从睡梦中惊醒的一声巨响，随即连续不断的同样响声充斥在他的耳畔。

"有没有人伤亡？"拉贝迅速穿上衣服，走下楼梯，奔跑到一层和院子里询问。小客厅和院子内已经挤得满满了，绝对不止昨晚的两百多人。

"应该有三百来人了！"用人告诉他。"要统计出准确数字，一一统计起来。"拉贝命令用人。

此刻的街头，天上乱飞的炸弹如冰雹般倾泻而下，四周的房屋已有多处在燃烧……孩子哭，大人叫，平民们纷纷向拉贝的院内拼命地拥来。

"你告诉他们，再往前面走就是安全区了。我这儿住不了多少的，他们必须到更加安全的地方去。"拉贝担心他的院门什么时候会被潮水般拥来的难民挤塌。

无处可逃的一对老年夫妇拉扯着七八个看样子是他们的儿女、儿孙，跪在拉贝面前请求进他的院子。"进吧！只许你们这一家进，其他的请往安全区那边走！十来分钟就可以到了，现在日本军队还没有全部进城，你们应该有个更安全的地方。快往那边去！"拉贝的身子贴在院门上，劝说着数以百计路经他院子的难民们，尽管他知道他的劝说并不十分有效。

　　"形势不可预期，我要到委员会的总部去开会。"拉贝再次命令用人，"什么时候都不要开门。如果有日本军人来，你们就把这面旗帜举起来，这就行了。"他指指铺在院子里的那面纳粹旗帜，好像它就是护身符，并且是唯一的。

　　"日本军队已经要全面进城了，眼下最严重的是大量伤员的出现，我们的红十字会成立不能再等了。所以今天正式宣布成立……"耶鲁大学毕业的传教士马吉先生在13日这一天是作为国际红十字会南京分会主席的身份宣布上述消息的。他进而指出，未来的南京城内，将是救济难民最紧迫的时期，一切可能出现的危急情况都存在，期待各理事会成员能够发挥作用。

　　拉贝也被选为该组织的理事会成员。马吉告诉拉贝，前一天他用鼓楼医院运送前线的中国伤员路经首都剧院的包扎中心时，一颗日本军队打过来的炸弹正落在街头，至少十一人当场死亡。"后来我们路过金陵大学附近时，在华侨路见一处房屋也被日本炮弹击中，起码有二十人炸死，其中有七八个人是被炸弹的气浪抛到街上摔死的。一对可怜的老夫妇哭得死去活来，他们的三十三岁儿子脸上被炸了一个洞，躺在那儿已经死去了。今天早上我向总部过来的路上，则看到更多的中国军人被打死在工事里……安全区也未必安全。许多败下阵来的中国军人拿着枪又不知干什么，有的就往安全区里躺，这让进城的日本军队看见后麻烦就会更大。"马吉提醒拉贝。

"这也是我最担心的事。"拉贝一听这话，脸色特别阴沉，"走吧，我们去安全区看看。"他叫上助手，驱车向他所担心的地方走去。

大街上，呼啸的子弹和炸弹不时在头顶飞过。挂有红十字会和德国国旗的车子，左躲右避着穿梭在大街小巷上。在国民政府的外交部门口，横七竖八的伤员躺满一地，他们都在等待设在里面的一所军医院的救治。

车至上海路段，一队日本兵用枪拦住拉贝他们的汽车。一个懂德语的日本兵知道拉贝的身份后，勉强对他的车子放行，并且告诉他，他们的军官也会马上进城。"马上绕开他们，抄小道走！"拉贝一面装着与日本兵打招呼，一面悄声告诉助手赶紧开车走小道。

"坏了！他们怎么还拿着枪乱晃呀？"沿途，拉贝迎面遇上了三个分队的中国士兵。他赶忙跳下车子，要求他们马上放下武器，"否则遇上日本兵会把你们全部消灭的！快缴械吧！"拉贝喊道。

"为什么缴械？我们不！我们要同小日本鬼子拼杀一阵！"士兵们不干，尽管多数人听了拉贝的话觉得有理。

"你们必须缴械，否则你们所有人的生命不能保证！"拉贝说。

"你们的安全区不是安全吗？让我们进去吧！"士兵们围住拉贝，一个个用乞求的目光看着这位洋人。

拉贝扫了一遍这些可怜的中国军人，直着大嗓门说："安全区不为军队提供庇护，尤其是你们现在这个样。我必须保证对平民的安全负责。"

这话不知起了什么魔力，士兵们立即纷纷扔下武器，有的则像变戏法似的把军装脱下扔到旁边的水沟或垃圾堆里，然后嚷嚷着请求拉贝放他们进安全区。

"那么你们就往前走，到外交部和最高法院去！"拉贝只好这样说。

"为什么让我们到那儿去？"士兵们不知拉贝指的这两个地方已经变成了难民安全区，所以一听说到"最高法院"等便紧张起来。直到拉贝解释清楚后才放心地往前走。

在铁道部门口，拉贝又遇上了同样的中国军人，有四百多人。他又以同样的方式劝说他们先放下武器。有一名军官不同意，认为洋人的"馊主意"有损中国军人的形象，只见这位军官骑在马上，突然端起手中的卡宾枪，向四处猛烈扫射，然后说："我们决不投降！"

拉贝觉得无奈，又无法阻拦这样的军人。"但，你们若要进我们的安全区，就必须缴械，否则我绝不会同意你们进去！"僵持几分钟后，多数士兵表示服从拉贝的建议，将手中的枪械扔在一地，然后向安全区逃去。

"后来的事实证明，是我把他们害了！"拉贝不曾想到，他苦心劝说中国士兵和军官们缴械的结果是，日本兵在过后的日子里轻而易举地将这些赤手空拳的中国军人们统统地抓起来，活活地枪毙了。这是后几天里发生在南京大屠杀的主要一幕，十分惨烈和可怜。

"我们别无选择！如果安全区的边上发生巷战，那么逃跑的中国士兵毫无疑问会撤进安全区，这样安全区就不是一个非军事化的区域了。它即使不被日本人摧毁，也会遭到日本人的猛烈射击。因此我们一直希望这些完全解除武装的中国士兵除了被日本人当作战俘之外，不会有其他危险。"拉贝在当天的日记里这样解释自己坚持这样做的理由。

"把他的枪也给我解除了！"拉贝悄悄命令同行的哈茨先生对那位骑在马上的军官实施缴械行动。那个军官开始不从，后来竟然被哈茨制服了。"希望先生能理解，我们不能因为你一个人的意志而牺牲几百位你的士兵。"拉贝对这位不服气的军官说，"其实这也是保护了你！"

"去你妈的！你能保护我？"军官很生气地回敬拉贝。

拉贝确实无法回答，也无法给这位军官提供任何保证。"但你要进我的安全区，我的话就是命令。"拉贝并不含糊。

那军官不再固执了，和他的士兵快步向安全区内撤。

安全区各个地方都出现了前所未有的难民潮——不是数以百计、千计的概念了！是数以万计！

如此巨大的人潮，中间夹带着无数败下阵的中国军人，这让拉贝伤足脑筋：不让他们进，就等于间接杀害他们——日本军人绝对不会客气。如果让这些中国军人进，等于让日本人有了侵犯和破坏安全区的话柄。

"你们应该多派些人像施佩林先生那样守在大门口！"拉贝看着手持毛瑟枪，眼珠圆盯着每一位进出安全区的人的施佩林，对委员会成员们说。

"这是不可能的事，拉贝先生。"韩湘琳向拉贝建议，"应该马上在我们的安全区门口各处贴上布告，告诉想进来的人一些规矩。"

"很对，马上去办。"拉贝于是立即让秘书和助手们行动，这也就有了日本军队进入南京城后他签发的第一份文件——"致难民收容所难民的重要通知"：

一、紧急呼吁所有的人尽可能不要在街上逗留。

二、在最危险的时候，建议躲在房子里或不会被看见的地方为好。

三、我们提请注意，难民区是专为难民设立。我们不得不遗憾地指出，难民区无权为中国士兵提供保护。

四、如果日本人来难民区检查或巡视，必须予以通行，不得向他们实施任何抵抗。

有过一战经验的拉贝之所以要贴出这样一份布告，除了他的安全区外，这位"南京好人"——后来南京城一直这样称拉贝，他期待没有任何战争防范意识的市民们千万不要轻易在日本军队进城时上街或在居室之外的地方"逗留"，以防不测。

果不其然。这一天，家住平西街竹竿巷18号的孙仲芳，听说日本人要进城了，便与几位女伴上街看热闹，哪知突然听得有人大喊"鬼子来了"！几个人抬头一看，四面城楼上站着的都是持枪的日本人。"叭叭""叭叭"……子弹立即呼啸而来。孙仲芳命大，在一片哭喊声中，她跑回了家。十八岁的她，在母亲劝说下，抱起不到两岁的儿子"小狗子"，与哥哥随溃逃的部队辗转到了安徽，期间她与哥哥及"小狗子"走散。为了生活，孙仲芳第二次嫁人，丈夫是国民党士兵黄世清。孙的前任丈夫是南京市的警察，没能逃出日本人的魔掌，其母亲也惨遭日本兵的奸污后不久去世。抗战后，孙仲芳与丈夫一起回广西老家农村，一住就是五十年。丈夫黄世清去世后，孙仲芳又嫁给本村农民何成才。1990年第三任丈夫又去世。孙仲芳因为没有与后来两任丈夫有过生育，故格外思念失散的亲生儿子"小狗子"。2000年夏，孙仲芳老人回南京寻亲的消息震动了南京、上海等地，上海公安局的同志在查阅户籍档案里发现了一个叫"孙家才"的人，觉得与"小狗子"情况接近。经联系相认，孙家才果真就是孙仲芳走失的儿子"小狗子"。此时"小狗子"已是六十六岁的退休工人。当年7月19日，离别六十四年的母子终于相见团聚。"小狗子，我终于找到你啦！"八十多岁的孙仲芳老人抚摸着已是满脸皱纹的儿子，悲喜交加。

然而，那些没有逃出南京城的市民们，则没有孙仲芳与她儿子的幸运了……

长长的秦淮区王府里小巷，此刻只剩下3号的周湘莲一家九口人了，由于周家的老奶奶舍不得老房子，所以日本人进城后周湘莲的爷爷及父亲挡在门外。年轻力壮的周湘莲父亲这年三十九岁，他自知应当保护全家。13日上午，当炮火在街头飞舞时，他出门到南门外乌桥时，就被迎面而来的日本兵一枪击碎了脑袋。有人向周家报信后，周湘莲的母亲当场昏倒。爷爷说啥也要把儿子的尸体找回来，结果出门后再也没有回家。再进入周宅的男人则是几个日本兵。他们端着枪，一见脸上涂满灶灰的周湘莲母亲，不由分说，一枪托打过去，然后扒掉其衣服，把她当着周家老老小小给强奸了。

"花姑娘的有！"日本兵并没有就此罢休，将十七岁的周湘莲和十三岁的妹妹周湘萍也给轮奸长达数小时……

闹市中心的新街口一住宅的防空洞处，一个五六岁的孩子不知日本人进城的危险，趁大人不备时，自个儿站到了洞口。走在大街上的日本兵向小孩招招手，嘴着"叽里哇啦"说听不懂的话。孩子害怕了，于是赶紧往洞里缩头，结果"砰"的一枪，小脑袋血浆四溅，洞内立刻传来孩子母亲的哭喊声。几个日本兵端着机枪，先是扔手榴弹，再是机枪扫。防空洞很快塌下，里面的人一个都没有出来。

一队日本兵走到鼓楼医院门前，见一群穿着军装的中国男人往巷子里躲，便迅速将巷子两端包抄堵断，随后一阵密集枪声……小巷子内满地鲜血流淌。

拉贝已经无法制止和关切这些日本兵的暴行了，他们的车子几乎每走一二百米，就能遇上一起血腥的暴行，中国军人和平民们的尸体横满街头。"我检查了这些尸体，发现多数是背部被子弹击中的痕迹。看来这些人是在逃跑时被人从后面击中而死的。"他在当日的日记中这样叙述。

一路上，拉贝看到无数民居和公共建筑被焚烧，而且在一堆堆大火中时常还能听到男人和女人那凄惨的叫喊声。当他企图去抢救时，日本兵用刺刀和枪托挡住了他。

拉贝只得去关切他所熟悉的德国人留下的财产——那个起士林糕饼店在他进去之前看样子已经被日本人多次洗劫了，黑姆佩尔饭店也被砸得一片狼藉。

有人提醒拉贝：应当告诉进城的日本军队，让他们了解安全区的位置，以便不允许其随便入侵。

拉贝认为这是对的。于是他带头举着德国国旗，手臂上还戴着红十字会袖套。有人向他建议还应当举一面太阳旗，并且这样告诉他："日本兵不打举太阳旗的人。"

"我有自己的国旗就行了！"拉贝不从，因为他已经看到城内有人在家门口挂起太阳旗而被另一帮人骂为"汉奸"。

城门口，大批日本兵成一个个方队正浩浩荡荡地开进城内。穿着西装、扎着领带的拉贝，十分滑稽地站在路边，手中托着一张自制的地图，上前对一个日本军官比划着，指指点点地告诉他安全区的位置等等问题。

"你的德国人？你的大大的好！"满身都是血腥味和汗味的日本军人向拉贝竖着大拇指，意思既像表扬他，又像嘲讽他。

拉贝才不管这些，他认为能让日本兵了解他的安全区才是他的责任，这样可以避免更多的人受伤害。

"我已经命令手下的人在我们的安全区四周插上了许多小白旗，当你们见到这样的小白旗时，敬请一定不要越雷池。"拉贝苦口婆心地向一路走过他身边的日本兵解释着。真有人听他的？拉贝不知道，但他认为必须这样做。

离开城门口，拉贝搭上车子，飞速向城内的安全区驰去。路上，他们遇见了一队由日本兵押着的约二百名中国工人队伍。

"先生救救他们，日本兵肯定会打死他们的！"同车人对拉贝说。

拉贝便立即跳下车子，上前向日本兵表明自己的身份后，提出要求释放这些工人。

一个日本兵上下将拉贝打量了一下，然后用枪托在他胖乎乎的肚子上一推："你的，让路！"

拉贝对日本兵的粗暴无礼表示抗议。

日本兵朝他轻蔑地一笑，只管干自己的事。拉贝望着中国工人一张张可怜的脸，无能为力地耸耸双肩。他在胸前画了一个十字，祈祷他们平安。

"哒！哒哒……"拉贝没有走多远，突然听到一阵密集的枪声和叫喊声。虽然视线被一堵墙隔着，但拉贝相信一定是日本兵对这些中国工人下手了。

12月13日，本应该在这一天向西门子创始人——恩斯特·西门子先生做一次生日祷告，然而现在，拉贝这位虔诚的基督徒，却看到了一群群比犹大更狠毒更残暴的野兽。

野兽！他们就是野兽！拉贝眼睁睁地在司法部大楼里看着四五百放下了武器的中国军人被日本人绑捆着强行拉走枪毙。"这是惨无人道的屠杀！屠杀！屠杀——！"

在回到宁海路5号的那个小院前，拉贝的眼睛都要冒火星了：仅在离他院子五十来米处，一个打死后又被烧焦了的中国士兵被绑挂在竹竿上，尸体的焦味和炭黑般的形状，令拉贝呕吐。

"魔鬼也干不出这样的事！"拉贝咆哮着在屋子里骂了快半小时，如果不是斯迈思向他报告安全区面临的一大堆问题的话，估计这位汉堡商人这一天定会因这具家门口的焦尸而愤怒一夜。

"我不想说自己对艺术一窍不通，但是我不得不承认，在生活中我很少把时间用来阅读诗歌以及诸如此类的东西。我总觉得这和一个汉堡正派商人的职业协调不起来。但是随着时间的流逝，当'教育的缺陷'最终令人难堪地表现出来时，我便开始时常从'女性'书中选出这本书来，以弥补我知识上的缺陷，当然我首先不免左顾右盼，确实不会被发现。但是不知是谁听到了风声——女士们已经发现了一切，她们面带着沉静的微笑对我们的过失并不理会，对我尤其如此。但是不管怎么样……某些特别有诗意的东西在我不知不觉、因而也就没有提出非议的情况下，被塞进了我的每日笔记本里，塞进去的纸条常常还露出点边。我今天对这样的一首诗格外钟情……"外面的枪声不停地响着，院子内时常有女人和孩子的啼哭声，同事们送来的一份份血淋淋的日本兵暴行的"报告"，都在此刻这位汉堡商人的耳边、眼前充斥着，喧哗着。

怪了，他竟然坐在办公桌前，拿着手中的一张纸条发呆着、默诵着：

脉搏的每一次跳动——必胜的信念
日光的每一次来临——不尽的奋争
生命。
死亡吓不住我们——
每一个沉寂
都萌发出生命的
意志。
我们切齿痛恨
虚伪、半途而废。
我们真切热爱
自由、光明。
这就是我们的生命。
脉搏的每一次跳动——必胜的信念
日光的每一次来临——不尽的奋争。

父辈和大地的神圣遗产

这个生命，人民和国家的造化。

这是妻子写的一首题为《生命》的诗。拉贝读着读着，眼圈里泛着泪光。

"亲爱的，我已经将你寄来的这张纸条上的诗，反反复复地看了好几遍，而且每天都放在我的面前。如果生命每时每刻都处在危险之中，那么读起它便会有特别肃穆的感觉——谢谢你，我的妻子！"拉贝今天的心头异常激荡，妻子的诗让他更加明白了生命的意义和可贵。

可是，在南京、在日本兵的屠刀下的中国人的生命又是怎样呢？拉贝感到痛苦，感到心尖上仿佛被针扎了一般的痛苦……

他要呐喊！面对日本兵的残暴，他要向全世界呐喊。

斯迈思博士赶过来告诉拉贝：铁道部和警察总部那边人满为患，安全区根本无法接受突如其来的各路溃退下来的中国军人，"最头疼的问题是，他们或者手里还持着武器，或者根本就没有脱下军装。日本兵坚持认为，这些中国军人会给进城的日本军队制造麻烦，必须将这些中国军队从安全区里拉走！但谁都知道，一旦被拉走，只有一个命运：死亡！"斯迈思问拉贝能有什么办法。

"找福田去，他是日本大使参赞，也是唯一可以对话的人。"拉贝说。

他们找到了日本大使馆的福田。"我相信我们的军队会采取合理的做法的。"福田这样表示。

离开日本使馆时，拉贝颇有几分得意地对斯迈思说了福田的话。但几个小时后，拉贝就接到了消息，滞留在铁道部和警察总部的一千三百多名中国军人，后来被日本兵强行押走了，并且很快被全部枪决。"林理查和克勒格尔不是留在那儿监视日本人的行动吗？"拉贝听说后问斯迈思，因为事先他们怕日本人出尔反尔，便长了一个心眼，派了两位红十字成员留在现场盯着。

"林理查说，在我们走后，日本兵便立即把他俩驱赶走了。"斯迈思说。

"一个没有信誉的国家的士兵！他们彻底野蛮了！"拉贝无法容忍这种行动。他吩咐斯迈思，应当让所有国际委员会成员都把看到和听到的日本兵的暴行记录下来。"这样我们就可以用一件件他们无法抵赖的事实，逼其纠正错误、制止犯罪！"

"日本人认为，城里还有至少两万中国军人，他们有的还在抵抗，有的则躲在暗处袭击日军，有的则混在平民中间，这样的人对日军威胁很大，所以他们采取了见军人便杀的措施！"斯迈思从分属的安全区管理者口中了解到上述情况。

拉贝沉默片刻后对斯迈思说："无论如何，我们必须把我们的意见表达给日方听，即使是军人，只要放下了武器，他们的生命就应该获得尊重，国际公约早在一战的时候就有这方面的规定，难道日本人就可以为所欲为了？眼下我是南京市长，我必须出面提出抗议，否则我们将看到整个城市变成一个大屠场。"

难道不是吗？14日的南京下关，数以万计的中国军人死在长江边上，血水染红了滔滔江水，尸体堆积如山，惨不可睹！城内的情况好不到哪儿去，斯迈思在汉口路上，亲眼看着五十个中国男子被日军用绳子绑着，然后被押到一处墙根下，几个手持枪刺的日军像切西瓜似的朝中国军人的腹部捅去，没有死的人又被头上补上一枪……

"不行！我绝对不能容忍如此野蛮的暴行！"拉贝无比愤怒，伏在案头，向日本使馆参赞疾书信件道：

南京安全区国际委员会对已经放下武器的中国士兵的命运深感震惊。委员会从一开始就力争做到安全区没有中国军人，到星期一，也就是12月13日的下午之前，这方面的工作成效良好。但是在这一天的下午，有数百名中国军人接近并进入了安全区，他们（出于绝望）请求我们帮助。委员会明确地告诉他们，无法提供保护。但是我们同时向他们解释说，如果放下武器，放弃对日本人的一切抵抗，我们认为，他们可以期待得到日方的宽待。那天晚上，由于匆忙和混乱，再加上有些士兵已经脱下了军装，委员会未能将已经解除武装的士兵同中国平民区分开来。委员会当然认为，这些中国士兵，一旦验明身份，根据法律就应当被看作是战俘，但是同时又希望，不要因此而殃及中国平民！

拉贝继续疾书道，日军应当"根据有关战俘的战争法律规定，并本着人道主义的原则，给予这些过去的士兵以宽大处理"。而且他认为："战俘适合充当劳工，他们自己也会因为能够尽快重新过上平民的生活而感到高兴。"

想得天真！日军师团参谋长原田看了翻译过来的签名为"国际委员会主席拉贝"的信后，冷笑着问福田参赞：

"这些德国人、美国人搞的委员会想阻碍我军在南京城内的行动？"

"他们多数是些传教士，以救济难民为己任……"福田吞吞吐吐地对横蛮的占领军长官如此说道。

"那——中午就找个地方见见他们？"原田问福田参赞。

"是！我约他们。"

15日中午，交通银行所在地，拉贝和斯迈思、施佩林三人代表国际委员会第一次与日军高级长官会晤。

"我们的将军说，他只对你们昨天的信上提出的问题表态，而不是回答你们的问题。所以就不要提出新的问题了。"福田参赞事先对拉贝他们警告道。

"傲慢的占领军！"拉贝心头暗骂了一句。

"我们大日本皇帝，对所有平民是保护的，但现在是战争，战争就必须有非常规的措施。因此，我向你们重申：一、我们的军队要在全城内搜索中国残留军人；二、要在你们的所谓安全区入口处设置我们的岗哨；三、你们应当协助我们动员居民们尽快回到自己的家中；四、关于解除武装的中国军人，你们应当把他们全部交给我方，并且相信我们的军队是讲人道主义的；五、你们雇用的警戒人员可以在安全区内巡逻，但必须服从我们的命令，即对我们正在执行任务的军人行动提供方便，不采取任何阻拦行为；六、关于你们储备的一万担大米可以供难民们使用，但我们日本士兵同样需要大米，也就是说，如果我们需要，你们应当迅速尽快地将大米交出来；七、你们应当协助我们实现城市内的供电、供水等事情的恢复；八、从现在起，你们要及时为我们提供劳工……"

"他把我们当作他的俘虏一样，根本没有认为我们是安全区的组织者和领导者！"拉贝用英语轻声地对斯迈思说。

"尊敬的德国同志，你对我的指令有怀疑吗?"原田竟然用英语责问拉贝，这让拉贝吓了一跳。

"长官，你是胜利者，胜利者可以支配一切胜利成果。但我的任务是保护我们德意志人在南京的财产和战时平民的安全，关于我的使命，我的元首是知道的。因此也希望将军阁下能够给予支持和帮助。"拉贝这回用的是标准的汉堡口音的德语。福田参赞为他作翻译。

原田听后，点点头，脸上表示出了他对拉贝和希特勒的尊重。"先生能否下午陪我到你们的安全区看看?"

拉贝与斯迈思交换了一下眼色，认为这不一定是坏事，便答应了。

但是到了下午，拉贝失去了陪同日本原田将军的机会，因为有一队日本兵又要在安全区里带走一批已经放下武器的中国士兵。拉贝知道所有被日本人认为是中国士兵而被带走后的结果总是悲惨的，因此他立即驱车赶到现场，并且一再向日本兵声明："我是德国国家社会主义工人党党员，我在这里的一切行动都曾向我们的元首希特勒报告过，所以我以一名纳粹党员的身份和一个德国人的名义，向你们担保这些中国士兵——一群已经放下武器的俘虏，他们绝不会与你们有任何军事方面的行动，你们应当释放他们。如果你们坚持要带走他们，那么连同我一起带走好了！"

拉贝做出了让日本兵不知所措的姿态——他用胖乎乎的身躯挡在日本兵面前。

"你的死啦死啦的！"有几个日本兵生气地用刺刀对准拉

贝的鼻子尖，企图吓唬他。汉堡商人仿佛根本不在乎，依然大义凛然地站在原地，面不改色。

最后还是一个日本军官出面解了围，命令他的士兵放下枪，并向拉贝表示歉意。

委员会的其他成员在总部等待拉贝，说有要事向他报告。于是拉贝不得不将现场交给了那个曾经表示"歉意"的日本军官处理，而在现场，拉贝也亲眼看到这位日本军官带着他的士兵离开了现场。拉贝这时才动身。

"不好了先生，日本兵又回去抓走了一千多中国士兵，而且这回来的武装士兵更多，约一百多全副武装的家伙哩！"还没有走进委员会总部办公室，便有人气喘吁吁地向拉贝报告道。

"走，我们马上回去！"拉贝一边嘴里生气地骂日本人不讲信用，一边对斯迈思和米尔斯说。三个人重新上车，疾驶至安全区。但任凭拉贝他们与日本兵费尽口舌，对方就是不放人。

又是一千三百多人从眼前被强行拉走。拉贝涨红了脸，几次欲冲到日本兵前面去挡拦，皆被斯迈思博士拉住。

"你们美国人怎么就没有一点血性？你看看这些日本野兽！他们连野兽都不如！"拉贝简直愤怒至极。

斯迈思无奈地说："拉贝先生你还有所不知，今天他们日本飞机甚至把我们的军舰都炸沉了，而且还炸死了两个人！"

"如此胆大妄为？"拉贝不敢相信。

"我刚刚得到消息，说日本人把我们的'帕奈'号炮艇炸沉了，死了一个意大利记者和一名船长。我们的大使帕克斯顿先生多处受伤，休斯艇长断了一条腿……"斯迈思悲伤地诉说着。

拉贝拍拍朋友的肩膀，安慰道："上帝保佑我们。"

"走，还是去找找福田先生，他是我们唯一可以结交的日本朋友。"拉贝拉上斯迈思，又一次去日本使馆。

福田参赞答应出面跟军队说说。

"如果这样处决中国人的话，我无法为你们的军队去招募劳工了。"拉贝拿出这个理由，是希望日本军人想一想可能带来的后果。其实日本兵才不管拉贝怎么想，在安全区抓捕中国军人已经是日军进城后首要的任务。尽管日军攻克南京城后一度嚣张，但他们内心依旧惧怕中国军队的抵抗和袭击，尤其是不敢轻视巷战和游击战一类的战斗，所以当进城后听说安全区潜伏了大量中国军人后，"扫荡"的矛头直指安全区。

从14日开始，日本军队不断派出"扫荡"分队进入安全区，凡见十五岁至五十岁左右年龄的中国男人，统统要一一查验身份，要验看他们的手、肩和头发等等，看看手上有没有握枪的老茧，查查肩膀上有无扛枪的印痕，头发上有无戴过军帽的痕迹。稍有发现，立即拉出去枪毙。于是有人传说戴过帽子的人头发上都会留下印记，故许多男人就把头发统统理掉成光头。哪知第二天日本人专抓光头的男人，可怜那些本不是军人的汉子们也被日本兵无情地抓走枪毙……

更加可恶的行径还有更多——

15日，安全区内的六名街道清洁工奉命在鼓楼一带打扫卫生，结果日本兵闯进去，见是一群男人，立即将其捆绑起来，押到一处墙根，用刺刀一个个捅死；

16日，在国际委员会总部工作的伍长德被日军抓走，理由为他是一名中国士兵。伍以前是南京警员，他被带至首都剧场对面的一片空地上，日本兵让他在那儿站了几个小时，此间又有一千多个中国男人也被抓到那里。他们随后被带到汉西门，日本兵命令他们蹲在地上，后又被强行分为七八十人不等的几组，押至城外，用机枪处决。伍长德被分在最后一组，这时天已黑，机枪扫射时，他未受伤，随即装死。日本兵随后用燃烧物将所有尸体焚烧。一名日本兵走到伍长德的身边，发现他没有死，便用锄头猛击其背部，并把柴火堆放在他身边。柴火点燃后，日本兵走了，伍才成功逃亡。十天后伍长德化装成乞丐才重新回到国际委员会总部，拉贝他们才知道了这一起日军暴行……

"把所有的日军罪行记录下来！"拉贝悲愤难忍，他让斯迈思整理出第一份《日本士兵在南京安全区的暴行》材料，决定通过福田参赞向日军提出严正抗议：

日本士兵昨天在安全区的暴行加剧了难民的恐慌情绪，许多难民甚至不敢离开他们所待的房子去旁边的粥厂领取每日的定量米粥，因此我们现在面临着向收容所运送米粥的任务，这就大大增加了我们向大众提供粮食方面工作的难度，我们甚至找不到足够的脚力来装米和煤运送到粥厂。结果今天早上有数千名难民没有得到食物。为了让中国的平民能得到食品，国际委员会中的几个外国委员今天早上想尽一切办法避开日军巡逻队，把卡车开到安全区来。昨天，我们委员会好几个委员的私人汽车被日本士兵拖走了……

写到这里，拉贝有种不吐不快之感，他疾笔如风，愤怒见纸：“不结束目前这种人心惶惶的局面，就不可能进行任何正常的活动！”为此，他向日本军方提出了“立即采取的预防措施”：

一、所有搜查活动由负责军官指挥，率领正规组织的小分队进行（制造麻烦的大多是四处游荡的士兵，他们三至七人一伙，无军官带队）。

二、夜间，最好也在白天，在安全区的所有通道口安排日军岗哨（昨天我们已经向贵军的少佐先生提过这项建议），阻止四处游荡的日军士兵进入安全区。

三、立即发放汽车通行证，贴在汽车挡风玻璃上，以免我们的卡车和私人汽车被日军士兵扣留（即使在城市保卫战最艰苦的时期，中方司令部还是向我们提供了通行证，虽然此前已有车辆被扣，但在递交了申诉后，所有车辆都在二十四小时内物归原主。此外，当时中国军队的处境已经十分艰难，但仍然提供给我们三辆卡车为平民百姓运送粮米。与此相比，日本皇军具有更好的装备，而且已经控制了全城，城内的战斗也已经全部停止，因此我们坚信，在目前中国平民百姓需要得到日军的关心和保护的情况下，日军会表现出更高的姿态）。

想起前一天与原田将军见面时的情景，拉贝不由更加气愤，他还有话要说：“日军最高指挥官于昨天抵达南京，我们原以为市内的秩序和安宁会由此而得到恢复，因此昨天我们没有提出任何指控。但是昨天夜里的情况比前天还要糟糕，因此我们决定向日本皇军指出，这种状况不能再持续下去……”

真是忍无可忍！但不忍你又能怎样呢？拉贝觉得自己活了五十多岁，还没有一件事能比与日本人打交道更无奈、更气愤的！

他再次想到了妻子的诗句：

我们真切热爱

自由、光明。

这就是我们的生命。

脉搏的每一次跳动——必胜的信念

日光的每一次来临——不尽的奋争。

是啊，妻子说的多好！生命就是"必胜的信念""不尽的奋争"！面对强盗和野兽般的日本军队，你唯有坚持不尽的奋争，才会有必胜的信念。

拉贝讲究尊严，德国人一向讲究尊严，但在南京，在日本军队屠杀下的南京城内，所有人都已经没有了尊严。日本士兵可以想什么时候进来就什么时候进来；想抢什么东西就拿走什么东西。屋子里的人已经不敢随便出门了，为了方便国际委员会和本人的汽车出入，拉贝有时叫用人干脆把院子门打开，但又遇上了困难——守在门外的妇女和孩子们就会突然如放闸的潮水往院子里拥。无法劝阻他们，他们会集体跪在地上磕头求助。上帝也无法拒绝他们。拉贝只好"投降"。可是进院子后又能怎么安置他们呢？小小的院子里已经有六百多人了！吃喝拉住都成问题。一个小小的卫生间里挤了十几个女人和孩子，院子里的草坪上躺满了人，有的甚至搭成了两层和三层——地上躺着的是一层，凳子上又躺一层，凳子上面还有一层门板上再坐满几个人……如此境况，仍要不断遭受日本军人的骚扰。

"哐！哐哐哐！"有人在踢门。

"谁?"拉贝不得不放下手中的活，走下楼。

"是日本兵。他们想进来。"用人胆怯地说。

"啪——"拉贝突然打开手电筒。一束亮光照射到几个院墙外探头探脑的日本兵脸上，他们见光而逃。

拉贝让用人拉开院门，追赶出去。走过一段小巷，满地是血淋淋、臭乎乎的尸体。用人们吓得往后就跑，拉贝虽然不怕死人，但气味实在难闻。回到院子，见女人和孩子们瞪着惊慌失措的眼睛一个个都在看着他。"他们希望我这个'洋鬼子'能帮助他们驱赶凶神恶煞，我有那么大的本事吗?"拉贝常这样自语自言。

又有两件事令他无法平静：一是日本总领事冈崎胜雄认为他拉贝的国际委员会的存在没有"法律根据"，二是受命于国际委员会的安全区五十名警察也被日本士兵当作中国军人强行押走并枪毙了。拉贝觉得这是日本军队对他和他的国际委员会的严重挑衅行为，为此他不能坐以待毙。

"任何企图削弱或无视我们国际委员会的存在，就一个目的：更随心所欲地屠杀中国人。这是绝对不能让步的!"拉贝认为他与日本军方的斗争已经水火不相容了，必须严正地批驳日本人的阴谋。为此，17日，他又向日本使馆陈述自己的立场：

我们从未考虑寻求某种权力，与日本当局进行政治上的合作。在这里我们要指出的是，1937年12月1日，南京市政府马市长将城市在特别时期的几乎所有管理职能赋予了我们，这其中包括管理警务、看管公共机构、消防、管理和支配房屋住宅的权力、食品供应、城市卫生等等。1937年12月13日，星期一的上午，贵军获胜进城的时候，城市的管理权在我们的手上，我们是唯一尚在运行的机构。当然，我们所获得的全权不能超出安全区的界线，而且我们在安全区也无权享有主权。

日本驻上海当局曾向我们保证过，只要安全区内没有军队或军事设施存在，贵军就不会蓄意攻击安全区。鉴于我们是唯一的城市管理机构，贵军进城后，我们立即试图和先头部队取得联系。12月13日下午，我们在汉中路遇见了一位贵军大尉，他正率部进入预备阵地。我们向他作出了必要的解释，在他的地图上标出了安全区的界线，此外我们还恭敬地向他指出了三个红十字医院的位置，通告了解除武装的中国士兵的情况。他当时所表现出来的配合和平静增强了我们的信念，即：我们得到了贵军的完全的理解。

当天晚上和次日早晨我们起草了12月14日的函件，并让人译成日语。为了将这封信转交给日本当局，我们的拉贝先生、斯迈思博士和福斯特牧师三人一直在忙于寻找贵军高级军官。关于这一点，日本大使馆参赞福田先生可以证明。我们一共和五名贵军军官进行了接洽，但是他们都指出，此事要等到第二天最高指挥官抵达后和他联系。

第二天，也就是12月15日，日本大使馆福田德康先生和关口先生来访，关口向我们转交了"势多"号舰长和舰队军官的致意帖。我们向福田先生递交了12月14日的函件，并向关口先生保证，我们愿意为电厂恢复供电提供帮助。同一天中午，我们荣幸地在交通银行和特别长官（参谋部和特务机关长官）进行了会晤。对我们12月14日的函件，他给予了口头正式答复。

……但是恰恰从这个时候起，只要没有欧洲人陪同，我们的卡车在街上就会被扣留。从星期二早晨起，我们领导下的红十字会开始派车在安全区收殓尸体，但是他们的车不是被强行拖走，就是被企图扣留，昨天甚至有十四名该会的工人被拖走。我们的警察在执行警务时受阻，昨天在司法部执行警务的五十名警察遭逮捕。据在场军官称，要带走他们枪决。另有四十五名我方的"志愿警察"昨天下午也同样被带走（这些"志愿警察"是委员会于12月13日下午组织起来的，因为从当时的情况来看，安全区内的"着装警察"尽管必须日夜执勤，但靠他们仍然不可能完成安全区内的警务工作。这些"志愿警察"既不着装，也不拥有任何武器，他们仅仅佩戴臂章，而且从性质上看不过就如同欧洲的童子军，他们临时承担一些小型服务工作，例如帮助维持民众秩序，做一些清扫工作，在急救时帮帮忙等等）。

12月14日，我们的四辆消防车被贵军征收用于运输。

我们力争让日本大使馆和贵军明白这样一个事实：人们为了南京平民百姓的利益，将城市的管理职能赋予了我们。一旦日本当局成立新的城市管理机构，或者其他的组织机构，我们将移交我们的城市管理的职能。但是非常不幸的是，对于我们为了平民百姓的利益，为了维持安全区的秩序所进行的工作，贵军士兵横加阻挠。这样做的后果是破坏了我们为维持秩序而建立的体系，从12月14日早晨起，扰乱了我们必要的公务活动。具体地说是这样的，12月13日，当贵军进城时候，我们在安全区几乎集中了城市的全部平民百姓，安全区当时只遭受到轻微的炮击损失，中国军队撤退的时候对安全区没有进行任何抢劫。完全可以说，我们为贵方和平地接过了整个安全区，在城市的其他区域恢复秩序之前，为使正常的生活能不受干扰地进行下去，作出了一切的准备工作。一旦秩序恢复，就可以在全城恢复正常的交通。但是到了12月14日，贵军士兵的抢劫、强奸和屠杀等等恐怖活动铺天盖地地压了过来，留下来的二十七个欧洲人和中国居民一样震惊了。

在拉贝的这封抗议信中提到安全区的"志愿警察"被日军杀戮一事，过去揭露日军南京大屠杀的各种文章中很少提及。事实上这是日军在南京犯下重罪的一个重要方面。

在日军接近南京时，拉贝他们的安全区建立后，考虑到维护秩序需要，原南京市长马超俊应拉贝之求，于12月1日，调派了四百五十名警力，帮助安全区担任警卫，这支队伍由南京警察厅第六警察局长伍建鹏兼任警卫长。但后来难民拥入安全区的人数激增，原有警力不够。日军占领南京后的第一天，拉贝他们的国际委员会便从难民中组织了一支既无制服、更无枪械，仅佩戴国际委员会自制的臂章，实际上类似童子军的志愿警力。由拉贝向日本使馆和日军代表的口头应诺："难民区内留置警察，除警棒外，不准携带任何武器。"但在日军随之而来的追捕"中国军人"的大扫荡中，这些志愿警察几乎都被日军当作"中国军人"拉走枪毙了。1945年11月，审判日本战犯时，警察陈永清就曾出庭作证："日本中岛部队在南京难民区中的司法院查出军民及警察等两千余人，每行列用绳捆绑圈住，赶至汉中门，用机枪扫射，已死者及伤者都被日军用汽油焚烧之。"原中国军队87师副排长仲科也在作证时描述道："……忽来敌百余名，押我等及院内所住之难民千人，出诸室外，排列成四路队形，向汉中西门去，途中又有未及更衣的警察四百多人衔拉而行。敌兵时顾余等作狰狞笑。距城关一箭之地，敌兵以手示止，并以粗如臂、长数十丈之麻绳围绕警察约两百余名，押往城外，十分钟后，闻机枪大作。接着，持绳三日军冉冉而来，分批圈杀。"据当年东京审判前的调查，日军杀害警察人数约两千余名，多为担任安全区警卫任务的警察专员和志愿警察。

我们把话题拉回到拉贝与日方交涉这一环节——

针对城内的接二连三的暴行，拉贝等多次当面或书面向日方提出抗议或建议，希望日军派出巡逻和警卫的特务，以维持基本的秩序。日军表面上重视拉贝他们所反映的情况，另一方面一直在放任其官兵的无节制暴行。这一点最让拉贝不能宽恕。他指出："昨天晚上8时至9时之间，我们委员会的五名成员巡视了安全区。巡视过程中，不论在安全区内还是在安全区交界区域，没有看见一个日本巡逻哨。在贵军的威胁下，加上中国警察被拖走处决，我们自己的警察在街上已经消失得无影无踪。我们只在安全区的街道上看到了两三个一伙四处游荡的贵军士兵。我写这篇报告的时候，安全区的四面八方又传来消息，四处游荡、无法无天的贵军士兵正在奸淫掳掠肆意蹂躏。这表明，贵军没有考虑我们昨天（12月16日）函件第二点中提出的请求，即：在安全区入口处设置岗哨，阻止四处游荡的士兵进入安全区。

"过去三天的蹂躏和破坏如果得不到制止，救济工作的难度必将成倍增加。我们组织安全区的原则是，鼓励每个家庭尽可能通过个人途径在安全区商定食宿事宜，以减缓突发局面给我们的组织机构造成的负担。目前的局势如果得不到改善，那么要不了几天大部分居民就要挨饿。各家自己储备的食品和取暖物资已经告缺，中国人的钱、衣物和个人财产都被四处游荡的贵军士兵抢走了，人们怕上街，怕重新开店做生意，因此正常的生意和其他的活动只能小规模进行。我们的供应也陷于停顿，从12月14日早晨起，货车运输可以讲几乎陷于瘫痪。贵军进城前，我们的精力主要集中在向安全区运送储备粮。我们准备过一段时间再分发粮食，因为我们已经要求居民们带上能维持一个星期的食品储备。为了防止一些收容所出现粮荒，我们委员会的欧洲委员不得不在夜幕降临后用自己的私人汽车给收容所运送粮食。"

想到日本总领事傲慢而无视国际委员会的存在的言行，拉贝心情难以平复。"如果不能尽快恢复正常的粮食供应，居民将受到饥饿的折磨。另外一个折磨中国居民的因素是贵军无休无止的骚扰。一些家庭向我们诉苦，他们的房子被砸开，遭抢劫，他们的女人一个晚上被强奸多达五次。于是他们第二天早晨逃离住所，找一个希望能得到安全的地方住下来，这难道奇怪吗？"

而有些借机灭绝杀人的做法，也必须加以坚决制止。拉贝举例："昨天下午，贵军指挥部的三名军官前来我处交涉，请求在恢复电话通讯方面提供帮助，就在这同时，一批电话工人被赶出了他们在安全区的住所，他们都佩戴委员会的袖标，我们不知道他们逃匿到什么地方了。如果任这类恐怖活动继续发生，我们就不可能提供必要的工人，从而帮助对民生至关重要的机构恢复工作。"

"如果市内贵军士兵的秩序不能立即得到恢复，那么我们就无法解决二十余万中国平民所面临的饿死的危险困境！"拉贝愤怒地写完最后一句话，在他看来，如果不对日方指出这样严重的后果，那么日本人是不会停止更大范围的屠杀阴谋的。

德国人做事的严谨和穷追不舍作风也许永远值得我们借鉴和学习。拉贝认为自己的"严重声明"和"抗议"还不足以提醒日方如何改正暴行，由此他第二天又让另一位国际委员会成员给日本大使馆起草了一份更加详细和措辞更加严厉的信件：

致南京日本大使馆

由于贵军士兵持续不断的抢劫、暴力和强奸，整个城市笼罩在惊恐和悲惨的气氛中。一万七千多人，其中很多是妇女和儿童，逃到我们的建筑物里来寻求保护。目前越来越多的人正在拥进安全区，因为外面的情况比我们这里还要糟糕。下面我列举在过去的二十四小时中在我们的建筑物中发生的暴行，这些暴行还不算是最严重的。

一、大学附中，干河沿：

一个受到惊吓的孩子被军用刺刀刺死，另一个被刺成重伤，即将死去。八名妇女被强奸。我们好几个试图帮助这些可怜的人并向他们提供食物的雇员，遭到了日本士兵的无端殴打。不论白天还是夜晚都有贵军的士兵爬过围墙。许多中国人已经三天睡不着觉了，他们的身心受到严重的损害，变得有些歇斯底里。如果有朝一日这种恐惧和绝望导致了对贵军士兵强奸妇女行径的抵抗，那将会发生毁灭性的大屠杀，对此贵当局要承担责任。

美国国旗被贵军士兵以污辱的方式撕扯下来。

二、蚕厂，金银街：

两名妇女被强奸。

三、农具仓库，胡家菜园11号：

两名妇女被强奸。

四、系所在地，汉口路11号：

我们委员会的人员居住在此，两名妇女被强奸。

五、系所在地，汉口路23号：

我们委员会的美国委员居住在此，一名妇女被强奸。

六、农科作物系，小桃园：

这座建筑物多次遭到日本人的恶意骚扰，因此所有的妇女都逃走了。今天早上我去那里察看时，六个日本士兵站在我的对面。尽管我用极为客气的方式向他们提问，询问他们是否遇到什么麻烦，其中的一个日本兵仍然始终用手指扣着扳机，多次用手枪对着我。

以上未经修饰的事实还没有提到那些白天被四处游荡的日本兵骚扰多达十次、夜间多达六次的可怜人们的困难。这些日本兵出来要么是为了找女人，要么是为了抢劫，这些情况表明了立即实施管制的必要性。

贵方的一些代表声称，昨天夜里在所有这些建筑物的大门口，以及其他一些安置了大批难民的地方，都布置了军警岗哨。但是我们却连一个岗哨都没有看见。由于日本士兵到处翻墙越院，因此仅靠几个岗哨是起不了什么作用的，除非在日本士兵内部普遍恢复纪律和秩序。

如果贵军士兵的行为不能重新得到控制，那么设立在原何应钦公馆的日本秋山旅团司令部对周围居住的人就会构成极大的威胁。如果贵方的将军们能关心一下这些事情，那么这个地方甚至能变成一个可以提供特别保护的地区。

不仅仅是在这里，在整个城市，居民们的食品和现金财物都被日本士兵洗劫一空，这些人已经被逼到了绝望的境地。除此以外还有许多人，他们的衣物和被褥也被日本士兵劫走，这些人因寒冷而患上了疾病。

贵当局打算如何来解决这些问题呢？

在城市的每一条街道上都有饱含着眼泪的市民悲痛欲绝，他们抱怨说，只要日本士兵一露面，就没有一个人、没有一栋房子会安全。这种做法想必不会是贵政府的意图吧？南京的居民希望日本人能给予较好的待遇！

如果贵方有机会，我建议，和我一起去查访一些地区，就在贵方院墙之下发生的一个个恐怖事件给这些地区带来了深重的灾难。

就在写这封信的时候，我被七个来我们这里检查的日本士兵打断了，我必须和他们打交道。所谓检查，无非就是看看有没有女人能让他们晚上拖出去强奸。

我夜里就睡在这栋楼里，而且我还将继续在此过夜，希望能给这里无依无靠的妇女儿童多少带来一些好处，能给他们提供一些我所能提供的微薄的帮助。

我和我的朋友们（欧洲人和美国人）在进行我们人道主义工作的时候，多次遭到贵军士兵的威胁。如果在此过程中我们被酗酒或失去纪律约束的贵军士兵杀害或伤害，那么谁应当对此承担责任，是没有任何异议的。

我一再努力本着友好和谅解的精神来书写这封信，但是却无法掩盖字里行间所反映出来的自贵军五天前进城以来我们所经历的绝望和悲痛。

只有贵方迅速采取行动才能整治目前的局面！

金陵大学救济委员会主席　M.S.贝茨

信件发出后，拉贝觉得不能就此了结，要想让日方收敛其军队的野蛮行径，必须与其面对面地进行斗争。

18日下午5时，拉贝和斯迈思作为德国和美国代表，决定再次去找那个傲慢的冈崎。

"今天我们是作为德国和美国民间人士的代表。希望冈崎先生充分注意到，斯迈思是美国著名教授，而我则是德国的一名纳粹党员，且是德国最高荣誉的膺获者、德国在华人士的代表来向你反映情况和表达我们的意见的……"拉贝今天一身笔挺的西装，并且在西装上别着明显的纳粹标志，见了冈崎后，毫不含糊地递交了长长的意见书和早已准备好的《日军在南京所犯暴行的报告》。

这让冈崎感到气氛有些不自然。其实这位日本政府的代表根本不惧眼前这两位德国人和美国人，他有所顾忌的是纳粹和纳粹领袖希特勒。因此，这一天的会面，冈崎变了些口吻，甚至后来确实让拉贝感觉日本兵不再像前几天般任意到安全区拉走男人去枪毙。

正是以拉贝为代表的一群欧美教授、商人、医生和传教士们以自己脆弱的身体作为武器和子弹，在强大的日本军队面前，无私无畏地坚持着人类最基本和最原始的正义及良心，并且一次次地跟日方交涉、申诉理由，甚至直面抗议，同时通过秘密渠道将南京城里日军的残暴行为公诸全世界面前，令日本政府恼怒又有些无奈。尤其是17日后松井石根大将率部进入城内后，为了顾及他"英雄部队"的脸面，似乎也拿出了一些"整治军纪"的行动，比如不再进入安全区随意抓住男人便当作中国军人而成群成批枪毙，而这也是拉贝他们在阻止日军大规模屠杀中国人方面所做的重要贡献。

一切来之不易。这个时候，拉贝每每回到工作地，就会下意识地回眸一眼近在咫尺的那具悬挂在竹竿上的中国军人的焦尸，心头便会涌起无比的悲怆——他为苦难的中国军人、为无助的中国平民们悲怆、痛苦，甚至暗暗落泪。

泪水像这个冬天的雨水一样多……

拯救女人

拉贝此刻的双手在剧烈地抖动，这种情况对他来说是很少有的，他是一战老兵，在非洲的苦难日子让他对再残忍的现实也有了坚强的心理准备，但现在手中捏着由广州路83号、85号内住着的难民们写给他和国际委员会的信，他无法平静了：

致南京难民区国际委员会

我们这些签署本信的五百四十名难民被安置在广州路83

号和85号，拥挤不堪。

本月的13日到17日，我们的房子多次遭到三五成群的日本士兵的搜查和抢劫，今天日本士兵又不断地来抢劫。我们所有的首饰、钱财、手表和各类衣服都被抢劫一空。每天都有年轻妇女被抢走，日本人用卡车把她们拉走，第二天早晨才放她们回来。到目前为止，有三十多名妇女和姑娘被强奸。妇女和儿童的呼喊声日夜不绝于耳。这里的情况已经到了语言无法形容的地步。请救救我们！

难民

1937年12月18日

老实说，这份由难民们自己写给国际委员会的信中所述内容，对拉贝来说，并非骇人听闻，问题的关键是：吃过太多苦难的中国人一向不善言表，他们即使受尽非人的苦难甚至是死亡一般也不会向人诉求，似乎一切都必须容忍。太多的血泪和苦难，让市民们变得麻木。而正是这种麻木之中，有人竟然在无路可寻的情形下，向拉贝他们这些"洋鬼子"求助，并且是带着完全沙哑的哭腔在乞求帮助，还能有比这更凄惨的吗？

一向冷冷的拉贝，看着这封信，泪流满面。他自责没能保护好他的臣民，尤其是妇女和儿童——因为他是现在的"南京市市长"，中国人也早已认可这一点，所以拉贝更加觉得无法原谅自己。

"一个失职者无权为自己辩护。"拉贝坚持这样认为。

很少有人见过拉贝独自掉泪。这一天韩湘琳发现拉贝先生的眼睛红红的，长时间伏在办公桌上哭泣，并且有时哭得双肩都在颤动。

"日本人！总有一天我要把你们的罪行让全世界人都知道！"拉贝一次次地诅咒魔鬼。

前些日子，拉贝保护了数以万计的中国男人——因为在日本兵的眼里，几乎所有在南京城内活着的成年男人都是中国军人，而这个数字足足可以让南京城再一次流淌江河一般的鲜血，故而拉贝必须全力以赴、挺身而出保护他们。现在他发现，自己过去的几天里，做对了一半事，也做错了另一半——救了许多男人，却让无数女人被日本兵强奸和轮奸甚至杀害了……

这笔账一定要算。国际委员会成员们从安全区汇总来的报告让拉贝感到触目惊心：

13日，约三十名日本兵出现在门东新路口5号房子前企图进入。姓哈的房主人是位伊斯兰教徒，他刚刚打开门，就立即被日本兵的左轮枪打死。另一位姓夏的先生跪在日本兵面前恳求他们不要杀害其他居民，但他也惨遭同样的命运。哈的太太质问日本兵为什么要杀害她丈夫，结果被"砰"的一枪结束了生命。先前抱着一岁孩子逃到客厅里的夏太太，被日本兵从桌子底下拖出来，她的孩子被刺刀刺死后，夏太太则被十几个日本兵强奸和轮奸，然后在她的阴道里塞进一个瓶子，夏太太的下身血流如注，痛得满地打滚，日本人则在一旁继续强奸夏太太的婆婆和两个女儿。夏太太的婆婆想劝阻日本兵不要强奸她的孙女，结果被打死，并且被刺刀猛刺下身。夏太太的大女儿十六岁，也被日本兵强奸后被刺刀刺死了，她的阴道被插进一根木棍。十四岁的二女儿最后也被残暴地杀死。夏太太的公公因为救自己七十四岁的老婆，挨了日本兵五刺刀而死。日本兵后来又在房子里发现了哈先生的两个小男孩，一个四岁，一个两岁，日本兵将大的男孩子用刺刀刺死，两岁的小孩子则被军刀劈开脑袋……这个房子里，后来只有两个七八岁的小女孩因为当时吓昏过去而躲在隔壁的房间才免于遇难。

同一天的上午，四十七岁的朱女士，她的丈夫九年前已经去世，朱女士带着母亲和十岁的女儿住在南门不远的一条很偏僻的街上。这一天日本兵闯入她家，抢走了她丈夫给她留下的所有钱财，14、15日，日本兵每天要去她家十至二十次，朱女士因此被强奸达二十多次。女儿和母亲也遭受同样命运。15日后城南开始燃起大火，朱女士带着老母亲和女儿携带铺盖向城北逃跑，在离家不远处，老母亲走失。朱女士和女儿一路走着，又被日本兵多次强奸，母女俩悲痛万分，一并跳进了路旁的一口井里，幸运的是那口井很浅，她们在井里安全地待了一天，最后是路过的一位商贩发现并救了她们。16日，母女俩得知有安全区，才算活了下来。然而安全区并不安全，当晚三个日本兵又将朱女士强奸了，其中一个家伙还逼迫她张开嘴巴吞下他生殖器上的污秽物……

"恶心！人类历史上最恶心的事！拉贝先生，你不用看一个个具体的案例了，我这儿全部都有详细记录。"斯迈思抱来厚厚的一叠材料，他说他已经把各个委员从安全区内收集的日军暴行事件记录在案，"从14日开始，至少每天有一千名以上的妇女被日本兵强奸或轮奸，这个数字还不包括大量我们没有发现和统计到的……"

"昨晚在我旁边的一栋房子里，发生了同样的事。那房子里面有个防空洞内藏了二十多个妇女，几个日本兵闯了进去，拉出其中的几名妇女实施强暴，有人跑到我们这边报告了，我们的哈茨就立即赶过去，这才把几个畜生赶了出来。斯迈思，你说我们怎么办？"拉贝摘下眼镜，用纸擦了擦眼镜，然后看着"智多星"斯迈思，"有什么新的建议？我们必须立即制止日本兵的这种兽行！"

"还能有什么新的建议？日本人根本不会理睬我们美国人的任何建议。除了你——尊敬的德国人拉贝先生外，他们蔑视所有的人。"斯迈思耸耸双肩，一时无计可施。

"无论如何，福田先生还是一个可以为我们说些话的日本朋友，我们必须把新的抗议书送达他的手上，再希望他尽快转交给日军指挥官。目前最关键的是要在安全区内的八个妇女比较集中的地区让日本指挥官派他们的宪兵来保护。这是当务之急。"拉贝说。

斯迈思想了想，说："这也是唯一的办法了！可我知道，目前整个南京城里，日本军队只派出了十八个宪兵，他们却要看住几万人的战友……"

拉贝摇头："分明是他们的长官在放纵属下奸淫强暴、烧杀抢夺！明天我跟你们一起到他们的使馆去。"

但是第二天即19日上午，拉贝没有去成，因为当晚他的院子里差点发生了危险：六个日本兵像贼似的爬过围墙，跳进了院内，想再从里面打开院门，好让院外更多的日本兵进院……

"日本人进来啦！"

"救命呀！——"

突然，院子内哭的喊的闹成一团。

"八格牙路！"日本兵生气地冲着那些叫喊的人拳打脚踢起来。情况万分危急时，拉贝出现在日本兵面前，他用手电筒扫射了一遍，然后直照在其中的一个日本兵脸上。

"八格！"那日本兵愤怒地从腰际拔出手枪，对准拉贝，"你的什么的干活？皇军的要花姑娘！你的滚蛋的！"

拉贝用英语骂道："畜生！我是德国人！你——好好地看看这个标志！"他把纳粹袖章在那个日本兵面前晃了晃，随后又在所有日本兵面前晃了一遍，又怒斥道："这是我的院子！我们的元首赋予我保护它！你们如果不想找麻烦，就请立即从院子里出去！"

那个日本兵见到拉贝的纳粹袖章，一下愣了，随后收起了手枪，朝一同跳进院子的另外五个伙伴挥挥手，向大门走去。

"不行，你们从什么地方来的，就请从什么地方出去！"拉贝一个箭步，上前拦住日本兵，用手指指围墙，示意日本兵爬墙出去。

后来的一幕实在让院子里所有中国难民也包括国际委员会成员欢欣鼓舞了一番——六个日本兵狼狈不堪地在拉贝的手电筒照射下从高高的围墙上连爬带滚地跳了出去。

"哈哈哈……拉贝先生，你是唯一能让日本兵滚爬着出去的人！太伟大了！德国人万岁！"韩湘琳和所有在宁海路5号院子避难的中国人向拉贝又是磕头又是欢呼。

就连国际委员会的美国、英国和丹麦人也无一不向拉贝竖大拇指。难得一笑的拉贝，这回站在梧桐树下洋洋得意一番。他指指一人多高的围墙说："假如它再高出一米，他们恐怕即便能进得来，也不好再爬着出去！"

拉贝的话再度引得满院哄笑。这一天发生在宁海路5号院的故事，如同一曲经典小调，在拉贝的当天日记里和许多国际委员会成员们所留下的宝贵史料中都有记载。

为了让日本外交部能够及时采取必要措施和通过秘密渠道让全世界知道日军在南京城内的兽性表现，拉贝特意召集国际委员会成员开了一个会，具体布置了让每一个成员收集日军在南京城奸淫妇女的情况报告，后来这份称之为"日军占领南京时的奸淫报告"的材料成为了重要的证据而被东京国际军事法庭所采纳，对审判战犯起了一定作用，同时也为研究日军在南京实施大屠杀和犯罪行为提供了重要材料。这份"日军奸淫报告"非常长，每一件案情却用非常简略的文字记述，尽管如此，我们仍然可以从中看到日军对我中国妇女们所犯下的滔天罪行。在此略摘部分内容——

（说明：一些没有编入的号序，一般都是日军抢劫百姓的案情）。

……

第四件：十二月十五日夜，七个日本兵闯入金陵大学图书馆，绑去妇女七人，其中三人当场被奸。

第五件：十二月十四日夜，日本兵屡次闯入中国人的住宅，凌辱妇女，或索性把她们绑去。于是大起恐慌。昨天又有妇女数百人迁入金陵女子文理学院。美侨三人不得不在该校过夜，保护三千妇孺。

第十件：十二月十四日，中午，日本兵闯入铜银巷某宅，绑去四个姑娘，强奸两小时后释回。

第十二件：十二月十四日夜，十一个日本兵闯入铜银巷某宅，轮流强奸四个女人。

第十五件：十二月十五日，日本兵闯入汉口路某宅，强奸一个少妇，并绑去三个女人。两个丈夫尾随呼号，同遭枪杀。

第十八件：十二月十五日夜，大批日本兵闯入金陵大学校舍，当场强奸妇女三十人，有几个妇女被六人轮奸。

第二十件：十二月十六日夜，七个日本兵破窗而入，劫掠难民，因校内职员既不献纳财物，又不供应姑娘，故加以戳伤，并当场强奸妇女。

第二十二件：十二月十六日夜，日本兵痛击大学附近的警察，要求供应姑娘。

第二十八件：十二月十六日下午四时，日本兵闯入莫干路十一号住宅，强奸妇女。

第三十三件：十二月十七日，日本兵闯入珞珈路五号，强奸四个女人，抢去脚踏车一辆，被褥及其他物件。我和哈茨（Hatz）前往，日本兵鼠窜而去。

第三十七件：十二月十七日，在小桃园我的住宅后面，日本兵强奸一个女人，并加以刺戳。她今天如能获得治疗，性命可望保全。她的母亲的头部也遭痛击。

第三十九件：十二月十七日，金陵大学对面，靠近二条巷田香（译音）先生住处附近一带，发生日本兵强奸的事件，前来报告者接连不断。

第四十件：十二月十七日，珞珈路对面琅琊路上，日本兵把一个年轻的姑娘拖入室内强奸。

第四十一件：十二月十七日，司法院附近，日本兵凌辱一个年轻的姑娘后，再刺伤她的腹部。

第四十二件：十二月十七日，日本兵拖去一个四十岁的妇人，加以奸污。

第四十三件：十二月十七日，许多日本兵在建三圆路附近，强奸两个姑娘。

第四十四件：十二月十五日傍晚在三条巷，一群日本兵闯进民房，强奸了几名妇女。

第四十五件：十二月十七日，日本兵从五台山一个小学校内拖去许多妇女，彻夜加以奸污，第二天早晨始获释放。

第四十六件：十二月十七日，吴家花园内，男子三人被杀，女子两人失踪。

第四十七件：十二月十六日上午八时，日本军官两人和士兵两人，闯入干河沿十八号，先把男人逐出，邻近的妇女纷纷逃避，室内无法逃避的妇女则被轮奸。一个日本兵的衬衣遗落室内。

第五十件：十二月十七日上午十一时前，山西路一〇五号姚清才来报告说，日本兵闯入他家，把他的儿子姚秀才（首都警察四分局副局长）和十九岁的孙女姚万才抓走了。

第五十二件：十二月十七日，两个日本兵闯进奠千路九号住宅，抓走了王伯生的儿子、儿媳和姨娘。

第五十三件：十二月十七日下午三时，日本兵轮奸大方巷十号难民住宅内的三个姑娘，并有一个妇人受弹伤甚重。

第五十五件：十二月十八日黄昏，四百五十个饱受恐怖的妇女，逃到我们的办公处要求保护。许多妇女已遭奸污。

第五十七件：十二月十六日，日本兵架去陆军大学内的七个姑娘，从十六岁到二十一岁，五个释放回家。据十八日所接报告，她们每人每天被奸污六七次之多。十二月十七日，日本兵越墙而入，架去两个姑娘，三十分钟后又把她们送回。

第五十八件：十二月十七日，拉贝报告，十五个左右日本兵，闯入他的住宅，有几个攀墙而入，刺刀出鞘，声势汹汹，抢劫助理员韩祥麟（译音）身上的钱币和几种文件。他开具失单，向永井少佐报告。承蒙永井少佐的好意，他写了一幅大布告，贴在拉贝的大门上，禁止日本兵擅自闯入。拉贝是德国人，四面国社党旗飘扬屋上。可是，什么都没有效力，拉贝于下午六时回去时，又有两个兵闯入了，其中一个日本兵正在解衣，准备强奸一个姑娘。拉贝叫他们滚出去，他们仍越墙而出。日本兵窃去拉贝住宅内的一辆汽车，留下收条如下："谢君厚礼，日军佐藤。"拉贝要求正式的收据，当遭拒绝。汽车的价值约三百元。

第五十九件：十二月十八日，永井少佐访问小桃园十号国际委员会主席拉贝的住宅，四个日本兵却闯入对面人家，其中一个正在强奸女人，因此大声呼救，永井少佐赶去，批其颊，叫他滚开。其余三个日本兵因见永井少佐走来，就溜之大吉。

第六十件：十二月十九日上午十时三十分，黑兹（译音）先生报告说，他发现两个日本兵在靠近宁海路的一所防空壕洞里，正准备强奸几名妇女。这个壕洞里有二十来位妇女，当黑兹先生听到妇女求救的呼喊声时，立即跑进壕洞里，把日本兵驱赶走了。

第六十一件：十二月十九日上午十时许，裴志博士、菲奇（译音）先生和我（史密斯博士）三人前去会见谭拉克（译音）先生，谈论灾难情况后，即去金陵中学看看昨夜难民们是怎样度过的。到了那里，发现昨夜有三名姑娘已遭日本兵强奸。其中一名是在校门旁边的房子里，被三名日本兵轮奸的。当我们正向大门走去时，见到日本兵仍在那里。这时，吴宝兰女士来到校门内，三名日本兵和一个骑马的军官紧跟其后。我们当即阻止日兵的行为，并叫吴小姐赶快坐进我们的汽车。那个骑马的日本军官就气愤地用乘马拦阻我们的汽车，企图阻止我们的汽车行走。但乘马害怕汽车，我们就出了大门，把吴小姐带到日本大使馆，问他们，今天这位吴小姐在何处才能安全。最后她决定去鼓楼医院帮助工作。

第六十三件：据十二月十八日报告，宁海路上，日本兵向一孩子强夺半听煤油，孩子因不愿继续运送，痛遭鞭挞。平仓巷六号的一只猪失窃。五个日本兵强抢许多匹小马。怡和路十二号内的几个姑娘被凌侮。七个日本兵轮奸某茶馆内的姑娘，十八日香消玉殒，年仅十七岁。昨夜六时至十时间，三个日本兵奸污四个姑娘。日本兵数人轮奸莫干路五号的一个姑娘。昨夜，日本兵从金陵女子文理学院绑去三个姑娘，今晨释回，均憔悴不堪。平安巷的一个姑娘被三个日本兵轮奸而死。在阴阳营一带，奸淫掳掠搜索的事情，不断发生。

第六十四件：据十二月十八日报告，广州路八十三号、八十五号收容难民五百四十人，自十三日起至十七日止，日本兵三五成群，前往搜掠，一天有许多次。今天仍继续抢劫。日本兵每晚用卡车架去年轻的姑娘，第二天早上释回，被奸污的妇女已在三十人以上。妇女和小孩彻夜号哭。凄惨的情形，不胜毕述。

第六十九件：十二月十九日，据报告，日本兵闯入北平路五十九号第八区卫生调查主任的住宅，昨天六次，今天七次。前天，该处有两个姑娘被奸污，今天又有两个姑娘被奸污，其中之一，因摧残过甚，性命难保。今天，日本兵还架去一个姑娘。宅内难民所有财物，悉遭搜劫。

第七十二件：十二月十九日，日本兵闯入属于金陵大学的农村师资训练学校，向工役勒索法币十元，昨天已经勒索过二元五角，下午，日本兵当场奸污妇女两人，夜间又奸污妇女五人。

第七十七件：十二月十九日下午六时左右，裴志、菲奇和史密斯三人赶往汉口路十九号金陵大学职员的住宅，四个日本兵正在底层强奸妇女，他们赶出了日本兵后，把所有妇孺护送到金陵大学的总院，晚间，日本领事馆将派警察一人驻守。

第七十八件：十二月二十日上午七时半，里格斯经过汉口路二十八号时，被邀入内，得悉昨晚日本兵闯入该宅，因所有妇女已送往金陵大学，日本兵大为愤怒，射死一人，重伤一人，其余三人伤势较轻。

第八十一件：十二月二十日上午三时左右两个日本兵闯入金陵女子文理学院第五百号房子，强奸两个妇女，该时曾有日本领事馆的警察一人驻守门口。

第八十六件：十二月十七日，日本兵从陆军大学架去南京青年会总干事某君家内的三个姑娘。她们本来是住在阴阳营七号的，为安全起见，才迁往陆军大学。日本兵把她们绑到国府路，加以奸污，于半夜间释回。

第八十七件：十二月二十日，阴阳营四十七号，一天内被日本兵洗劫七次，很多文物全被抢走，全家人都被搜查。昨天再次来到这家，抢去三千元，并搜寻妇女。从此，全家无人敢再待在家里。

第八十九件：十二月十八日，日本兵闯入金陵大学农场（有难民百余人），绑去妇女四人，奸污终宵，第二天早晨释回。十九日，又绑去妇女两人，一人于二十日晨释回，还有一人杳无音信。

第九十三件：十二月二十日，下午两点半，当菲奇先生正准备动身到动力学教室去接两位女生来校办事，这时机工跑来说日本兵已经发现她们了，正要奸污她们。于是我们立即去平仓巷十三号，看见三名日本兵正在门房奸污这两位赤身妇女。我们当即制止他们，其中两个日本兵立即逃跑了，另一个日本兵还在寻找那位看大门的男人，检查他的手、背和足部，怀疑他是当兵的。这时两位被奸污的妇女赶快穿上衣服，跑进了菲奇先生的汽车，驰往金陵大学。

第九十四件：十二月十七日夜，日本军官一人领导搜索队强迫金陵女子文理学院收容所的职员齐集大门口，约一小时之久，该军官撕毁证明已经搜索的文件。同时，日本兵则闯入收容所，绑去妇女十一人。

第九十五件：十二月十七日，金陵女子文理学院校舍内的某避难人家的媳妇，当场被奸污。一个教员的女儿给日本兵拖去。

第九十八件：十二月十九日下午七时半，两个日本兵轮奸怀孕九月的十七岁少妇，九时，阵阵腹痛，十二时，婴孩落地，今晨二时送入医院，产母神经错乱，婴孩无恙。

第九十九件：十二月二十日下午，日本兵闯入汉口路五号邓尼尔医生的住宅，该宅前门贴着日本大使馆的布告。他们奔到楼上的房间内，把两个女人拖到楼下，加以奸污，先后共达三小时之久。他们还从地下室中取去脚踏车三辆。邓尼尔不在南京，故该宅现由威尔逊使用。

第一百零一件：十二月二十日下午三时，三个日本军官闯入汉口路小学难民收容所的办公室，职员偕翻译和他们谈话，但他们置之不理，叫职员离开办公室，白昼宣淫，强奸了两个女人。

第一百零二件：十二月二十日，日本兵闯入国际委员会德侨许尔兹·潘亭（Sohultze Pantin）的住宅，该宅现由梅奇牧师、进行恢复电力的普特希伏洛夫和给日方修理汽车的齐亚尔三人合居。日本兵在梅奇牧师的许多中国朋友面前，强奸几个妇女。那些中国朋友都来自下关的良好基督教教庭，目睹兽行，惊骇不已！

第一百零三件：十二月二十日，上午十时，鼓楼新村（译音）陈蓝宝（译音）先生住宅里，闯进来两个日本兵，躺在妇人的床上。于是陈先生立即喊叫曾经在日本使馆待过的斯文（译音）先生，他用日语对两日本兵说了一番，方才离去。

第一百零四件：十二月二十日下午四时，四个日本兵闯入江苏路二十三号办公处的邻宅，将男人驱入一室，强奸三个妇女。他们到我们的院子里过夜，第二天早晨，日本兵又去要一个女人，午后四时半，两个日本兵再去强奸一个女人。一个男子想加以阻止，日本兵就开枪射击，幸子弹滑过，未受伤害。

第一百零五件：十二月二十一日下午，约有妇女一百人拥到我们的办公处来躲避。她们都住在附近，昨夜迄今，统遭奸污。

第一百零七件：十二月二十一日下午三时，施佩林先生被请到莫干路八号，当他抵达时，两个日本兵就跑走了。接着，发现一个日本兵把一名青年妇女锁在房间内。施佩林先生立即拍门，该日本兵穿好军服后才打开房门，施佩林先生当即把他赶出去。

第一百一十二件：十二月二十一日下午四时五十分，日本兵数人爬墙而入我们的总办公处，想把一个女人拖到墙外的防空壕。施佩林驱走日本兵，据那女人说，一个日本兵已经去过两次。

第一百四十四件：十二月二十三日，日本兵续施劫掠，一个日本兵击伤难民的头部，并强奸一个女人。今天日本兵闯入三四次，架去妇女数人。

第一百四十五件：十二月二十三日晚八时十五分，七个日本兵绑去四个姑娘。

第一百四十六件：十二月二十三日下午三时，两个日本兵闯入汉口路小学收容所。搜索财物，并强奸女职员黄小姐。我们立刻报告特别宪兵队，宪兵到达收容所时，日本兵早已逃逸无踪，他们便把黄小姐带去，作为人证。黄昏，又来几个日本兵，轮奸王太太的女儿。七时左右又来三个日本兵强奸两个姑娘，一个仅十三岁。

第一百四十八件：十二月二十五日，七个日本兵闯入圣经师资训练学校收容所，滋扰终宵。上午九时曾来四人，下午二时，又来三人，搜索财物，并强奸两个姑娘，一个仅十二岁。

第一百五十一件：十二月二十二日，两个日本兵闯入金陵大学蚕桑系校舍，强奸十三岁的小姑娘，母亲想加以阻止，当场被击伤。另有二十八岁的少妇也遭污辱。二十三日上午四时，日本兵拖去两个姑娘，路遇宪兵，鼠窜逃逸。

第一百五十三件：十二月二十五日，日本军官一人和两个日本兵绑去鼓楼新村十四号内十五岁的李小姐。

第一百五十四件：十二月二十六日下午四时，三个日本兵轮奸陈家巷（译音）六号内十三岁的小姑娘。

第一百六十九件：十二月三十日下午，两个日本兵闯入北平路六十四号意大利使馆某职员的住宅，抢劫法币百元，并绑架两个姑娘。经恳商后，他们释放了一个，被带去的一个叫尚雪珠（译音），十六岁，身穿皮衣。

第一百七十件：十二月二十八日夜，一名日本哨兵闯入附近人家，强奸了一位姑娘。而在二十七日夜，一名酒醉的哨兵就曾来过这里寻找妇女。

第一百七十一件：一月一日下午三时，施佩林步行于宁海路，走到广州路转角处，一个老太婆从屋内狂奔而出。施佩林奔入屋内，窜出一个日本兵，在卧室内另见一个赤裸的日本兵和一个半裸的姑娘，奸污完毕。施佩林叫他穿上衣服滚出去。

第一百七十三件：一月一日下午，三个日本兵闯入金陵女子文理学院，其中一人追逐一个姑娘，直入花园的竹林中。魏特琳女士赶往花园，救出将遭摧残的姑娘。其余两个日本兵竟自认为宪兵。

第一百七十四件：一月一日下午一时四十分，两个日本兵闯入珞珈路十七号福斯特牧师的住宅内，强奸一个姑娘，并痛击一个拒绝强奸的姑娘。福斯特牧师适在菲奇家中午餐。闻讯后，即偕菲奇夫人和梅奇驱车前往，把两个姑娘送到鼓楼医院去治疗。

第一百七十五件：一月一日下午四时，三个日本兵闯入汉口路二百十一号属于金陵大学的房屋内，轮奸一个十四岁的幼女。母亲奔到校门口叫宪兵去解围，但他们走得很慢，已嫌太迟了。

第一百七十六件：一月二日上午十时半左右，一个日本兵闯入陈家巷五号刘培坤（译音）住宅，合家七口。日本兵向刘妻缠扰不休，刘妻正想脱身，刘培坤因气愤而捆日本兵的面颊，日本兵怀恨而去。下午四时，日本兵携枪重来，邻居跪求无效，刘培坤被击毙于灶间。

第一百七十七件：一月二日下午三时，四个日本兵在宁海路十三号奸淫妇女，劫掠财物，施佩林和菲奇二人赶往。日本兵看见了施佩林的黑卐字臂章，大呼"德意志！德意志！"鼠窜而去。

第一百七十八件：一月三日，据报告，日本兵在几天以前架去铜银巷六号内的妇女六人，名义上是给军官去洗衣服的，其中一人于十二月三十日入鼓楼医院。据她报告，日本兵把她们带到城中某处，那里好像是伤兵医院。白天洗衣服，黑夜遭强奸，年纪较大的每夜被轮奸十次到二十次，年纪较轻的和面貌漂亮的每夜最多被轮奸四十次。一月二日，两个日本兵又把她绑到一所荒凉冷落的学校内，戳伤十处，计后颈四刀，臂腕一刀，面部一刀，背上四刀。日本兵以为她已伤重毙命，舍之而去，后经旁人发现，再送入医院，也许可望恢复，但颈项恐难灵活旋转。

第一百七十九件：一月三日，发育未全的十四岁小姑娘，被日本兵强奸后，受伤甚重，须动手术，加以治理。

第一百八十件：一月八日，五六个日本兵强奸了沈举人巷二十二号内的妇女后，复开枪射击，李氏受伤，年三十二岁。

第一百八十一件：一月八日，四个日本兵昨夜闯入高家酒楼附近四十九号袁宅，强奸三个妇女（二十一岁，二十五岁，二十九岁）。因为她们的行动稍缓，日本兵便以手枪射击。

第一百八十二件：一月七日，两个日本兵要强奸慈悲社七号内的一个小姑娘。张福熙（译音）拟加以阻止，当被戮害。

第一百八十三件：一月八日下午六时，三个日本空军驾驶员轮奸华侨路四号内高姓的姑娘（十八岁），事后任意开射手枪。

第一百八十六件：一月九日下午三时左右，米尔斯和史密斯两人到城西南去视察情形，遇见一个女人，手抱婴孩，恰遭两个日本兵轮奸。

第一百八十七件：一月九日夜，一个宪兵闯入汉口路二十五号史密斯的住宅，劫去一个女人，并从另一住宅劫去另一女人，路遇里格斯，以刺刀吓禁声张。

第一百九十件：一月十四日，一家难民从金陵大学附中回到自己的住宅，将登记证张贴门上，据说日本兵不会再去骚扰。不料在一小时之内，就闯入了五个日本兵，逐出男人，轮奸一个女人。第二天早晨，合家重返收容所。

第一百九十一件：一月十六日，吉先生报告说，从金陵大学回家去的学生都遭奸污了。因此她们宁愿返回学校同校友们一块住。

第一百九十二件：一月十六日上午八时多，几辆载有日军的卡车驰来金陵大学图书馆，要找工人和六名做饭的妇女。当时就去了六位妇女。但日本兵说她们太老了，明天上午就叫她们回去，一定要准备调换年轻些的。这群日本兵就在当天傍晚又来硬要妇女，但无一人肯前往。到十七日上午八时左右，日本兵乘卡车、汽车各二辆再度来此，其中还有军官两名，车上还载有中国男子数人和从蚕业公会弄来

197

的七名妇女。

第一百九十四件：一月十六日下午。米尔斯牧师去修安堂，发现星期六和星期日是最糟的两天，日本兵正是在这两天来到此地并奸污妇女。米尔斯牧师当场赶走了两名日本兵。

第一百九十五件：一月十五日，金陵大学附属中学收容所内，有一男一女同返城南住宅，日本兵一人欲加以奸污，她坚拒不肯，当遭日本兵戮杀。

第一百九十六件：一月十九日，日本警察参赞搭客搭马（译音）来到金陵中学要六名妇女前去洗衣。当即回答说：只要有人自愿前往，是可以去的。但那位参赞接着说：去的人必须是年轻的。于是反问他道，既然要洗衣的，为什么必须要年轻的？他的回答是要漂亮些的。

第二百件：魏特琳小姐报告，日本兵从金陵大学劫走了许多妇女。

第二百零一件：一月二十日，三个妇女从南京神学院被劫去。

第二百一十件：一月十一日夜，两名日本兵闯入高家酒馆四十四号，索要妇女。幸该家妇女先一日已到金陵中学难民区了。日本兵未达到目的，便到隔壁邻居家，劫持了两名妇女，当她们丈夫的面轮奸。

第二百一十一件：一月二十五日下午，鼓楼医院来了一个女人，据她报告，夫妇两人住在难民区圣经师资训练学校附近的草棚，十二月十三日，日本兵把她的丈夫捉去，同时把她带到南城某处，每天奸污七次到十次之多，夜间则予以休息的机会。她已身染三种性病，梅毒、白浊和下疳。五天以前，始获释放，重回难民区。

第二百一十二件：一月二十九日下午，一青年妇女从难民区前往莫愁路买面粉，途中被日本兵拖上卡车，这是被拖走的第二卡车妇女。

第二百一十三件：一月二十九日，三名妇女在金陵中学南边的安乐里被日本兵强奸。

第二百一十六件：一月三十日下午，一名日本兵闯进金银巷一一三号院里（美国人住宅），四面张望，搜找妇女，随即跑到对面圣经师资训练学校，劫持了一名妇女。

第二百一十七件：一月三十日下午四点三十分，我从住处乘车去平仓巷（译音）礼拜堂，经中山路转汉口路时，遇到五十来位中国老百姓，把我的汽车拦住，大家告诉我，一日本兵在司法部附近正劫持一妇女，把她拉进薛家巷四号去了。我立即被这群人引到那里。一进门，我发现很多抢来的家具，地板上堆满了各种各样的东西，极为零乱。头一个房间是空着的，另一房间放着两副棺材，到第三个房间，我看见那个日本兵正从那位裸着身体躺在床上的妇女身上跳起来，企图阻止我走进房间。我即用手臂向大门口指着给他看，当他望见这群中国人和我的停在大门口的汽车时，就四面张望，沿后院爬院墙逃走了。这时，被奸污的妇女也离开了。我继续前往教堂。

第二百一十九件：一月十三十四两日，日本兵杀死南城某姓家中十一人，妇女被奸污后，再加以残害，只有两个孩子保全性命。

第二百二十一件：一月三十一日，住难民区的一位二十四岁的中国姑娘，上午十一时回到广州路四十六号的家，给留在家里的叔父做午饭。一日本兵看见了即尾随着她，用刺刀威逼，把她强奸了。

第二百二十二件：一月三十日，日方命令金陵大学蚕桑系校舍收容所内的一家难民，回到二条巷自己的住宅。当夜，三个日本兵破门而入，唤起男人。据他们解释，他们是侦探，一人携刀，一人携枪，一人徒手，吩咐大家不要惊慌，再叫男人睡下。搜索后，携刀的日本兵强奸十二岁的幼女，其余两个日本兵则轮污一个老妇，直到半夜始去。三十一日，全家重返收容所。

第二百二十三件：二月一日上午六时半，又有一群妇女向裴志恩切表示，她们不能够回去。昨天有一个妇人恐怕收容所封闭后，将失去所有被褥等物，携了两个女儿回到西华门家中。晚上，日本兵前往，欲强奸两个姑娘，她们不肯，便被日本兵杀死。所以，该妇人表示，回去是没有用的。与其在家中被日本兵杀死，不如于二月四日拒绝离开收容所而被日本兵杀死。

第二百二十四件：一月三十日下午五时左右，妇女数百人恳求桑纳取消成议，她们不愿于二月四日离收容所回家。据她们说，与其回到家中后被奸被劫被杀，不如直截爽快就在收容所中送掉性命。她们这样说："你们已经救了我们一半，如果现在不再照顾我们，就等于前功尽弃。送佛送到西天，好事做到底！"六十二岁的老妪回到汉西门附近的家中，当晚日本兵前往，欲加以奸污，她表示年纪太大了，当遭日本兵痛击。她不得不重返收容所。

第二百二十六件：一月三十日上午十一时，返回到旧锁巷（译音）二号的两位年轻姑娘，被日本兵强奸了。

第二百二十七件：二月一日，下午大约两点半钟，一中国儿童向我住处跑来告诉我和秘书福斯特牧师说，日本兵还在附近的外侨住宅隔壁邻居里搜找妇女。我们便立即跑往那里，到了居民家时，居民指着一间锁着的房门，我们推门，里面没有回应，硬破门而入，当场发现两名日本兵，一个正躺在床上，另一个则坐在床头边。那位被奸污的妇女则躺在两日本兵和墙壁之间。一日本兵这时立即跳下床来，去拿他的皮带和手枪，通过墙洞向外逃去；另一日本兵还在酒醉中，没穿下衣，这时，连皮带也找不着，无法立即逃脱，看来是十分慌张的。我们这时也只得让他通过墙洞逃去。他出了洞口，回过头来还想同我握手。这时，福斯特牧师跑在前头去找日本宪兵，我则紧跟在这个醉汉日本兵后面。最后，我们把他交给在上海路与中山路交接处的两日本哨兵，并把情况给他们作了证明。

第二百二十八件：一月二十九日，一位二十四岁的妇女去通济门，她一到家，一日本兵把她拉到一间空屋里强奸了她。

第二百三十件：一月二十九日，某姓少妇（二十二岁）从难民区回三牌楼三号住宅，被日本兵奸污二次。几天前，她的丈夫回家时，被日本兵刺伤。

第二百三十二件：一月二十九日，陈王氏（二十八岁）回家，并有女伴同行，路上遇三个日本兵，百般恳求无效，被拖入店堂强奸，陈王氏继续污辱三次。

第二百三十三件：一月二十八日，张杨氏，年三十七岁，回到家里，被日本兵两次强奸。

第二百三十四件：一月三十一日，赖洪氏，年十七岁，回家后正在池塘边淘米，一个日本兵扔掉了她的米，把她拉到桑树地里强奸了。

第二百三十五件：一月三十日，姚吉村（译音）小姐年十六岁，随母亲去鼓楼医院探视友人，走近鼓楼时，两个日本兵把她拖到广场强奸了。

第二百三十六件：一月三十日，徐秦氏，年三十六岁，正同丈夫和几个邻居一道回家，在花牌楼太平巷里，两个日本兵把她拖到一间小屋里强奸了。

第二百三十八件：一月二十八日，魏陈氏，年四十五岁，同邻居女友一道回家，走近太平门时，都被日本兵拉走，她虽脱险，然而邻居女友已被强奸。

第二百四十件：一月三十日，周陈氏，年三十六岁，回家途经通济门时，被两个日本兵强奸了。

第二百四十一件：一月三十一日，秦王氏，年二十二岁，被日本兵拉走，一直未回安全区。

第二百四十二件：一月二十八日，白吴氏，年二十七岁，回家时被两个日本兵强奸了。

第二百四十四件：一月二十九日，秦马氏，年三十五岁，回到北门桥的家后，被日本兵强奸了。

第二百四十五件：一月二十八日，张卫氏，年二十岁，回到家里被两日本兵强奸了。

第二百四十六件：一月二十八日，徐周氏，年三十二岁，回家后被日本兵强奸了，她丈夫的衣服也被抢走了。

第二百四十七件：秦方氏，年三十六岁，家在通济门附近，房子被日本兵烧毁了，她刚回到被毁的家，就被两个日本兵轮奸了。

第二百四十八件：一月二十九日，姚王氏，年三十四岁，刚刚回家，被两个日本兵轮奸了。

第二百四十九件：一月二十九日，蔡家英（女，已婚），年十八岁，由母亲陪同回到马台街家中，被两个日本兵轮奸了。

第二百五十件：一月三十日，朱张氏，年四十岁，回家后，被两个日本兵轮奸了。

第二百五十一件：一月二十九日，吴殷氏，年十九岁，刚分娩四天，被日本兵强奸了。

第二百五十三件：一月二十五日，王张氏，年四十五岁，家在新桥，她到家后，就被日本兵强奸了，丈夫则被日本兵用刺刀戳死。

第二百五十六件：一月三十日，一女孩回家去，她家在国府路，中途被两日本兵拖到一间空屋里轮奸了。

第二百五十七件：一月三十日，一位四十四岁的妇女，家在大中桥，她在回家途中被日本兵拖到一间空屋里强奸了。

第二百五十九件：一月二十九日，许清太太，年四十二岁，回热河路的家，被两日本兵轮奸了。

第二百六十件：一月三十日，一妇女阿太氏在看到了可以回家的告示后，就同她的两位女儿回到门西饮马巷家里，途中被三名日本兵拦阻搜查了她的身体，把身上仅有的三元两角钱抢去了。

第二百六十三件：一月二十九日，一老妇苏卢氏（译音）年六十四岁，回国府路二四七号的家。次日晨，六名日本兵前来在她屋里全面搜查、抢劫……

第二百六十六件：一月二十九日，周必清在老米仓（译音）亲眼目睹日本兵奸污妇女和女孩。后来日本兵把他们都集合在那里，要他们带鸡鸭来换取大米和面粉。周说，日本兵的这些话全是欺骗。

第二百六十八件：一月三十一日，顾吴氏，住安品街秦家巷13号，她回家拿米，被日本兵奸污并遭抢劫。她立即跑回难民区了。

第二百七十三件：一月三十一日，三茅富后街十三号天主教堂的周姓家，日本兵经常不断地前来搜查，寻找花姑娘。

第二百七十六件：一月三十日，两个日本兵闯进上海路四十六号，强奸了这家的一位寡妇。

第二百七十七件：一月三十日下午一点三十分，三个日本兵闯进柴北市（译音）一慈善机关里，在闵姓家第二间屋子里，把全部男子逐出，强奸了同住的全部妇女。这些日本兵还不许她们立即返回难民区去。

第二百七十八件：一月三十日，三个日本兵闯进了糖坊桥三十号，搜查了在家的男子后，并强奸了刚分娩才半月的一位妇女。

第二百八十一件：一月二十八日，三个日本兵闯进大纱帽巷一号姓宋的家，抢劫了全部衣物，并强奸了一个幼女。次日，日本兵再次来到这里，要这家给一年轻的姑娘，回答说没有，他们就在室内到处点火烧屋子。

第二百八十二件：一月二十九日，内桥附近一家当铺的对面，一位年约二十岁的少女，被日本兵强行拖进一条小巷里去了。

第二百八十三件：二月一日的一份报告说，住在田村街（译音）三八四号的一位孀妇周氏，年五十许，被日本兵以暴力强奸后，继续被拘留，并强迫她在那里为日本兵做饭。

第二百八十七件：一月二十九日晚八时，五个日本兵（三人穿军服，两人着便衣）闯入慈悲巷十一号，将刺刀尖对准马良慈胸前，要她跟他们走，并威胁她丈夫，把刺刀放在他头上，还威胁她的嫂子，但最后这五个日本兵没有达到目的。

第二百八十九件：一月三十一日上午，四个日本兵闯入莫愁路13号杨姓家搜查，当搜查出一张女子的照片时，就向这家老奶奶要这位姑娘。老奶奶说没有，立即激怒了他们，但老奶奶的冷静安宁的情态，竟平息了这一不测的场面，四个日本兵最后离开了。

第二百九十件：一月三十日上午十一时，金陵女子文理学院收容所内的一个小姑娘（约十一二岁），回到朝天宫黄泥巷十九号家中，四个日本兵加以轮奸。

第二百九十一件：一月三十一日上午，几个日本兵在东瓜市附近，闯进某姓家里，企图抢走这家的两个女子，当时某人立即把这情况告知了宪兵，等宪兵来到时，日本兵早已跑走了。

……

但，那毕竟已经是日本人天下的南京城了，无恶不作的日本兵会轻易饶了令他们屈辱的"洋市长"的德国人？

"无论如何，拉贝先生你今天不能离开这个院子，小日本可不好惹，他们一定记恨在心，必定找机会来报复。这个院子里现在已经有二百多位妇女，她们的命可全仗着您老了啊！"韩湘琳在听了难民的一片担心声后，向拉贝恳求道。

"可是……我是国际委员会的主席，我要对整个安全区的二十万人负责。今天是约好要去见日本使馆人员的，这可怎么办呢？"拉贝搓着手，很是着急。

"拉贝先生，你不能走啊，你一走日本人再跳进来，非把我们全杀了呀!"拉贝正在犹豫之际,突然脚跟前围了几圈妇女和儿童,哭哭啼啼地跪在地上向他乞求着。

"上帝!"拉贝暗暗叫苦一声。只见他仰天一叹,双手从空中向下一掷,说:"好吧,今天我在家里给你们当守卫!"

"好人!大好人!"

"拉贝先生大好人!"

"好人拉贝"从此在南京市民中叫开,并且不断地流传开来。

此刻的日本大使馆内,斯迈思和贝德士、医生威尔逊、费吴生四名国际委员会成员正向福田参赞等日方外交官递交两份事先准备好的"意见信"——在日本人面前他们不敢说"抗议信",其实就是彻彻底底、名副其实的抗议书。

一封是威尔逊作为医生的"抗议信"。他"抗议"了18日夜在他所在医院亲历的事实:

在此请允许我向贵方指出12月18日夜间发生在大学医院的事件。这所医院里除了有医护人员和员工,还有一百五十多名病人。这所医院以前曾经享有特权,为日本大使馆的工作人员提供医疗护理。

晚上将近8时的时候,三名日本士兵从医院的一个后门闯入,放肆地在医院的走廊里跑来跑去。医院六十七岁的护士海因兹小姐接待并陪同了这些闯入者,尽管海因兹小姐一再声明她的手表属于私人财产,他们仍然抢走了她的手表。此外被偷走的还有六块怀表和三支钢笔。三人中有二人离开了医院,而另外一人则不知跑到什么地方去了。

晚上9时15分的时候医院方面得知,剩下的那个日本士兵强行闯进了护士的寝室。我对这间房进行了检查，发现这个日本士兵和六个护士在房间里。当我赶到时，其中有三名护士已经被强奸。全体护理人员对此感到极大的震惊。

我们原先一直以为，医院能受到保护，免遭这类事件的侵扰，因此没有急于向贵方提出要求给予特殊保护。现在我们不得不提出这种要求，并请求在医院的入口处设置岗哨，或采取其他措施，防止这类暴行再次发生！

威尔逊，这位哈佛医学院毕业的博士，1936年获准到南京金陵大学医院工作，南京沦陷时，他是全南京城唯一留下来的一名外科医生，经历了一般人所不能经历的大屠杀现场。威尔逊先生作为医生，其实从1937年8、9月份开始，他一直在参加救治中国伤员的紧张医务工作。日本军队进城之后的日子里，威尔逊看到了无数平民和放下武器的军人惨遭日军野蛮和残暴的枪杀而致死、致伤案例。这一天他向日本大使馆提交的"抗议书"，仅仅是拉贝先生临时通知他"准备一份最新现场材料"而早上起来才写完的一份简单材料。事实上，在18日晚，威尔逊给他家人写的一封信中则比较完整记录了他对日军从13日至18日这一周中犯下的暴行。威尔逊这样告诉家人——

今天是当代但丁炼狱的第六天，是用血腥和淫秽的大字写成的。大批人被屠杀，成千上万妇女被强奸。看来没有任何力量能阻止这些野兽们的残暴、淫欲和野蛮。开始我对日本兵笑脸相迎，免得惹起他们的愤怒，但微笑渐渐就不起作用了，我的目光也像他们一样变得冷漠和怀疑。

晚饭后我返回住所时，发现三个士兵已经仔细搜查过这个地方。海因兹小姐（笔者注：六十七岁的美国女护士）陪着他们去后门。有两个家伙到了那儿，另一个却不见了。他一定是藏在附近哪个地方。我给外面的其他人打手势，明确告诉他们这是美国医院。你们怎么能这样呢？那两个家伙允许把他们领出去。他们抢走海因兹小姐和其他人的手表，还抢走了一些钢笔。

让我讲述在前两天所发生的一些事。昨夜，大学（指金陵大学）的一位中国教员的住宅被捣毁，他的两位亲属被强奸；一所难民营里的两位大约十六岁的女孩被强奸致死。在金大附中有八千名难民，昨晚日本兵翻墙进去十次，抢劫食物、衣服并强奸妇女直到他们满足。他们用刺刀捅死了一个小男孩。上午，我花了一个半小时为另一个八岁男孩做了缝补手术，他被刺了五刀，其中一刀刺穿了他的肚子，一部分腹膜流了出来。我想他能存活。

我快步走出去，因为发现了第三个日本兵。他正在护士宿舍的四楼，那里住着十五位护士。她们一生中的这一刻给她们留下了永远的创伤。我不知道在我赶去之前他已侮辱了多少姑娘，但在我来到之后，他就没再做任何事。他拿了一只或两只手表，还想带走姑娘们的照相机。我让他把照相机还给姑娘，让我惊奇的是他居然还了。然后我陪他去前门，并和他"深情地"告别。不幸的是，他对我的注视并不领情。先前来的一名士兵耍弄着他那支令人恐惧的手枪，我很感激他没开火。

今天我收治了一位有三处子弹孔的男人，他是八十人中唯一的幸存者，八十人中包括一个十一岁的男孩。他们被从所谓"安全区"的二幢房屋带到西藏路西边的山坡上，在那里被屠杀了。日本兵离开后他苏醒过来，发现周围七十九人全死了。他的三处子弹伤得不太严重。说句公道话，在这八十人中只有几个是前军人。

这儿有个女孩子，我认为是个因出生而致伤的弱智人。她除了去抓抢她仅有的被子以外没有任何理智，但得到的结果是被军刀砍掉了颈部一边一半的肌肉。

另一个十七岁的姑娘，颈部有一道可怕的又深又长的伤口，她是家中唯一的幸存者，其他人都被杀死了。她是南京礼和洋行的雇员。

我查看完我所照料的一百五十名病人后，离开医院回去吃晚饭，一轮圆月从紫金山上徐徐升起，夜色非常美丽，简直无法形容。但这时月光下的南京城却是太平天国以来最荒凉的时期。城市的十分之九被中国人抛弃，街上游荡的日本士兵四处抢劫。剩下的十分之一地区将近有二十万惊恐的市民。

……难民在不久的将来将面临饥饿，冬天的燃料也没有着落。这不是我们期望的令人愉快的冬天。

1937年12月的南京，确实是个格外寒冷的冬天。尤其是日军占领后的第一个星期里，南京市民们所受的苦难被威尔逊比作是"当代但丁炼狱"的一周，这一点也不过分。

在日本外交官面前，另一位美国人斯迈思所交的抗议书火药味就更浓了，因为他递给日方的是一份列举了五十四起日军在安全区内所犯的"奸情报告"——之前他和拉贝已经上交过十六起案例。用事实说话，让细节征服雄辩，这是西方人在二战甚至更遥远的历史过程中一直采取的战胜对手的武器之一。

面对有据有理、个个透着肮脏和血腥的强奸、轮奸以及残暴、别出心裁的奸杀行为，一向十分傲慢和强词夺理的日方官员，也无奈地在斯迈思、威尔逊面前频频摇头。

"我们一定转告军方，希望他们严整军纪。"福田说。

"拉贝先生为了必须保护他院子里的三百多名妇女和孩子，他不能在危难之际离开他们，所以今天没有能出席我们的会晤，在此我代他向你们表示歉意。而拉贝先生和我们一样，寄希望于贵方能满足刚才威尔逊先生提出的请求，在他所在的医院的入口处以及我们昨天提供的清单上列出的十八个收容所的入口处设置岗哨，这样在洗掠抢夺的汪洋中，至少我们可以开辟出十九个安全岛，向三分之一或四分之一的居民提供保护。"斯迈思向日方力争。

日方口头表示考虑。然而拉贝他们后来发现：日本人根本没有履行承诺，庞大的南京城，混乱的大街小巷和十九个安全区点与医院附近，仅有十几个日本宪兵，而且这些宪兵本身就没有像样地在履行职责，故而放纵的日军变本加厉地到处"找花姑娘"，行兽性，杀无辜。

斯迈思等从日本大使馆出来，正准备去金陵大学附中核实前一天晚上被日军拖走的三名女学生（其中有一名女学生在拖走之前就被三个日本兵在门口轮奸）的案情时，发现美国的布洛姆莱小姐被三名日本兵押着。

"他们竟敢连美国姑娘都欺负啊！"斯迈思、菲奇等路见不平，拔刀相助。

"你们想干什么？"斯迈思从车子上跳下，朝日本兵冲过去，挡在他们的面前责问。

"八格牙路！"日本兵显然愤怒了，两把枪刺对准了斯迈思和菲奇。

"我们要求布洛姆莱小姐上我们的车。"斯迈思说，"她是我们美国人！"

"不行！"日本兵坚决反对。

"那好，你们如果坚持的话，我们一起到你们的大使馆去解决。"斯迈思的话起了作用。

菲奇趁机将早已吓得连话都说不利索的布洛姆莱小姐拉上他们的汽车。但日本兵依然不放过，企图想用他们的战马拦住斯迈思他们的汽车，偏偏那些马不争气，见了马达隆隆的汽车发憷，结果斯迈思他们成功地搭救了布洛姆莱小姐。

"岂有此理！他们应当对这样的事件负责！"斯迈思认为，日军的无法无天必须让他们的使馆了解，于是他们又驾车到了日本大使馆，向田中大使提出强烈抗议。

田中大使直皱眉头，喃喃道："我们对贵国公民的安全是有保障的。"

"大使先生你认为现在的南京城里有什么地方可以让布洛姆莱小姐安全地安置下来？"斯迈思问。

"这个……"田中大使窘迫不堪，最后说，"还是你们自己将这位小姐安置吧。"

还有比这样的国家更无耻的吗？斯迈思一行离开日本大使馆后，一路气愤地诉说着，因为眼前满街的烧杀抢淫，活生生地告诉这些异国见证者：日本侵略军和纵容他们的日本政府已经完全不把南京人民当作人对待，而在这样的无节制的烧杀抢淫过程中，日本军人也实实在在地将自己变成了一个个魔鬼和恶棍。

把布洛姆莱小姐送到大学医院安置好后，斯迈思一行驱车准备到宁海路的拉贝住处向这位"南京市长"汇报。一路上，他们的车子不断被求救的中国人拦住，不是向他们申诉日军的暴行，就是哭喊着求他们去救人……十几分钟的路，结果快到傍晚他们才与拉贝见面。

就在这时，威尔逊医院那边又传来一件让这些国际委员会成员更悲愤的事：一个怀孕六个半月的十八岁姑娘，因为反抗日本兵的强暴，面部被砍十八刀，腿部还有多处伤口，其腹部被军刀刺破一道深深的口子。姑娘生命垂危，腹中的婴儿流产……

令人发指！发指！拉贝听后，与斯迈思等一起赶到医院看望这位姑娘，威尔逊正在全力拯救她……"你们还是不要看的好，太惨了！"外科医生出身的威尔逊这样劝拉贝等，他说从8月份以来，他看过数以千计的伤员，但这个姑娘挨的刀是最多的。"上帝看了也会颤抖的。"医生喃喃道。

这个当时十八岁的姑娘叫李秀英，她在威尔逊和拉贝等人的全力抢救下，奇迹般活了下来，后来她成为南京大屠杀的重要见证者，曾经与朱成山馆长一起到过日本，用她亲身经历向日本人民控诉了当年日军的南京大屠杀真相。

1999年9月8日，时年已至八十岁的李秀英老人，在南京大屠杀纪念馆接受了德国学者哈璐特博士的采访，她为远道而来的拉贝研究者讲述了自己惨遭日兵摧残的情形和恩受于拉贝的亲身经历——

我于1919年2月24日出生。十三岁的时候我的妈妈死了，以后我在家里带我的弟弟。1937年的时候我结了婚，我的爱人在上海做打字员。上海淞沪大战开打后，我打算回到南京。当时我准备过江，但那时候南京没有长江大桥，过江只能用小船划着过江，很危险。那时候我已怀孕六个多月了，所以船工不愿意带我走，因为我肚子大不能动，怕给他们带来麻烦。后来在一次次哀求下，他们才答应把我送过了江。

日本人进城后，南京的一些外国人组成了一个安全区，范围很大，我们老百姓都认为安全区是安全的，日本人不敢来欺负我们。哪里知道日本人进城以后就把机枪架在安全区的十字路口，不管是谁，一看见就开枪，或者用枪扫射，老百姓害怕得马上就乱了。日本人坏透了，他们看见远的人就用机枪打，走近的人就用刀刺。在安全区里就是这样。他们看见妇女就掳，狂得不得了！

当时我们住在安全区的地方就是现在的体育馆一带，那个地方以前是外国人办的学校。我们住在学校的房子底下，里面原来是储藏室，还放着桌子，我们进去后就把桌子等搬出来便住在了里面。

日本人是13号进南京的，18号的时候日本人来到了我们的地下室。18号下午抓了一些年轻男子出去。上面有几个老人准备了一些帐篷，每天做饭，早上天亮的时候我们吃饭，到了晚上日本人看不见的时候我们再上去做吃的东西。一天只吃两顿。一听到日本人来了，大家就会把老人和孩子推到前面，我们妇女躲在后面。

19号早上天一亮，那些老人把饭做好了给我们送下来，然后把门关上，再用椅子和桌子堵上。刚吃过早饭，我们就听见日本人的脚步声，大家都很紧张。日本人来了是要抓年轻的女人，我一看就知道不好，因为我是一个大肚子，没有力气跑掉，于是我就把我的头撞到墙上，结果昏倒在地。日本人就抓了另外几个年轻的妇女。他们走了以后，一个老人把我弄醒了，然后我仍然躺在床上睡觉。那个床很矮。那个时候我们没有手表也没有钟，房间里面什么也没有，也没有灯，很暗。冬天的白天时间很短，天黑得很早，我们的地下室只有小窗子那里有一点亮光。那一天晚上又来了日本人，几个老人看见日本人来了就叫我起来，他们说这个地方不能睡了，快起来吧。但是那个时候我的头刚刚撞过墙，头上有一个大伤口，所以我不想起来。因为我知道出去也是死，反正是准备死了，干脆不动。这时候进来两个日本兵，一个人各抓一个年轻妇女住外拖。当时我躺在床上，其他难民对日本人说我是个病人，那个日本兵看了看我头上的伤口，信了，就走了。可是还有别的日本兵没有走，他扑过来要动手扒我衣服，我知道逃不脱，就在他不注意的时候顺手把他腰间的刀拔了出来，然后我一翻身就坐起来背靠墙站着。那日本兵根本没有想到我一个女人竟敢这样做，他吓坏了，扑过来抓住我拿刀的手死死不放。但小鬼子个子还不如我高，所以我就把他的领子拉着，然后我就咬他的胳膊，他疼得哇哇直叫。这时候，一同来的另外两个日本兵听见了，就把他们手中的两个女人扔下后，端着枪刺就直奔过来，朝我腿上就刺，但我宁死也不放被我拎住领子的那个鬼子。那两个鬼子就拼命地用刀戳在我的腿上，见我仍然不放手，就用刀向我的脸上戳，顿时我脸上的血哗哗地直流，开始是眼睛看不见，后来又觉得肚子上猛的一阵痛，就再也不知道后面发生了啥事……

到现在已经六十多年了。你看我的脸上，我的脸上外面已经缝起来了，但是里面没有缝。

估计当时日本兵以为我死了，加上当时天也很黑，什么也看不见，他们就灰溜溜地跑了。他们走了以后，我父亲回来了，那个时候我们的家离五台山也不太远，他是躲在那里正好趁天黑回来吃点东西和拿换洗衣服。一进屋我父亲就吓坏了，旁人告诉我父亲，说你女儿跟日本人打了起来，被他们刺死了。当时我满脸浑身是血，大家都认为我死了。父亲摸摸我，见我没有气息，也以为我肯定死了。之后有两个老人开始准备把我埋掉，他们用门板把我抬出了屋。那个时候因为冬天，外面很冷，结果我的嘴里还在呼呼地吐血。这两个老人一看，说我没有死，还有气，于是他们就把我送到了鼓楼医院……当时鼓楼医院是美国人开的，送到了医院以后，有一个外国医生来看我，把我的脸缝了起来。后来我知道这个医生就是威尔逊大人，他是我的救命恩人。

我肚里的小孩弄出来就死了。那个时候，有一个传教士叫约翰·马吉，他听说有一个被戳了三十七刀、小孩已经流产的女人还活着，就带了照相机，对我拍了几张照片。

当时医院里每天来的受伤的人很多，住不下。等我伤势稳定后，他们要我出院。但我没家呀，怎么办？后来是马吉先生和拉贝他们帮我在安全区找了个比较好一点的地方安置了下来。

安全区是拉贝当主席，大家都知道他是个德国好人。拉贝住的地方和附近有很多中国人住在那里，他们一有什么事就喊拉贝来挡驾，日本人很怕他。那个时候，我们也不知道拉贝是啥纳粹党员。在我们心目中，不管他是不是纳粹党员，这跟我们没有关系，反正他是好人。我们南京人记得他、谢他。中国人就是这样：你做一点好事，我们报答你十倍。那个时候能够和日本人打交道的人不多，如果没有拉贝不知道要死多少中国人。

215

"好人拉贝"，是南京人自大屠杀之后几十年来一直广为流传的一句话。其实，"好人拉贝"，既是对拉贝本人的赞誉，也是对拉贝领导的留守在南京参与拯救中国难民的所有外籍友好人士的赞誉。

　　"好人拉贝"如首经典歌曲，在南京市民口中唱了几十年，这也确确实实再次证明了以拉贝为代表的国际委员会成员们在日军占领南京期间所立下的卓著贡献。

　　然而，当年拉贝他们在面对日本军队疯狂和野蛮的屠刀下所要做的每一件事，其实远比我们想象的要艰难和可怕得多，简单地说"冒着生命危险"是不够的，拉贝他们清楚，整个南京城仅安全区内，他们二十多个人就承担起了二十余万难民的命运，而散落在安全区外的市民又有多少呢？基督教义和人的良心告诉他们：凡是受难者、凡是自我无力生存者、凡是受到野兽般侵袭者，他们都有天然的来自上帝召唤的责任去保护。自己死了何足惧？然而更多的平民和受难者怎么办？所以拉贝他们既要保护好所有可能保护好的难民，同时也不能让自己有所闪失，否则会有几倍、几十倍，甚至几百、几千倍于自己的生命将被涂炭——日本军队屠刀下的生灵遭灭亡。

　　拉贝他们知道，与日本人打交道，除了勇敢，还必须有智慧，还必须有超常的努力和奋争。

　　为了让妇女们尽可能地少被日兵官兵强暴，拉贝等决议决定：把分散在安全区各个地方的妇女们尽量转移到金陵大学来，而拉贝等具有"洋人"身份——特别是像拉贝这样有德国人和纳粹身份的人集中起来把这些数以万计的妇女保护在自己的眼皮子底下，这样日本兵就不敢胆大妄为，至少收敛些吧！

如此行动并不容易，首先是不能让日本官兵有所感觉是拉贝他们故意这么做——如果一旦明目张胆行动，兽性已盛的日本兵会以为拉贝他们是有意断绝他们"找花姑娘"的欲念，那一定会有大麻烦。但是，国际委员会成员之一的里格斯先生在汉口路28号转移妇女后，遇上了急于要"找花姑娘"的日本兵，争执之中，有一人被日军打死，四人受伤。斯迈思等在汉口路19号转移妇女时，发现正有四名日本兵在强奸一群妇女。斯迈思等洋人在一旁怒骂或有意弄些惊骇的声响，结果把日本兵气跑了。斯迈思等又迅速将这群妇女转移到了安全地方。

日军在占领南京期间，到底强暴和杀害了多少妇女，其实连细心记录案件的拉贝等也难于搞清。斯迈思的"奸情报告"有四百多例案件，而这也仅仅是日军强暴妇女的冰山一角。漏记与未报的还有多少？斯迈思自己估计至少有几倍数之上，因为这四百多例只是他们国际委员会成员的所见亲闻。英国《孟却斯德导报》记者田伯烈说的"至少两万以上"妇女被奸，其实也仅仅是粗略的数字。而且从时间上看，日军从12月13日进城开始，一直到第二年的1938年2月份拉贝走之后，仍有大量日军到处奸淫残害中国妇女。不过，得十分肯定地承认，如果没有拉贝他们每天竭尽全力、东奔西跑地出面制止，一次次到日本使馆甚至官方最高人物松井石根面前抗议，那么被强奸、轮奸和杀害的中国妇女将至少多于田伯烈所估计的"两万以上"几倍……

拉贝等洋人们对南京妇女们的救命之恩可与不尽的长江

水相比，下一章还将专门叙述另一位杰出人物在这一方面的特殊贡献。这是后话。

我们现在再来看拉贝等洋人所做的另一个巨大贡献——

洋"菩萨"

毫无疑问，拉贝等动议设置安全区的目的，不仅仅是为了保护妇女和孩子，而是要保护所有遭受日军暴行的南京难民们。

这谈何容易！

二十余个洋人，二十余万难民，面对的是发了疯的数万持屠刀的日本鬼子——拉贝他们面临的是怎样的一种局面？

时至1937年圣诞节前夕，南京城里的日本军队开始了新一轮的疯狂：到处纵火焚烧这座千年名城。

那些日子里，不管是白天还是夜间，南京城到处火光冲天。难民们不明白，为什么没有了日军飞机的轰炸，还会处处燃烧熊熊大火？原来是日本人在到处焚烧。

为什么要焚烧？开始大家不明白，后来终于有人揭开日军的这一谜底：原来不断有西方记者通过种种渠道，或多或少地报道了日本在南京大屠杀的真相后，日方有了压力，于是为了掩饰他们的大屠杀罪行，来个彻底的"焚烧计划"，即将血流成河、抢劫掳掠、遍地奸情的罪证，统统借火一把抹尽……

"夜里2时30分，我被院墙倒塌声和屋顶坍塌声惊醒，大火已经蔓延到了主要街道中山路。这个时候危险是很大的，因为大火会蔓延到我的住处和中山路之间的最后一排房子……"这是拉贝在21日的日记中的一段话，从中可一窥当时日军疯狂焚烧南京城的罪恶场景。

为了顾及美国使馆和美国人在南京的一些财产，12月20日，斯迈思、威尔逊、马吉等十四名当时留在南京的美国人联名向美国驻上海总领事发去了一份紧急电报：问题严重，急需在南京派驻美国外交代表！

话仅有一句，但足以让美国人感到了严重恐惧与极度焦虑。公然抢劫大使、撕毁美国国旗、焚烧美国人财产，甚至对教堂等场所实施同样的抢劫与焚烧……日军无恶不作，即使是德国的使馆和德国人的私人住宅，日军照样"不给面子"，更何况让日本人不爽的美国人了！

我从史料中查阅到当年美国政府派往南京的外交官在日军占领后的南京了解日军对使馆财产及美国公民安全骚扰的情况资料，看到了美国外交官爱利生先生向他国家的国务院提交了多份报告。其中一份报告里详尽描述了一天时间内的日军侵扰活动："从昨天中午到今天中午，已有十五件涉及日军擅自闯入美国人房产的事件报告到大使馆。擅自闯入的过程中除了抢走美国公民及机构的财产外，还强行将住在上述房屋里的十名中国女难民掳掠。最近的一次，也是最声名狼藉的事件，发生在今天上午：日本兵驾驶两辆卡车闯入属于统一基督教会的大院，搬走一架钢琴和其他财物。搬钢琴时，他们毁坏了一大段院墙……"

美国北方基督教长老会的传教士威尔逊·米尔斯则有一

个记录南京城西南部双塘一天二十四小时内惨遭日军十三起侵袭的报告：

凌晨5点10分：两个日本兵来。

上午11点25分：两个日本兵来。

下午2点：三个日本兵从教堂大厅里劫走一名妇女难民。

下午3点25分：两个日本兵来，抓走一个男子干活去。

下午3点30分：两个隶属于中岛部队和征发队的日本兵来，并从门上撕下布告。

下午4点：四个日本兵来，在难民营里的老百姓身上搜钱，还找女人。一小时后，他们劫走一名姓潘的已婚妇女。从姓刘的难民身上搜走两毛钱，还抢走姓关的难民袖章和徽章。

第二天上午9点：一个日本兵来。

下午2点：三个日本兵来。

下午3点：一个日本兵来。

下午3点10分：两个日本兵来，劫持走姓陈的已婚妇女。

下午3点12分：两个日本兵劫持走一名姓陈的姑娘。

下午5点：三个日本兵劫持走姓秦和姓范的两个已婚妇女。

下午6点：三个日本兵劫持走一个姓潘的已婚妇女……

贝德士先生是金陵大学的美籍教授，他在日本占领南京后，就曾为日军闯入大学院校和他及其他美国人士的住宅施暴行而给日本大使馆写了共十三封抗议书。其中12月15日的抗议书这样说：

我们在照管一千五百名老百姓的新建的图书馆里，四名妇女遭强奸；两名被劫持、强奸后放回；三名妇女被劫走，尚未回来；一名妇女遭劫持，但因在你们的使馆附近碰上宪兵而放了回来。日本兵的行径给这些家庭、给他们的邻居、给住在城市这一带的所有中国人带来极大的痛苦与恐惧。今天下午又有一百多起发生在安全区其他地方的类似案件报告给我。这些案件现在不该由我来管，但是我提及这些案件是为了显示在近邻金陵大学发生的问题只是日本兵抢劫、强奸老百姓造成巨大苦难的一个例证⋯⋯

美国大使馆的馆舍也没有逃脱日军的骚扰。仅12月一次日本兵闯入馆内就抢走三辆汽车、五辆自行车，并把使馆人员的财物抢走无数。日本兵甚至用枪刺顶大使馆秘书的脖子，令其打开门，并企图在现场强奸中国妇女。撕毁和脚踩美国国旗的事件数起。更让美国人不可接受的是：当美国外交家爱利生到日本大使馆去提抗议时，还遭到日本人扇耳光。

"美国人确实是难受极了。到目前为止，我很有派头地指一下我的纳粹袖标、我的党徽以及我房子和汽车上的德国国旗还能起到相应的作用，还能奏效（太棒了），但是日本人对美国人就丝毫不理会。"拉贝有些得意地嘲笑和同情美国朋友。

20日这一天，在鼓楼医院，美国特里默大夫和麦卡勒姆博士因为与日本人发生争执，日本兵开枪差点把这俩人打伤。这事在国际委员会成员中引起极大恐慌。

"拉贝先生，你们认真想想：我们目前尚能控制局面的'假象'到底还能维持多长时间？"这是斯迈思认真而严肃地提出来的。他进而说，如果难民区里的一个中国人打死了一个正在强奸他妻子或女儿的日本兵，那么局面就会失控，我们这些人能否阻止日本兵更大的屠杀？

这个问题让包括拉贝在内的国际委员会的成员们沉默无言。是啊，假如这样，安全区还有安全吗？我们所有的努力还有意义吗？而中国人看到自己的妻子或女儿被强奸后奋起反抗杀死日本人的事件并非没有出现过……拉贝他们不敢吭声，因为他们就见过这样的事——有一次他们赶到一个地方去帮助一对正在被日本兵强暴的母女，赶过去时发现那两个日本兵被这对母女家的男人们杀死了。这还了得！国际委员会的人知道惹大麻烦了，以他们聪明的办法将死掉了的日本兵扔在里屋，然后劝这个人家的中国人赶紧逃跑，见四周没有人了，他们点了一把火，将这座房子连同那两个日本兵一起烧个了精光。

拉贝他们对此事守口如瓶，日方曾向他们询问过，"不知道。从没听说过。"他们摇晃脑袋时的"真诚感"让日本人无法判定到底是真是假。总而言之是躲过了一劫。

但这并不代表整个可能恶化了的局面。小心翼翼、千方百计实施保护难民行动，才是拉贝他们的聪明之处，也是他们冒着巨大压力和生命考验的出发点。

圣夜清，圣夜静，
救主耶稣今降生。
博爱、牺牲、公义、和平，
圣容赫华犹如日初升。
恩光辉耀，照彻乾坤。
阿门！

1937年12月那个寒冷的冬季，这曲《圣夜静歌》终在南京著名的基督教圣保罗教堂（简称圣保罗堂）内传出，它高昂中带几分凄婉，而教徒和市民们也随着日军进城后的日子渐久，将这《圣夜静歌》唱得那么悲愤——悲愤这世界本应该多一些博爱、仁慈与和平、公义，然而现在只有一样东西还留着，那就是牺牲。

为谁而牺牲？牺牲谁？圣主为普天黎民与教徒们牺牲，教徒们为捍卫正义和公义而牺牲，这牺牲便是基督教价值的核心——博爱。

笔者无意传播和宣扬基督教教义，然而在战争与死亡面前，当年留在南京城的那些包括拉贝在内的洋基督教徒们，他们的牺牲精神和对异国他乡难民的如此奉献，如果不是内心有强大的博爱信仰，是无法理解其行为的。

说到南京的圣保罗堂，我不能不说到一个人，他叫福斯特。这位1895年生于美国宾州、毕业于普林斯顿大学的传教士，1920年左右来到中国，先后在扬州马汉学校任教。1936年福斯特与美国著名律师汤森的女儿克拉丽莎结婚，夫妻俩在南京沦陷前的一个月到了南京城的圣保罗堂工作。战前的圣保罗堂非常气派，该教堂也是由美国传教士季盟济创办的，始建于1912年，地址在门帘桥大街（后改为太平南路）。两年后竣工。而战前的新教堂则由金陵大学建筑师刘兆昌设计监造，当时造价就达一万两千美元。这座朴素典雅的欧洲乡村式教堂后成为南京一景，为基督教开展教义活动的重要场所。

虔诚和充满博爱的洋基督教传教士福斯特来到南京后，住在中国饭店对面，而日军在1937年12月初就对南京进行大轰炸，中国饭店也被炸得遍体是伤，炮弹碎片将福斯特家的大门撞出两个大窟窿。12月14日，圣保罗教堂也被日军轰炸，损坏严重。安全区成立，福斯特传教士加入了国际委员会。他遵照拉贝主席等指示，坚守在自己的岗位上，每天像守护神似的把着大门，严防日本兵侵入。但手无寸铁的传教士，怎能抵御强盗入侵？每每此时，福斯特总竭尽全力与日本人周旋力争，而正是他的勇敢无畏也多次让日本兵望而生畏。可福斯特一走，日本兵就偷偷闯入，并且当众强奸妇女。有位福音传道士卢先生，当时四十来岁，文静温和又慈祥，可眼前日军的残暴，让他深感内心万般痛苦，每天嘴里不停止地念着"恶魔降临到人间""恶魔降临到人间"……福斯特劝慰他，但仍然无用。不日，卢传道士投河自尽。福斯特发动教徒们到处寻找，几天后才在水塘中找到遗体。福斯特怀着悲痛给卢买了口棺材，并用基督教仪式为其安葬。

从那时起，福斯特传教士几乎每天二十四小时盯守在他分管的那片难民收容地的大门口，时刻严防日军侵入和骚扰，为数百名妇女、儿童和其他难民保平安。

我还要提到一位丹麦人辛德贝格先生。这位曾在《拉贝日记》里多次提及的人物，他在南京大屠杀时用"最大的丹麦国国旗"庇护了两万南京难民，其功绩是近几年才被公众所熟知。辛德贝格的事迹，在今年——2014年4月27日，让正在中国访问的丹麦女王玛格丽特专门到了一趟南京大屠杀纪念馆，拜谒这位国际主义英雄人物。女王在纪念馆工作人员弹奏的一曲《永远的南京——辛德贝格玫瑰》歌曲中，为自己国家的英雄献上了一束美丽的玫瑰。

这一天，有位南京大屠杀幸存者苏国宝老人向随女王而来的辛德贝格外甥女玛丽安讲述了当年这位丹麦英雄的事迹——

当时苏国宝只有十岁，日本兵侵入他所在的村子湖山村，一家四口人为了避免日军暴行，逃进了辛德贝格先生负责管理的江南水泥厂。辛德贝格见到可怜的小国宝，便给了他一块大洋和十八斤大米。苏国宝手捧大洋，跪在地上向辛德贝格致谢。"这块大洋让我们全家维持了好一阵生活。当时男人们被日本人杀死了太多，辛德贝格先生为保护我和让我养家糊口，叫我在他的水泥厂工作，还说以后等不打仗了送我去读书。他是个大好人。"苏国宝对辛德贝格的外甥女说。

辛德贝格的故事一直以来并没有被发现，是2002年朱成山馆长率团到丹麦举办南京大屠杀展览时，无意间知道了辛德贝格的家乡就是展览地奥胡斯市，这让朱成山很是激动，他便通过当时报纸刊登了寻找辛德贝格的启事。结果是辛德贝格的妹妹看到了，便与中国大使馆取得联系，才知辛德贝格本人已经在十九年前去世了。辛德贝格在南京大屠杀的事迹让其外甥女玛丽安小姐感动不已，她决心为舅舅栽培一种特殊颜色的黄玫瑰来纪念他。

"选择黄色是因为在丹麦文化里，黄色代表勇气。黄玫瑰是非常难以培育的。我想这正如我的舅舅：勇敢、独特、不易被复制。"玛丽安小姐如此说。2006年春天，辛德贝格先生的妹妹、八十岁高龄的安德森和来自美国、黎巴嫩的六名亲属在和平广场栽下了这批黄玫瑰，次年又将这批玫瑰移植到南京大屠杀纪念馆，并在那里开辟了一个"南京·辛德贝格玫瑰园"。

"正义是永远不会被忘记的。"玛丽安说。

南京人民自然更不会忘记辛德贝格这位"丹麦好人"。1937年至1938年，辛德贝格先生受雇于丹麦史密斯公司，赴中国南京负责江南水泥厂从丹麦购买的年产二十万吨水泥生产设备。南京人都知道，江南水泥厂当时非常有名，除了它的设备是从丹麦引进的外，更主要的是日军侵入南京城之前，中国军方和南京市各界包括一些有钱的市民都在修建军事工事、防空洞等，水泥成了紧俏物资，所以江南水泥厂的生意自然极好。辛德贝格与另一位工程师京特，是1937年12月5日才到南京的，几乎一到南京，他们就承担着在日军炮火之下如何保护这套水泥设备的重任。

江南水泥厂在栖霞山附近，日军攻占栖霞山后，水泥厂由于是丹麦人开的，加上辛德贝格出了一招：他在水泥厂房顶上撑了一面达一千三百五十平方米的丹麦国旗，同时又经拉贝先生同意，在厂区内插了不少德国国旗，这样免遭日本飞机的轰炸。当时栖霞山一带中国军队与日军决战后，留下不少中国军人和附近的大批难民一起躲进了水泥厂。为了确保难民们的安全，辛德贝格向拉贝申请，决定将水泥厂作为国际委员会领导下的一个城外特殊安全区。这个城外安全区，采用拉贝他们在城内安全区一样的管理模式，并始终与拉贝等紧密协作、统一领导，故先后收留了一万五千多名中国难民。直到1938年3月，日军为了强化他们的所谓"统治有方"，硬逼辛德贝格离开南京，于是这个城外难民安全区也不得不随之宣布解散。水泥厂的工人和难民们为了感谢辛德贝格，特意制了一面丝绸条幅，上面写着"见义勇为"四个字赠予辛德贝格，有十一个中国人在上面签上自己的名字。

辛德贝格1984年去世。但在1938年的国际劳工大会时，

拉贝先生 |

由于他向全世界工人代表们讲述了南京大屠杀的真相和在会上播放了马吉先生拍摄的记录日军在南京的暴徒影片。当时中国劳工协会理事长朱学范十分感谢辛德贝格，特意在他的护照上写了四个字：中国之友。

我注意到《拉贝日记》中对辛德贝格的多处赞赏笔调，尤其是辛德贝格在城内的安全区严重缺粮时，送来大量粥给难民们吃，这让拉贝异常兴奋。

日军在杀人抢劫强奸高潮后的12月20日前后，开始了新一轮犯罪：大焚烧。这时，辛德贝格出入城内最多，他一方面与拉贝他们联络安全区的管理共同与日方交涉，同时又帮助拉贝解决粮食问题，也及时把日军到处焚烧尸体、烧毁建筑等借火消灭罪证的情况报告给拉贝他们。

21日，拉贝根据城内和辛德贝格提供的城外焚烧情况，以二十二名德、美、英、奥、俄五个国家的外籍留京人士名义，向日本大使馆提出三点建议式抗议：一，制止在城市内大部分地区纵火，以免尚未被毁坏的其余城区继续遭到肆无忌惮的有组织的破坏；二，一周来，日本军队给城市造成了无法用语言描述的痛苦，这种破坏秩序的行为必须立即得到制止；三，抢劫和纵火已经使得城市的商业生活陷于停顿，全部平民百姓因此而拥挤在一个大难民收容所里，鉴于这一情况，同时考虑到国际委员会的粮食储备只能供二十万居民食用一周这一事实，我们在此紧急呼吁，立即采取必要的步骤恢复安全和秩序，恢复市民的正常生活环境，补充粮食和燃料储备。

"目前的状况必将在短时间内导致饥荒。我们别无请求，只请求得到最基本的生活条件：住房、安全和食品！"拉贝这次拿着抗议书直接见到了日军的最高司令长官松井石根。

"如果贵军再纵容这样的大焚烧，那么这座城市将会被全部烧光。"拉贝对松井石根和日本大使田中这样说。

"不不不！南京是不会被烧掉的，我们大日本皇军还要在这里与你们一样住、吃和生活。"田中看看松井石根，十分怪异地微笑着否定了拉贝的看法。

与大胖子拉贝形成鲜明对比的瘦老头松井石根则装着很客气的样子，拍拍拉贝的肩膀说："我知道拉贝先生是我尊敬的德国朋友，有一件事我想请拉贝主席帮助我的军队……"

拉贝有些吃惊地说："我能帮助将军阁下什么事？"

松井石根显得极为真诚地说："你看，我的军队已经进到南京城一周了，我们的警备机构也已建立，可是南京市民们还都在你的安全区，这与城市的管理很不相称。我们希望市民们都能离开你的地方，回自己的家，这样他们才能安居和恢复工作是不是？"

拉贝警惕地听着，心想：你想干什么？是想通过这一招让难民们放弃生存？任凭你们的军队野蛮屠杀？

"放心拉贝先生。"松井石根似乎看透了拉贝的心思，接着说，"我们马上要给所有市民发放身份证，这样可以确保他们的身份合法。有了合法的身份，才能有安全的保障，先生你说是吗？"

他们又要搞什么名堂了？拉贝的眼珠瞪得更大了，紧盯着日军最大的魔鬼，沉默应对。

"哈哈哈，今天跟拉贝先生的会谈，非常有意义。我们日本和德国是伟大的朋友！我们永远的友好！"松井石根伸出干枯的双臂，紧紧拥抱了一下拉贝，"你的大大的健康！"

说完便叫警卫人员送走拉贝等。

拉贝离开"永远友好的朋友",回到宁海路5号的住处,发现,"永远友好的朋友"又多次光顾他的院子,甚至把他的私人办公室翻了个底朝天。

"无耻!真正的无耻!"拉贝气得嘴唇都发紫了,他发现那个内装两万三千元的钱柜也被日本人用刺刀头挑划了许多道划痕,好在那钱柜结实,铁锁没被撬开。

此刻,城内依然到处熊熊大火。拉贝一面让人保护好他的小院——他一直以为这里只有二三百难民,结果韩湘琳告诉他,现在院子里总共有六百零三个妇女、孩子和老人。

"无论如何,我绝不允许在我的院子里发生被日军施暴行的可能。"就在他又一次准备出门到安全区救火时,又有六个日本兵翻墙欲进。

"出去!哪个地方来,就从哪个地方滚出去!"拉贝直挺挺地站在那些翻墙而进的日本兵面前,一手拍打着纳粹标志的袖章,一手指着围墙,命令"永远友好的朋友"离开院子。

日本兵悻悻而走,显然极为气愤,可又没有办法。

等入侵者滚出院子,拉贝则总是十分得意地在难民们面前仰着头告诉大家:"我的'朋友'走了,你们放心吧!"

"我必须再去现场制止他们的行为!"拉贝坐上车子,飞速驶向新一个焚烧地。

"呵,这是一个无休止的恐怖岁月,无论人们怎么想象都丝毫不会过分。在雨中,我的难民们相互依偎着挤在院子里,无言地注视着美丽得可怕的熊熊火焰。如果火焰蔓延到我们这里,这些可怜的人们就没有了出路——我是他们最后的希望。"入夜,拉贝拖着疲惫的身子,回到屋子的办公桌前，轻轻地推开窗户，他看到雨下的院子内横七竖八躺在雨中的难民们，写了上面这段话。

拉贝感到自己肩上压着千斤重担。此刻，他在想着白天松井石根所言的事……是啊，明天，明天日本军方弄出的招数，又会给可怜的难民们带来什么灾难呢？

明天是1937年12月22日。

12月22日这一天，日本人用蹩脚的中文在市区各个地方尤其是在拉贝他们的安全区内贴出了一张张布告，其内容如下：

布　告

从12月24日起，本司令官给所有的难民和平民颁发身份证，身份证仅用于允许在城内居住和工作的证明。

在此要求所有平民前往日本陆军登记办公室，办理上述身份证。

身份证必须由本人办理，不得由他人代领。老人、儿童和病人必须在家人的陪同下前往办证处。此规定必须遵守。

在登记后如发现有人没有身份证，该人不得在城墙内市区居住。

本规定十分重要，特此通告。

昭和十二年十二月二十二日

日本陆军南京警备司令官

"日本人又耍花招想把我们杀掉？"市民看着日本人的布告心里直打鼓。但最心惊肉跳的是那些躲在安全区内的放下武器的尚留存下来的中国军人："这回是死定了！"

"求求先生们，无论如何我们不能去登记领证。去就是送死去!"那一日，拉贝被难民们绝望的焦虑搅得心情异常烦闷。如果按日本人要求鼓励难民们去登记，势必难免又有一大批被日军错认定"中国军人"的无辜难民和其实已经沦为真正难民的前中国军人遭殃；如果难民们抵制登记，日军定借机解散安全区，后果同样不可设想……怎么办？

国际委员会"总部"会议持续开了两个多小时，足智多谋的斯迈思也被主席拉贝催得不知如何应对这场新的灾难。

沉默。

再度沉默。

"我看这样行不行……"韩湘琳举手发言。得到拉贝的鼓励后，他说："显然，不去登记也是麻烦事。而去登记的话又有不知多少男人掉脑袋，多少妇女吃苦头。但我想，有一个办法至少会减少很多人的危险……"

"韩先生快说，你到底有什么妙计？"斯迈思有些着急了。

"不是现在我们安全区的老人孩子比较多嘛！但实际上这些孩子和老人中间，他们的父亲或儿子早已在前些日子里失去了，他们肯定恨日本鬼子。而另一方面，我们安全区内又有大量妇女和放下武器的男人已经是单身了。这种情况，恰恰可以给相当多的人一个机会：让那些老人和孩子与这些没有丈夫的妇女和单身男人假装搭配成临时家庭，然后再去登记……"韩湘琳说出了自己的想法。

斯迈思张开双臂，拥抱住韩湘琳，在他脸上猛亲了一口，说："密斯特韩，你太英明了！这是个绝顶好的主意！怎么样，我的主席，我认为这不失为一个好办法！"

拉贝思忖片刻，点点头，说："韩的办法应该行得通。不过我们要防范日军的狡猾。"

韩湘琳解释说："只要我们提前把工作做好，至少能在日本人刺刀下救出相当一批人的命。"

"马上行动吧！"拉贝用手指戳戳脑壳，说，"这是一项秘密任务，大家要多动动脑筋。"

22、23日，这本来是西方人最忙碌于圣诞节准备的日子，但这一年以拉贝为首的二十多名留在南京的西方洋人们，则假借为筹备圣诞节礼物之名，与数百名雇用的像韩湘琳一样的中国工作人员，穿梭在安全区各个角落，为那些本不是一家人的男女老少牵线搭桥，组成一个个临时家庭，或是临时的母子、夫妻……

24日，天色刚亮。山西路广场上已经站着几十个袖上别着太阳臂章的中国人——他们是前一天刚被日军任命的"临时治安"人员，而在他们身边，是全副武装的日本兵。

"市民们，从现在开始，大日本皇军有令：每一个十六岁以上的南京市民都必须领到一张安居证！就跟以前我们的居民证一样。有了这张证，你可以在城里走来走去，自由了！现在，皇军就要给大家发证了！发证之前，皇军要对你们的身份进行核对，所以——你们凡是一家人的，就一起上来验身领证；如果有人作假，那就格杀勿论！开始领证了——"

排队。赶快排队！

一家家男女老少前后跟着排队……或俩人，或仨人，或爷拉孙，或妻挽夫。

"大伙儿再听着——"别太阳臂章的人又在说，"凡你以前是中央军的，就站到一边。你们没有家人，也不能永远流浪下去了，只要你们站在一边，皇军会对你们另外安排的，愿意做工的做工，不愿意的就可以回家，皇军还要发路费！"

有男人兴奋地从人群中跳到一边；有男人则疑惑着前后张望着……

"嗯，你的军人的干活？出列！"突然，有日本兵架着枪刺，将那些疑惑张望的男人从女人或老人身边拉出来。

越来越多的男人排到了一边，四个人一排编列起来，赶到卡车上。"不要怕，皇军让你们去劳工的干活，有白米饭的吃！"日本兵哈哈大笑，那笑声听起来毛骨悚然。

这样的男人一卡车一卡车地被拉走。

"走！登记！登记去！"日本兵在逼着排队的难民们往前走。

"哒！哒哒……"不远处，传来一阵又一阵密集的枪声。

拉贝的眼睛里冒着火，低声对韩湘琳等说："告诉大家，别上日本人的当！"

"明白！"韩等别着红十字会臂章的安全区工作人员，若无其事地假装帮助维持登记现场的秩序，悄悄在向那些单身成年男女传话——"不要动摇，坚持认定是夫妻、是一家人！"

"不要动摇，坚持认定是夫妻、是一家人！"

"我们是夫妻。我们是一家人！"

一个个临时家庭、临时夫妻领到了"安居证"，他们悄悄朝站在一旁的拉贝等致谢。

登记处又出现了骚乱——"你的，把脸擦干净！"日本兵拉住一个满脸黑乎乎的女人，逼着她擦净脸部。

在锃亮的刺刀面前，女人只得服从。"哈哈……美丽的花姑娘！"日本兵淫笑起来，"你的请到这边！"刺刀面前，女人被逼站到一边。

"你的把外衣脱掉，检查的有！"有一个妇女被日本兵的军刀拦住。

妇女无奈地把外衣脱掉。日本兵兴奋不已地双手往那女人丰满的胸部乱摸起来："你的大大的好！站到这边，为皇军的干活去！"

另外站到一边的女人的队伍越来越长。很快，她们被另一些卡车拉走，到了日本兵营……一天或者两天甚至七天八天后才被放回，多数人被十次、二十次地强奸或轮奸，而有的根本就没有回来——死在被强奸或轮奸的现场。

"日本兵借用所谓的发放身份证，又杀死了数以万计的中国男人，至于借机强奸和轮奸女性更是不计其数，而全城实际领到身份证的只有十六万人。也就是说，又有数万条人命被日军屠杀。"一位南京大屠杀研究专家如此说。

到底日军借登记之名杀了多少人，拉贝的日记里有这样一段话："在我们安全区的其他地区，日本人把居民赶成百人一群，然后带他们到登记办公室外去。据我听说，清理出来的人有两万名，一部分送去做劳役，剩余的被枪决。"

我需要纠正一下：事实上，拉贝他们同样也救下了几万人的性命，因为他们不管在登记现场还是暗地里所做的工作起了很大作用——让同样数以万计的原本是单身的中国军人和难民们通过假"夫妻"、假"亲属"而得以获救。

日本人发放身份证的意图，除了想更有效地控制南京城内的几十万中国人外，还有一个非常阴险的目的，就是彻底削弱安全区的作用，并企图达到解散安全区的目的。日军高层还通过自己的外交官，试图跟拉贝讲明其意，但被拉贝等国际委员会成员拒绝。

"日本人是不讲信誉的一群魔鬼，我们不能再听任他们的摆布了!"马吉用自己拍摄到的影片放给拉贝等国际委员会成员们看。

"绝不能答应!"斯迈思非常坚定地对拉贝说。

"我作为一个德国人,曾经向自己的元首和中国人表明过立场:我留在南京,就是为了这些难民的安危。所以,我的态度非常明确:任何解散安全区的阴谋不可能得逞,除非还有更好的保护难民的办法出现!"拉贝最终也亮出了自己的决心。

12月25日,是西方基督教徒们最重要的节日——圣诞节,然而1937年的圣诞节,对南京城里生活着的拉贝他们来说,是有生以来最不讲究和最令人不开心的节日。即使如此,拉贝觉得自己应该有一份责任让生活在罪恶下的难民们还能想起耶稣留给人世的一份仁爱,于是一大早他就把自己前一晚准备好的红色圣诞小星星整理得干干净净,然后重新包装好,连同西门子公司寄给他的日历簿一起作为圣诞礼物给安全区的洋同事们送去。他尤其想为一直在手术台上拯救生命的威尔逊医生送上一本日历簿——这样的日历簿在上世纪80年代才在中国流行。趁着这个机会,拉贝跟随威尔逊到病房看了一下几个伤员。在此,拉贝见到了被刺三十七刀的李秀英,现在她的情况已经好转。而拉贝看到的另一个渔民则令他极其难受:这位年轻的南京人,是前些日子被日本兵从金陵大学蚕厂的一栋大楼里带走的,连他一起带走的共有七十多人,他们都被拉到一个地方用机枪或刺刀杀害,然后浇上汽油焚烧。这位命大的渔民被刺两刀,在浇油焚烧时滚了出来,幸免于难活了下来,但伤势严重,三分之二的皮肤重度烧伤,是他自己拖着血肉模糊的身子跑到医院的。威尔逊尽全力为他抢救。"我无能为力。"经过几小时的连续抢救，威尔逊说此人希望不大（拉贝后来知道，该男子入院二十小时后被宣布死亡）。拉贝还进了停尸房，在那里他看到了更多的平民因被日本人的枪炮及刺刀等其他军事手段残害的尸体。其中有一个大约七岁的男孩尸体上有四处刺刀的伤口，其中一刀刺在胃上，伤口有三四寸长。威尔逊告诉他，这个孩子几天前送来时还能痛苦地呻吟，后来死了。

停尸房里充满了阴森和血臭味。威尔逊劝拉贝别看了，拉贝则说，我所以要看，就是要目睹日本人给南京市民们留下的这些残暴行径，以便我以后能作为目击者将发生在南京的事向全世界说出来。"对这样的暴徒是不能沉默的！"拉贝认真地对威尔逊说道。

威尔逊点点头，其实医生也一直记着日记。他们都是基督教徒，上帝赋予他们共同的使命。

从威尔逊处回到宁海路5号，拉贝突然感到眼前熟悉而陌生：整个房子不知被谁瞬间打扮得喜气洋洋，一派圣诞氛围！

"祝拉贝先生圣诞快乐！"姓张的雇员大声带领着全体难民同声向拉贝先生祝贺并请他点燃六支蜡烛……

"谢谢，谢谢你们！"拉贝激动了，少有的激动了！

不知为什么，我突然发现大家都喜欢上了我！这很奇怪，以前据我所知是没有人能容忍我的。或者，难道是我的错觉？我的多拉，亲爱的儿孙们，我知道，你们今天都在为我祈祷，我感觉到了，我被爱的思念所包围。在过去的两周中我不得不经历了那么多东西，现在能有这个，真的太好了！请相信我，我也在心中为你们大家祈祷。

我目前身陷其中的可怕灾难使得我想起了童年的信仰。只有上帝才能在烧杀淫掠、为所欲为的匪帮面前保护我，委员会的所有抗议都是徒劳的。人们答应要纠正，但是到今天为止竟一点也没有感觉到……

我以下面这番祈祷结束我今天的日记：仁慈的上帝，请您保佑所有的人免遭灾难，也请您保佑所有像我们这样已经身陷灾难中的人！我丝毫不后悔留下来，因为我的存在拯救了许多人的生命。但尽管如此，我仍然感到极端的难受！

阿门！

拉贝写完当日的日记，然后在胸前画着十字，双目紧闭，脸颊上落下两颗硕大的泪珠……

第二天一早，施佩林等委员会成员跑来，他们一定要亲眼看一看"南京城里唯一的一棵圣诞树"，而且另一位传教士克勒格尔还给拉贝带来一瓶白葡萄酒，据他自己说是从沙尔芬贝格家的废墟里抢救出来的。"可惜只有半瓶。"施佩林举着瓶子对拉贝说。

"为了我们家人的平安祈祷吧！"拉贝一起与他们举杯。

施佩林和克勒格尔非要拉着拉贝一起去平仓巷与另外几位美国朋友共度圣诞节，但拉贝说不行，他必须保护好自己院子里的六百多名难民。

这一天，这一夜，拉贝一直佩戴着纳粹标徽的袖章，一步不离地坚守在安全区和自己的院墙内外，无论谁劝他都不行，他说他要看护好自己的"臣民"——"现在我是南京市长！"他骄傲而忧伤地说着这句话。

日本人用登记发证的手法企图使难民们就范，这一招很毒，让拉贝十分纠结。他生怕出更多的事，生怕更多的难民被杀害，生怕自己无法保护他们。

日本人甚至来到了他的院子。"他们必须登记！"日本兵告诉拉贝。

"他们全体都是难民。你们可以让他们登记，但他们是否愿意回家，必须由他们自己决定。另外，你们不能从我的院子里随意带走一个人！"拉贝站在日本人面前毫不退让。

他做好了宁死也要保护好院子里所有人的准备。

现场氛围极度紧张，甚至连孩子都不敢哭了。

日本兵拔出枪刺，对准了拉贝的胸膛……

"我已经说过了，这事没有商量的余地！"拉贝面不改色。

日本兵的脸部肌肉在颤抖。

"哇——"现场，一个孩子突然吓得大哭。

"哇哇……"突然，更多的孩子大哭。

"呜呜……"突然，现场更多的女人大哭起来。

拉贝的目光里射出火焰，一动不动地盯着日本兵。

"那好吧，就按拉贝先生说的办！"日本兵终于妥协了，其实他们并非惧怕这位胖墩墩的汉堡商人，而是惧怕他袖子上的那个纳粹徽章。

韩湘琳和姓张的雇员及所有留在院子里的六百多位中国难民在日本人离开后的那一瞬，立即欢呼起来，他们簇拥着拉贝，纷纷跪在他面前，一个劲地感谢这位"洋菩萨"。

然而，拉贝的脸上始终没有笑意，因为他看到了那具近在咫尺的烧焦了的尸体仍悬挂在那儿，而没有人敢将其收葬……还有他知道就在离他家不远处的金陵中学里又有二十多名男子被日本兵借登记之名抓走枪毙了。

他要继续向日方抗议！

他拧亮煤油灯，拿起笔和纸——

致日本帝国大使馆

在一个多星期前，贵方就向我们保证在几天后就会通过部队换防、恢复正常的纪律、加强宪兵队等措施来恢复城里的秩序，但这样的事情根本没有发生。恶劣的无秩序状态照样继续着，并且看不出贵方会作出认真的努力来结束这种混乱状态。请允许我在此列举发生在贵馆附近的一块大学辖区里的几起事件，大学范围里的所有其他事件暂且不谈。

一、昨天下午，贵军一名士兵剪断了悬挂在阴阳营和上海路地段农学院的一面美国国旗的绳子，并把国旗拿走了。

二、昨天夜里11时至12时之间，三名日本士兵乘坐一辆汽车闯进大学大门，并称受贵方司令部派遣执行检查。他们命令门卫不得报警，并令他陪他们去寻找姑娘。三名姑娘（有一名才十一岁）被这些士兵强奸，其中一人被劫走。

三、到处闲逛的士兵不断强迫中国平民为他们干活。例如，昨天有一名士兵硬要我们医院的一名工人跟他走，我们自己的好多用人和守卫被带走了。

四、每天都有士兵闯进我们的住处，寻找妇女、食品和其他物品。今天早晨，一个小时中有两栋房子被抄。

五、在铜银巷有一所圣经师资培训学校，这所学校长期深受贵军士兵为所欲为之苦。我记得，贵方曾答应要对这所学校加以特别保护，但在任何时候都看不到一个宪兵的影子。昨天有三四个人为一组的多组士兵七次闯入那里，从经过无数次抢掠还剩一点东西的人们那儿偷窃衣服、食品和钱，他们还强奸了六名妇女和一名十二岁的姑娘。夜里，由十二名至十四名士兵组成的较大规模的队伍闯入四次，二十名妇女被强奸。

贵军士兵给平民的生活造成了一连串的恐惧和苦难。贵军军官答应保护人们，但是贵军的士兵每天都在伤害和危及成百上千人的生命。的确有少数警察帮助了我们，我们很感激他们。但是和平与秩序并没有恢复，警察的帮助往往只导致士兵把暴行场地从一所建筑物转移到不被警察干预的另一所建筑物里去。

日本军队就不重视它的声誉吗？日本军官就不想兑现他们对中国人民作出保护的许诺吗？

就在我写这封信的时候，贵军的一名士兵奸污了我们一名教师家里的妇女，并威胁一名美国人，如果他敢进房间就开枪。

贵方就把这称作秩序吗？

许多人想返回自己的住所，但是人们出于害怕被强奸、被抢劫而不敢，因为人们看到，不管白天还是夜里，都有男子不断地被拉走。

如果贵方不作认真的努力，不投入更多的警察部队和不实行严厉的惩罚，秩序就不可能恢复。

我们承认城里几处地方的局势有一点好转，但是在军队的"每两星期一次的"恐怖之后，局势仍然是够糟的。

仅仅许诺是不够的！！

处于危急和焦虑中的

M.S.贝茨

1937年12月27日

"这个汉堡商人他想要干什么？"

"干脆，把他的安全区抄底算了！"

"大日本帝国打下了固若金汤的南京，竟不能奈何他一个德国胖子！岂不有损我天皇威望吗？"

在收到拉贝一次又一次抗议书后，日本大使馆的外交官和日军高官坐在一起，大为光火。

"将军您认为怎样做才更合适？"田中大使没有理会你一言我一语的争执，他希望松井石根大将拿主意。

于是所有的目光转向沉默不言的松井石根。

"本人深知中国的文化，而中国人现在并没有把我的话放在眼里，自觉自愿地跟着几个西方洋人待在安全区，这是因为他们认为我们大日本帝国的皇军是鬼子，他们洋人是菩萨。鉴于此，我认为我们应当尽快选出一个由中国人自己管理自己的自治委员会，以此来替代拉贝他们的国际委员会。这样一来，洋人们的安全区和国际委员会就自然没了在南京公众的合法地位，问题不就可以迎刃而解了吗？"

"高！实在是高！大将军的主意大大的好！"田中鼓掌附和，其他日本外交官和军方将领们跟着热烈鼓掌。

一个新的阴谋在日本大使馆内正在密谋筹划。而此时的拉贝及他的同事们则在忙碌着为过冬的几十万难民们准备取暖的煤炭及每天需要进肚的食品。

煤炭何来？

"我们有……"斯迈思给拉贝发来一份清单：

洪武路156号的同怡公司里，储藏有煤炭五十吨；五老桥东91号的庆泰公司有约一百吨软煤；芦席巷36号的天元皇公司，储藏约六十至一百吨煤；汉口路附近的慕兴会堂仓库内储藏约五百吨煤。还有美国人管辖的一处藏有五十吨煤炭。

"太好了！"拉贝一见清单，两眼放光，这是他最期待的宝贝！有了它，几十万难民至少不会被冻死或者少被冻死些人。不过他想到："应该留一部分煤给粥厂，否则难民们没有食品充饥，也会饿死一大批人的呀！"

"我们已经想法把部分煤炭让粥厂来运。"问题到了斯迈思处，他总会有提前的预案。

"可我最担心的是，怎么运输呢？一旦日本人发现我们在运送煤炭，他们就肯定会半途拦下，从而成为他们的了！"拉贝搓着手，踱步思忖。

"这就得靠你这个德国国家社会主义工人党党员的招牌了！"斯迈思盯着拉贝说。

"你以为我这个招牌什么事都管用啊？上帝可没有给予我那么大的法力！"拉贝苦笑道。

"但有能力与日本人争取的也就是你了！"斯迈思说。

拉贝摇头说："这就是你们美国人的狡猾之处，你们推荐我当主席就是要把我扛着放在烧红的铁板上去烤，现在不都证实了。"

"哈哈哈……拉贝先生您是当之无愧的主席！"众人大笑。拉贝也跟着笑了起来，并说了一句中国谚语："我是被你们拉到贼船上了。"

既然上了"贼船"，就得拿出胆子去"偷"几回——明的暗的都得"偷"。明的：拉贝一次次出面向"还能说上话"的日本外交官福田先生拉关系，请求他从中与日本军方交涉，争取把部分储煤拉到安全区或粥厂去，当然这部分的煤至少有一半以上被日军借机打劫走了；另一个办法是"暗偷"：借公开运煤的指标，实为多运多走几趟，将煤拉到自己需要的地盘上去。

德国人在这方面不缺智力，但日本人也不是傻瓜，他们坚持要自己运煤，只要拉贝他们提供给藏煤的地方，剩下的事由日方派军队去干。拉贝知道这事倔强不过他们，于是就跟日本人谈条件：你们可以拉走部分煤，但必须按我们的要求提供给我们四个粥厂的煤量，否则安全区不能提供足够的劳役给你们日常需要。几万日军和官员们在南京城也要过日子，并且还要享受，拉贝的条件他们不会全听，也不见得一点不听。

"生意"就是这么做成的。"汉堡商人真的比我大日本人更精明啊！"日本人内心对拉贝还是有几分佩服的。

然而任何生意场上，强者总是欺负弱者。拉贝与日本人打交道过程中，其实一直处在弱势位置。

1938年1月1日是中国的新年元旦。日本人给拉贝又滴了几滴眼药水——他们已经在前一天就事先通知给了他：元旦这一天上午，在鼓楼广场举行"南京自治委员会"成立仪式，务必要求拉贝等人到会"祝贺"。

出于礼貌和战术考虑，拉贝带着斯迈思等国际委员会部分成员去了现场。当他看到自治委员会的会长和一名副会长、一名顾问都是隶属拉贝的红十字会成员时，吃惊不小。"汉奸！"拉贝用中国人的话暗暗骂道。

拉贝终于明白了日本人的意图：他们是想通过这个所谓的"自治委员会"来替代他们的国际委员会。

仪式没有结束，拉贝就悄悄离开了现场，他不想被日本人导演的闹剧影响自己的心情。因为这一天早上起来，韩湘琳等中国人告诉他：他们几百名难民要以隆重的仪式，在新年到来的第一天里感谢拉贝给予了他们的救命之恩。

汽车回到宁海路5号，拉贝就远远地听到迎接他的鞭炮声——这太难得了，后来据雇员张先生告诉他：是他们从"庆祝自治委员会"现场偷来的。"他们那个玩意有啥庆祝的，我们这儿才重要！"韩湘琳兴奋地对拉贝说。

"我受到国王般的欢迎，他们夹道欢迎我，并用鞭炮和鲜花向我致意。然后六百多个人围着我，向我献上了用红墨水写在白色包装纸上的新年贺信，所有人向我三鞠躬。当我点头致谢，把贺信叠起来放进口袋时，他们都很高兴。"拉贝在日记里这样描述当天的情景。

在接过贺信之后的场面让拉贝一生都不曾忘却：鞭炮声中，六百多名中国难民，在韩湘琳的带领下，整齐地列成两队，齐刷刷地跪下，一起向这位汉堡商人致新年磕头礼……

拉贝的眼泪顿时夺眶而出——他从没有接受过如此隆重而伟大的恭敬。

他深深地爱上了南京人，也深深地爱上了中国。他再次发誓要为这些苦难的平民献出个人的全部。

回到自己的办公室，拉贝忍不住从口袋中取出那封很大的贺信。他看如下内容：

Herrn Rabe

    mit den besten Wünsehen für

    ein glüekliehes Neues Jahr.

    Hundert MilIionen sind Dir nah!

    Die FlüChtlinge Ihres Lagers

                    1. 1. 1938

（拉贝先生：

　　恭贺新年吉祥，亿万滚滚而来！

　　　　　　　您收容所的全体难民

　　　　　　　　1938年元旦）

　　"亿万"是什么意思？是我得了彩票？拉贝兴奋不已，却不解其意，便把韩湘琳找来询问。当明白那是恭祝他来日"发大财"时，拉贝欢欣鼓舞了好一阵。

　　"我爱你们！爱中国！"拉贝用自己生硬的汉语向恭贺他的中国难民们表示了由衷的感谢。

　　1938年新年来临，日军占领下的南京并没有一丝一毫的新气象，相反寒冬更加严酷，百姓的日子到了垂危的边缘。日军到处烧杀抢淫的暴行没有任何改变，而所谓的"自治委员会"则像一个挂羊头卖狗肉的当铺，不仅不作为，且令市民生厌。

　　与之相反，拉贝的国际安全区仍然聚集了巨大的人气，多数难民又自觉不自觉地回到这里——这主要是人们发现回家后根本没有任何安全可言，尤其是妇女，她们开始以为拿着"安居证"就能重新开始过日子了，结果多数人在当天甚至在路上，又被日本兵野蛮地强奸与轮奸，而且有的则被抓到"慰安所"充当妓女。于是这些妇女们又拖家带口回到了拉贝他们的安全区。

　　原本以为"自治委员会"的成立将使安全区渐渐消失，哪知鼓楼"庆祝大会"的鞭炮声余音尚在耳边，安全区里依然热热闹闹。尤其是那条原本弯弯曲曲、冷冷清清的上海路，竟然成了全南京市最红火的跳蚤市场——也有人把它称为"共产市场"：说是生意场，却都是难民们自己的东西，破沙发、旧衣服、茶壶茶杯、草纸尿布……日常用品，样样都有，且便宜得很。

"一块钱，拿去吧！"

"老板可怜可怜吧，我只有这几个铜板。"

"行，就它了！"

生意成交。这就是大家所说的"共产市场"：不讲价钱，相互谦让，互相帮助。

"走！走走！"突然有一个早晨，几个穿皮大衣、戴黑眼镜、手臂上别着"太阳"标徽的家伙，张牙舞爪地走到摆摊的难民面前，挥舞着棍棒，拳打脚踢。

"你们要干什么？"难民们愤怒地责问。

"皇军有令，安全区必须解散！你们还想在这里摆啥摊子！快滚！"

"烧了，把这些旧棚烂摊统统烧了！"一群别"太阳"袖章的家伙竟然动起手来。带头的那人叫方浩，有难民认识他，过去姓方的是一个律师，此刻他得意洋洋地告诉认识他的人说自己现在"当官"了，是来"执行任务"的。

"烧！烧光为止！"姓方的见难民们并不买他的账，且有人甚至悄声骂他是"汉奸"。这让姓方的大丢面子，于是直起嗓门，命令小喽啰点火烧棚。

"汉奸！汉奸！"

"杀千刀的！我们跟他们拼了！"

"拼了——！"

姓方的一群"自治委员会"小喽啰哪想他们的烧棚毁摊

行动惹怒了难民们，一时间，木凳、茶杯、鞋子甚至还有街头路边捡来的泥块、砖头等，像雨点般落在姓方的这群喽啰头上、身上……

"撤！"姓方的一群喽啰落荒而逃。"共产市场"上的万千难民，一片欢呼。

"拉贝先生，我无意冒犯你和你的国际委员会朋友们，但有一个事实你们必须接受，这就是：新成立的南京市自治委员会，是经我们大日本皇军亲自批准的管理眼下南京市的临时机构，管理市民和这个城市是它的职责，你们的安全区和国际委员会不能再存在了，一切管辖权应当归自治委员会。"日本使馆派人向拉贝传达所谓的"命令"，而且留下狠话：否则日军将进行军事干预。

野兽终于露出本性。日本人向拉贝他们摊牌了！

怎么办？国际委员会的命运面临考验。拉贝和斯迈思等召开紧急"委员会会议"，商讨对策。

"卑鄙！无耻！他们竟然威胁还要没收我们的钱财和物资，并说要清算我们以往的资金及物资用途情况。"韩湘琳说。

"另一方面，他们的野蛮与恶棍行径一点也没有收敛。这是昨晚我又在几个地方拍摄到的日本兵留下的罪证……"马吉紧接着控诉道。

"决不能放弃我们的权利！救助难民和伤员是上帝赋予我们的责任，谁也阻止不了我们的行动。"斯迈思说。

"对，这是最后的斗争了！日本人的企图是想真正把南京置于他们的残暴统治之下，而我们则成了他们把南京变为地狱的唯一的阻碍。我们决不退让!"

"决不！"

宁海路5号的"总部"，再一次成为全南京反抗日军残暴统治的大本营。此刻，十多个国际委员会成员群情激昂，请求拉贝拿主意。

只见拉贝用双手向下压了压，示意大家安静。然后他说："日本人的意图从一开始就很清楚，他们是不想看到在他们统治下的地盘上有一个并不隶属于他们领导下的组织在保护着多数南京市民的现实的存在，挖空心思除掉我们是他们的最终目的。因为他们是这个城市的占领军、统治者，所以他们可以想出一千个所谓的理由来修理我们，这并不奇怪。但我想：我们之所以成立国际委员会和安全区，其实只有一个理由，这个理由就是上帝赋予我们对人类的仁慈，这个责任在今天的南京，就是我们怎样千方百计地保护好几十万难民！这份责任，除了上帝，没有人可以从我们的手中剥夺！它日本军队也同样不可以剥夺！"

"好，说得对！"

"说得好！"

"我们决不放弃上帝赋予的权利！"

国际委员会最后达成一致意见：一是向日方再次陈述国际委员会的职能和责任，二是有针对性地把各安全区管理情况作一详细汇总，并将两份材料一起上交日方，以争取国际委员会和安全区存在的合理合法性。

"你成立所谓的'自治委员会'不就是为了管理好几十万难民吗？你指责我们国际委员会不合法，那么我们将告诉你我们这些日子里的所作所为！"这是拉贝的主意，这样的绝地求生的智慧和谈判智慧，也只有像他这样的德国商人才能想得出来。

很快，一份份诸如下面文字的安全区"检查报告"出笼了：

第三难民收容所——陆军学校

某月某日，由洛、王、米尔斯和福斯特先生检查。

所长：赵永奎

难民人数：约三千二百人，分成二十七个小组，每组设一个组长。

在这些难民中，每天应日本兵要求，派遣若干劳役。收容所平均每天分发十袋大米，约三分之一的难民自行解决粮食，其余的三分之二由国际委员会供给膳食。

难民们对国际委员会的管理满意。

兵库署难民收容所

某月某日，由洛、王、米尔斯检查。

所长：陈成美，带约四十名助手。

难民总人数约八千人。

收容所每天得到十袋大米。领取米粥的红色配给证已发给四百九十二户人家，总共三千人。约有一千五百人不领取无偿的米粥，约有两千人膳食自理，其余人由国际委员会帮助解决。

大部分难民对国际委员会的工作较满意。

汉口路小学难民收容所

某月某日，由福斯特等检查。

所长：郑大成

难民人数约一千四百多人（以前为一千五百人）。

每天有四袋分配来的大米。几乎所有的难民吃干粮（不是稀饭）。分发时成人和儿童没有区别。

虽然这个收容所住处十分拥挤，但难民们对领导满意。

……

安全区难民所的"检查报告"整理完成后，拉贝与斯迈思起草的另一份关于"国际委员会当前的状况"报告也随即完稿。其语气显然是给日方和日方的傀儡组织——自治委员会看的：

一、我们是一个民间团体，成立的宗旨是帮助饱受战争苦难的平民。

（一）食品和资金是供我们支配的，是供我们委员会用于上述目的的，因此我们要设法使委员会继续存在下去，但我们在使用我们的救济金时要适应当前这里的状况。

（二）我们履行的行政管理工作由我们的合法基金单独支付报酬（警察的薪金不由我们支付，而是由他们的行政管理机构单独支付。我们向警察提供大米，所提条件与我们向其他所有的难民和志愿助手提的条件相同。市政当局派给我们组织的那三个职工的薪金单独汇给）。

二、我们一开始就同红卍字会和红十字会合作，并且对自治委员会将继续持这种态度。我们将准备始终以下列标准判断合作的建议：最好地为委员会的目标服务或最有利于委员会的目标。

三、我们的资金我们不会交出。这些资金是委托给我们妥善保管的，我们将用我们的声誉保证，这些资金只用于应该用的场合，不会作其他用途。

四、我们必须警惕，不要让人把会耗尽我们财力的工作或任务移交给我们，也不要指望我们会进行使我们对这笔资金失去控制的工作。

五、自治委员会在恢复秩序和恢复国家公务方面一直得到我们的充分支持和承认。但我们的资金首先是用于避免严重的食品短缺以及用于在其他方面帮助居民。

这份被拉贝和斯迈思标注上"机密"的"内部文件"，虽然看起来像介绍国际委员会的工作情况，其实在语气里暗藏着非常坚定而勇敢的观点，即：国际委员会虽然是一个民间组织，但它所赋予的使命及其资金和日军占领前后几十天来委员会所做的工作的信誉是谁也不可以改变的。

据说，上面的两份材料交给日方后，对日方高层特别是傀偏"自治委员会"成员造成巨大冲击，因为无论是日军还是那几个汉奸，他们自知根本不可能有谁像拉贝他们那样把几十万难民管理得如此井井有条，更不可能让几十万人能基本上做到不饿死。

"田中先生，我看还是让他们管吧，我们可没有办法从哪个地方弄那么多粥和饭给那些穷光蛋吃啊！"

"可不是，像他们那么干，还不累死我们！"

汉奸们首先退却。接着是日方外交官福田等人反对一下子取消安全区的做法。"至少我认为拉贝他们还可以为我们所用。再说，他们手上有来自各个方面的资金支持。我们何不顺水推舟，省去一些麻烦！"福田说。

"参赞的话不是没有道理，至少再可以观察一段时间吧。"日本军方给出了松口话。

其实在给日本官方正式信函的同时，拉贝也给他的"半个朋友"——日本大使馆的福田参赞写了一封信。拉贝认为，在所有日本人中，福田是位比较有良心的人，而且从以往的交往中，这位日本外交官无论如何也给了拉贝他们不少帮助，这份情谊对拉贝来说，十分重要。故而有些官方不能解开的纠结问题，拉贝通过与福田私下的友情获得了理解和同情，甚至是支持。在安全区面临存亡时刻的紧急关头，拉贝自然首先想到了福田。于是他私下给福田写了这样的信：

尊敬的福田先生：

有关我们昨天的会谈，我冒昧地向您保证，国际委员会渴望看到的无非是南京有序和正常的生活条件迅速恢复。我同样可以向您保证，为此目的，国际委员会将乐意看到地方自治委员会尽快承担起地方民政机关应承担的一切职责，如治安、消防和公共卫生等。您可以相信，国际委员会绝对不想继续履行平时属于地方主管部门的任何一种行政义务，也不想为自己要求这样的义务。

我们委员会首先是（我想说仅仅是）一个救济组织，它成立的目的主要是为饱受战争痛苦的平民服务。这些人遭受的命运是无情的和悲惨的，引起了同时代人的同情和怜悯。在这场战争中，中国成立了遵循相似目标的各种委员会，它们中比如有上海委员会，松井将军个人给该委员会汇款一千元，这证明了这样一类委员会得到了日本军方高层的赞同。

因为留给我们委员会的现金和储备是专门委托我们用于上述目的的，所以依我看，国际委员会有专门的义务表明自己是值得信赖的。我觉得不论是现金还是储备都不能交给任何一个别的组织。我们当然愿意同别的救助组织合作，比如同红刑字会和红十字会，同这两个组织我们目前已经在进行合作。但是我们对自己的资金必须保留完全的支配权。

我相信，如果您考虑到我们的状况，会承认我们的理由是正确的。

此外，我还想指出，同目前的困境和向我们提出的要求相比，我们的现金和储备都是很有限的。我们委员会所做的救助最好能被看作是对地方自治政府为自己提出的（我个人这样希望）更大的合适的计划的补充。不论是我们委员会还是红刑字会或红十字会肯定都会尽一切力量，但是我们希望自治委员会比我们委员会或其他任何一个组织做得更多。

我们也希望，在向难民提供食品和燃料方面，日本军事当局对自治政府能比迄今为止对我们表示出更大的诚意。虽然大家都在共同努力缓解危难，但危难的程度依旧大于所提供的救助。

最后，我还想冒昧指出一点。

毫无疑问，最简单的同时也是最有效的救助行动就是恢复士兵的秩序和纪律。在士兵的秩序和纪律没有恢复之前，难民不可能重返自己的住所，商店不可能重新开业，交通不可能恢复，供电、供水以及电话都不可能正常运作。万事皆取决于所有问题中的这个最重要的问题。

只要军纪恢复，救助问题就会变得比较容易解决，居民正常生活条件的重建也会变得较为可行。

我诚恳地希望，日本军事当局会把恢复军纪当作他们首要的和最重要的任务。

致以亲切的问候

您忠实的约翰·拉贝主席

显然，我们刚刚看到的日方在研究讨论如何处理拉贝他们的安全区是否继续还要存在时，拉贝给福田的信在关键时刻起了作用。

"英雄的拉贝先生，你和你所领导的二十二个留在南京的外国人，表现得像罗马的首批基督教徒那样勇敢！"德国大使馆罗森博士为拉贝带来了柏林德国外交部的"表扬"。

这对拉贝来说是巨大的荣誉，他很在乎，内心也很高兴。不过，他对罗森说："当年在罗马的基督教徒们是被斗兽场上的狮子吃掉了。可我们这里的狮子只喜欢吃中国人的肉，因为日本人发现我这个汉堡商人的肉又臭又硬，他们嚼不动。"

"哈哈……"罗森大笑。

获得"最高荣誉"的拉贝，如被打了一剂强心针一般，为着他的安全区内的二十多万难民们每天的一碗粥和一点点烤火的暖意奔忙着……

"好人！"

"菩萨！"

南京城里所有看见那辆挂着纳粹旗子的汽车，就会投去感激和敬爱的目光向那个戴着眼镜的"老头儿"表示致敬。

拉贝觉得自己无上荣光，因此责任也越发重大。

他的脸始终绷得紧紧的、紧紧的。

突然，人们发现这一天拉贝的脸更加绷得紧了。"先生，您身体不舒服？"韩湘琳关切地问。

拉贝摇摇头，他轻轻地从口袋中拿出一份电报给韩看。

"他们要让你和我离开南京到上海去？"韩一看，是西门子洋行上海总部发来的电报，内容是让拉贝带着韩湘琳尽快离开南京，到上海"休假"去。韩觉得这份电报有些怪异，便问拉贝："为什么这个时候让您和我离开南京呢？"

拉贝说："我也在想究竟为什么。我留在南京的事，连元首也知道，而且也不是一天两天了。且现在全世界几乎都知道我在南京所做的事了。这个时候让我离开南京，搞不清他们为什么……"

这事让拉贝内心有些堵。晚上，他给上海西门子洋行总部的迈尔经理发了一封长长的电报：

W. 迈尔经理先生：

您的上述电报经过德国大使馆的转递，我已于今日收到。特此确认。收到您要我到汉口的消息时，已经太晚了，德国人早已经乘坐"库特沃"号船前往汉口去了。此外我认为，在危难的时刻不抛弃逃到我这里的中国职员，如韩先生一家和其他装配工，是我应尽的职责。在回答您上一份电报时，我就已经告诉过您，我担任了此地成立的国际委员会的主席职务，该委员会的任务是组建一个安全区，为二十万中国平民提供最后的避难场所。日本人以中国高级军事人员及其参谋部一直到最后（也就是说到撤离南京前）都驻扎在安全区为理由，拒绝给予安全区以全面的承认，所以安全区的组建工作是相当不容易的。我们真正开始受难是在轰炸以后，也就是说是在日本人占领城市以后。日本军事当局像是失去了对部队的指挥控制权，军队在进城后抢劫掠夺达数周之久，约有两万名妇女和姑娘遭到强奸，成千上万的无辜平民（这其中也有四十三名电厂的工人）惨遭杀害（用机枪进行大规模的屠杀已经算是人道的方式了）。他们还肆无忌惮地闯入外国侨民的房子，六十处德国人的房子中，约有四十处遭到不同程度的抢劫，四栋被彻底烧毁。整个城市约有三分之一被日本人纵火焚毁，时至今日，纵火事件还在继续不断地发生。城市里没有一个商家店铺未遭到日本人的打砸抢。整座城市，被枪杀的或被其他方式处死的人暴尸街头，随处可见，日本人甚至禁止我们殓尸安葬。（我们不知道为什么！）在离我房子约五十米远的地方，那具被捆绑在竹竿上的中国士兵的尸体自12月13日以来就横在街头，距尸体仅数米远竟有一个团军岗哨。许多池塘里漂浮着被枪杀的中国人的尸体，有的里面竟多达五十具。

委员会设立了粥厂和米面分发点，到目前为止我们以此还能养活拥进安全区的二十万南京居民。但是现在日本人下达命令，强迫我们关闭粮食销售点，因为新成立的自治委员会想要接管救济难民的工作，而且采用这种方式可以迫使难民离开安全区，返回自己的原住处。前面已经提到过，安全区以外的城区里没被损坏的房子已经所剩无几，所以难民们根本不知道他们该投身何处，更何况仍然不时有日军士兵在街上烧杀劫掠横冲直撞，难民们见到他们就害怕。我们委员会希望能和日本人以及由日本人新成立的自治政府达成谅解，起码要保证难民的粮食供应。另外，如果日本人以及新的自治政府能接管我们的工作，我们是不会有任何意见的，而且我们希望越早越好！一旦市区内恢复秩序，当局准予我离开南京，我将前往上海。到目前为止，有关此事的所有申请都遭到了日本人的拒绝。在此我补上我的请求，请同意我在安全区委员会解散之前留在南京，因为几个欧洲人的去留实际上决定了许多人的命运。仅仅在我的房子和院子里就有六百多名赤贫阶层的难民，自12月12日夜晚以来，他们纷纷逃到我这里躲避兽性大发的日本匪兵的污辱和杀害。他们中的大部分人住在院子的草棚里，靠每天的定量救济粮生活下去。我们委员会总共管理有二十五个难民收容所，约七万名难民，其中的五万人必须要靠我们的救济过日子，因为他们已经一无所有了。您可能很难想象出这里的情形。攻占南京前，日本人对南京进行了数月之久的狂轰滥炸，但是，这同占领城市后日军造成的苦难是无法相提并论的。我们自己也感到不可理解，我们怎么能安然地活到今天。请求您不要公开这封信，因为这样很有可能会给我们委员会带来灾难性后果。

致以德意志的问候

约翰·拉贝

电报发出后，拉贝依然全心全意投入了安全区的工作，他认为自己在南京的工作不仅干得坦荡而伟大，而且单单从保护德国人的利益去看，也是卓有成效。"如果不是我们在南京天天挂着德国国旗，别说其他财产，就连德国使馆也早已变成一片废墟了！"拉贝曾对罗森博士这样说过。罗森和大使特劳特曼先生完全同意拉贝的这一判断。然而，只有经商经验、没有政治经验的拉贝哪知道，此刻远在他万里之外的元首希特勒已经完全不是他心目中曾经期待和幻想过的革命与变革领袖，而变成一心想独霸世界的法西斯主义极端分子了。

伪装了多年的希特勒，就在日本占领南京时，便野心勃勃地想着自己如何干出一番比大日本帝国更伟大十倍的"事业"来。而要实现这一"理想"，德国、意大利、日本三个轴心国正偷偷地勾结着……日本军队在南京的丑闻不断在世界上遭受曝光和谴责，希特勒本不想沾边，但他的那个汉堡商人和处处与日军作对的行动，日方通过驻德大使馆多次通报给了他，这让希特勒不能不管了。

"德意志的西门子公司不能在南京做有违于我们日本朋友的事。"希特勒根本用不着自己亲自下达命令，他的纳粹组织只需向西门子公司吹一下风就足矣了。

于是就在拉贝认为他给上海西门子洋行驻中国总部的信一定起作用的同时，上海洋行总部收到了来自柏林西门子总部的指令，要求上海通知南京的拉贝关闭公司驻南京的办事处，也就是说他拉贝留在南京的合法身份将被自己的公司和自己的祖国取消了！

"怎么会是这样呢？"拉贝无法相信这个事实。他甚至歇斯底里地愤怒了好一阵。不过，他又很快平静了，因为他是商人，是西门子的老员工，公司的命令就是天职，必须服从。这也是他常常引以为自豪的汉堡商人的品质。

但这毕竟有些突然，至少现在关门有些事情得妥善处理，比如雇员的工资怎么办？新年刚到，堂堂西门子公司以后也不是不到中国来了，不能说关门就拍拍屁股走人了，这样有损西门子的形象。为此拉贝迅速向上海的洋行总部发了一封信，请求给雇员们再付一个月的薪水或奖金什么的，算作补偿呗！

　　拉贝的这份合理请求获得批准。现在让拉贝最痛苦和最难的事，就是如何向跟随了多年、特别是与他一起为保护难民并肩战斗的韩湘琳这样一批中国雇员交代呢？当时是我拉贝扯起了国际委员会和安全区的大旗，如今日军还在城里作威作福、烧杀抢淫，几十万难民仍处于饥饿与死亡的边缘时，我拉贝却甩手走了，韩他们怎么办？我如何向他们开口说我自己要走了？如何向他们开口说公司要解雇他们了？

　　拉贝摇了一百个头，仍然拿不出办法。他觉得自己没有勇气向韩湘琳等人当面说这事。

　　不说就走？或者留一封信，再自己悄悄溜走？不行，这都不行。即便要走，也该把安全区和国际委员会的许多事情安排妥当后才能动身。

　　还是写信吧。拉贝提起笔，可手却在颤抖——

尊敬的韩先生：

　　由于所有商务因战争而停止，我们不得不遗憾地通知您，根据我们总部的指示，我们在南京的商务办事处必须关闭。

　　由此您在我们洋行的工作令人遗憾地也将结束。但我们也准备一旦条件许可，在战后继续聘用您，请您告诉我们您今后的地址，以便我们在许可的情况下能和您联系。

西门子洋行（中国）驻南京代表

你无限忠诚的朋友：约翰·拉贝

1938年1月19日

西门子在南京办事处的中国雇员还有佟柏青、蔡子良、张福根、孙龙生等，拉贝分别给这些人写了同样内容的信，以示告知。

　　写完信时间已近黎明，拉贝的心情无法平静。自南京被日军占领后的一个月里，拉贝从一名纯粹的商人，已经转变成了一名社会活动家和难民事务组织者，他在其中看到和学到了过去几十年从商中不曾有过的政治、军事、文化、社交甚至是外交等等问题，他觉得自己长进巨大，似乎个人也变得连自己都感到吃惊——至少他认为世界上除了做生意外，还有更神圣的事！这也说明拯救苦难是多么神圣而艰辛！过去的一个多月里，有太多辛酸苦辣的事，但很充实，很幸福，也很自豪。

　　拉贝唯一遗憾的是：他的工作才刚刚有个良好的开端，许多事或者说更艰难的事——比如几十万难民吃住就是需要解决的当务之急。当然还有如何阻止日军在城内的烧杀抢淫，还有城内到处可见的尸体……想到这些，拉贝的目光不得不下意识地往院墙外不远处的那具依然悬挂在竹竿上的烧焦了的中国士兵的尸体看。看到他，拉贝心底就感到恶心，就想吐，就咬牙恨日本人！

　　太没有人性！

　　拉贝赶紧掩上门，拳头紧紧地攥着。他突然觉得离开南京前还有许多事必须去完成。"否则我的灵魂不能安宁。"他自言自语道。

离开南京前的最后日子

这一夜拉贝没有合眼。最让他放不下心的依然是留在安全区内的几万无家可归的难民。如今留在安全区内的难民是一些最穷、最需要别人帮助的人,他们多数是被日军暴打受伤或严重摧残而失去生活能力的人,这样的人如果没有人去为他们弄来吃的、安排好住宿,也许这个冬天都难以过去。原本,作为占领军,日方是有责任管起这些难民,至少给他们基本的生存条件,但日军似乎对此并不放在心上,除了继续不断地从这些难民中拉走一些人去充当劳役外,至于他们明天或后天是否还活着的事,显然日军漠不关心,甚至阻挠和破坏拉贝他们安全委员会对难民们所做的一切,比如过冬的粮食问题。二十多万人每天都需要数额巨大的食品供应,但安全区根本获准不到几许粮食。

当时有位国际委员会成员贝德士先生给他妻子的信中如此描述:

食品供应的前景很黯淡。日本人拒绝卖我们,既不让我们买,也不让安全区里别的人买,更不让我们将粮食从上海用船运过来。长时间的艰苦谈判也没有结果。我们有了相当大的一笔现金,两千三百袋大米(每袋一石或两百磅),我们每天拿出一百袋,免费分发给最需要的人群和粥厂。红十字会从一个特务机关那里获得大米,开办了两个大粥厂。"自治委员会"被看作是替日军做分发工作,甚至是垄断的代理人。但实际上他们在十天里已经收到了五百袋粮食,五个星期总计要两千五百袋——这是我们用卡车为他们和红十字会运的。每天消费在一千五百到两千袋之间。这当中的差别是由于没人囤积，但很快就没有了；也没有不规范的发放和抢劫。有些面粉，我们在初期的分发和销售时动作快了一些。大多数蔬菜价格几乎翻了十倍，部分低的也要五倍。数千人除了米糊糊就没碰过其他东西。我们想通过炮艇搞到一千磅鱼肝油作为医药用品。总的来说日军方面是冷漠的，日本人中没有一个人对平民问题动半点脑筋或加以注意。粥厂的煤是一个问题。我们一天又一天地侥幸弄到手，通常没有得到任何的官方允许。城市里的供应粮食就快要见底了，没有人来。日军各部在竞相掠夺和挥霍。大量的煤、米和麦子被焚毁了……

最可恨的新成立的"自治政府"那几个汉奸官员，甚至连起码的管理知识都没有，关键是这些人个个心怀鬼胎，想着的是如何借机为自己捞一把。难民的死活才不管呢！

谁都不管，我们得管，且要管到底。拉贝认为：只要他在南京一天，就管一天难民的事。想到这，他又再度拧开煤油灯，觉得应该给三个最重要的人物写一封信，他们是美国大使馆爱利生先生、英国大使馆布龙先生和老朋友德国大使馆的罗森博士，这三位外交官是目前留在南京可以直接发挥作用的人物，拉贝这样认为，因此他写道：

尊敬的先生们：

你们中的每个人都曾友好地对如何解决城里二十五万平民的食品问题给予过关注。正如斯迈思博士先生1月17日致爱利生先生的信（曾有副本寄给你们）中所表达的，我们已向日本人着重提出三点建议，即：

一、尽快实现由自治委员会通过商业渠道分配米、面粉和煤；

二、准许国际委员会运进我们从上海商业储蓄银行购买用于救济的三千袋米和九千袋小麦（这些粮食目前存放在下关、三汊河和汉西门外）；

三、准许国际委员会将六百吨补充食品从上海装船运往这里。

昨天当斯迈思博士先生第三次请求答复这些建议时，福田先生要他去找田中先生。斯迈思和菲奇先生随即找了田中先生，后者告诉他们，日军没收了上述仓库里的米和小麦。他们提醒他注意那是私人财产而不是中国军队的财产时，他认为这些存粮有可能会被日军用于中国的平民。上述两位先生一再请求日本当局准许从上海船运三千袋米，但每次请求均被一个简单的"不"字加以拒绝。他对他们说，也不会有船来装运这三千袋米以及另外的六百吨补充粮食。斯迈思和菲奇先生提到日本船只时，田中的解释是"均已用于军事目的"。当两位先生又提出用英国船只时，田中先生没有回答他们。他们只得询问日本人现在有什么打算，田中先生对此回答说，日本军队将会承担解决中国平民食品问题的责任。

斯迈思和菲奇先生随即对他解释说，日军自12月13日起只提供了两千两百袋米和一千袋面粉出售给中国平民。田中认为，供应量比这要多，但手头没有数字材料（日军1月10日交给自治委员会一千两百袋米，1月17日一千袋米和一千袋面粉，第二批粮食应在城南出售。国际委员会帮助运输了这些粮食，因为日军不提供运输工具）。

谈话结束时，斯迈思先生向田中先生询问，他是否应该告诉我这样一件事，即我们请求准许运进在下关购买的大米以及从上海船运粮食之事现在已被日本当局拒绝了。对此的回答是：是的！

随后立即发出了由菲奇先生签署的致上海全国基督教总会博因顿先生的电报（在这事情上我们一直与他有信函往来），现在只有看上海对此能采取什么行动了。

我的先生们，我不知道你们在这件事上打算采取什么行动，但是我将设法使你们经常了解事态的进一步发展情况，并向你们转告我们对此提出的建议。我们并不认为当前再进一步强调我们的要求是可取的，因为田中先生已经声称，日本军队将负责解决中国平民百姓的食品问题。如果你们有机会时，非正式地要求日本人告诉你们他们做了些什么，也许是合适的。

解决问题的唯一办法是恢复秩序和整顿好交通，重新通过商业渠道分配大米。国际委员会关心的只是敦促日军注意到食品问题的严重情况，并在此期间采取补救措施，使无力购买食品的穷人们能免费得到大米。

绝对有必要使日军明白，承担中国平民食品的责任意味着什么。至今他们只把这个问题当作儿戏，难得一次拿出一千袋大米交由自治委员会出售。

市民必不可少的需要如下：

一、每天正常供应两千担（相当于六百袋）大米或约同等重量的面粉（按一担供一百个成年人一天正常消耗计，二十五万人每天需要两千五百担；较小孩子的定量当然要相应地减少）。

　　　　　　　　　　　拉贝先生 ┃

二、每天至少需要四十吨至五十吨煤或其他燃料。

三、由于自治委员会没有足够的运输工具来运进这个数量的大米、面粉和燃料，而日军的卡车又遍布全城，因此应由日军负责运到自治委员会的店铺（在我们就供应食品事宜与石田少佐商谈时，他曾表示准备负责运输。可惜这些协议由于日本上级部门的命令而作废）。

除了大米和面粉供应，还应采取附加措施保证一定量的其他食品的供应，以防止发生各种疾病和瘟疫。我们还打算从上海运进这类食品。运输之事也得由日本陆军承担。

如果能够将所需粮食提供给自治委员会，自治委员会在分配工作上就不会有困难。

当然，对于那些回到原住处的市民，日本人必须保证给予任何一个像样的政府都会提供给自己市民的保护。日本人也同样应当保护食品及燃料的正常分配和出售。

感谢你们对我们事业所表示的关心。

你们十分忠实的

南京安全区国际委员会主席：约翰·拉贝

拉贝的意图非常清晰：希望这几个外交官在他走之后多多关心安全区的难民，尽可能地继承他没有完成的任务。他的心完全被苦难的南京人民牵着。要保证安全区内的难民们艰辛地活下去，资金显然是最重要的。拉贝在写完给三位外交官的信后，突然觉得英国大使馆的布龙先生在资金问题上更有些办法，于是拉贝又提起笔，给布龙先生的信后面又附了一封短信：

尊敬的布龙先生：

作为驻南京的代办，您对南京安全区的设立以及与此相关的难民工作等所有重大事件非常熟悉。关于难民工作，我想在此再多言几句。南京二十五万难民中的一大部分是由于城内及周边地区火势的蔓延而无家可归的。在许多家庭里，养家糊口的人不是被日军带走就是遇害，于是家里剩下的人便陷入了极度的困境。这样的事不说有千万件，也有千百件。

如您所知，居民的经济生活被完全摧毁。有许多居民，他们带着少量的食品和钱进入安全区，他们仅有的这一点储备都快用光了，现在他们变得一无所有。

可供委员会支配的救济基金当然也捉襟见肘。我们在南京有十万元，在上海可以再得到五万七千元。要想摆脱二十五万人的困境，这十五万七千元是远远不够的。令人焦虑的是这成千上万的人需要的不仅是食品，还要有安身立命之地。除此之外，我们还要给予他们一定的帮助，使他们能开始新的生活。

给予一些贫困家庭相应的经济资助，这对他们能够重新生活也是一种极大的帮助。进行这样的援助，我们只能依赖这笔基金了。

因此请允许我提出如下请求：请您帮忙，获得伦敦市长基金的相关资助。我们已从美国顾问委员会获得了一笔捐款，即包含在上文提到的五万七千元中。我们也希望英国委员会不吝给予我们援助。

预先对您的支持表示最衷心的感谢。

顺致亲切的问候

您忠实的约翰·拉贝主席

拉贝是个操心的命。每一件事到他手里，都事无巨细。除了吃和住，水电也是生活必需品。为此，拉贝亲自带着几十名工人冒着中途被日军屠杀的危险，来到长江边的自来水厂和发电厂工作。要命的是电厂，战前拉贝多次来过，但一个多月后的电厂，已经面目全非，这里的四十三名技术工人被日军当作军事人员绑到长江边上全部屠杀了。厂房和机器设备也惨遭破坏。令拉贝生气的是：那些破坏电厂的人——日军现在却也嚷嚷着要他帮助把电厂修理好以便发电。按拉贝的性格才不愿为"破坏者"卖命，但想到难民和国际委员会成员们也需要用电时，拉贝"忍气吞声"地勉强接下此活，并且亲自出面向上海洋行总部聘来个专业工程师，帮助一起将发电厂重新恢复了工作。

　　比如元旦那天，几个日本兵跑到一户市民家，他们见一对母女，便满嘴"花姑娘的要"，饿狼般扑向那个漂亮的姑娘。姑娘的母亲哭着跑到拉贝跟前，跪在他面前乞求帮助。拉贝立即驾车赶到汉口路附近的一所房子。进去后，他看到一个赤身裸体的日本兵趴在一个年轻漂亮的姑娘身上正为所欲为。拉贝不能动手，也不能上前去拉扯那日本兵，他只能站在一旁一面大声训斥，一面不断用各种可能让对方听得懂的语言说"祝新年快乐"。那个日本兵果然一下索然无味了，从姑娘身上"咚"的一声掉下来，然后慌忙提上裤子就逃出屋子。

　　这样的事对拉贝来说，几乎天天要遇上和去处理，"像家常便饭一样了。"韩湘琳不时这样夸拉贝。

　　1938年1月底，德国使馆外交官从日本大使馆获得消息：

2月4日起，日军将准备正式开始遣散安全区内的所有难民。这是件大事，拉贝认为必须同国际委员会成员们紧急商议。29日，拉贝召集国际委员会成员开会，重点讨论了请求相关国家的外交官到日本方面弄清楚以下情况：一是日本人会不会将外国辖区和外国侨民住宅里的中国难民驱逐出去。二是日本人是否允许像拉贝等人自己住处的小安全区内收容更多的难民。

"这是我们最大限度地争取在紧急情况下保护更多的难民。当然，如果日本人还能以其他方式继续保留我们原有的安全区，这当然是最好的打算。但现在我们需要作出最坏打算时的准备。用中国人的话说，在安全区的问题上，看来日本人是想对我们进行釜底抽薪！"拉贝分析道。

"可恶！可恶！"马吉举起双臂，紧握拳头，怒吼道，"就在刚才，我又发现了两名女孩，一个才四岁，一个八岁，她们全家十一口人全部惨遭杀害。可怜的姐妹俩守在母亲尸体边整整十四天才被邻居发现……"

委员会成员们全体沉默、悲愤。

"今天的南京是日本人的天地，我们所能做的就是尽力拯救这些可怜的孩子和他们的家人。"拉贝开腔道，"我想尽管中国人骂自治政府的几个官员为汉奸，但毕竟现在是他们在行使管理南京城的行政权，我们对他们也要争取一下。"

"那帮人甚至比日本人还贪赃枉法，我们能从他们那里争取什么呢？"马吉不信。

拉贝说："难道你们忘了，在日军占领前，当时的马市长曾经答应过的一万袋大米和一万袋面粉呢！日军占领后，这批粮食就一直被日本人扣着，我们让自治政府的人去日本人那儿要。这也一方面给自治政府的人出个立功的机会不是?"

"哈哈……汉堡商人真是精明、狡猾啊!"斯迈思和马吉等不由调侃起拉贝来。

后来证明拉贝的这一主意还真达到了一定目的,虽然日本人没有把这批粮食全部用于赈救难民,但至少让日军吐了些血。

1月30日,是中国农历的大年三十。下午4时左右,拉贝驾车准备去平仓巷的路上,车至汉口路中,只见迎面约五十多名中国人将他车子拦住。

"拉贝先生,你快去救救那女孩!"中国人纷纷向拉贝边说边比划着。

拉贝一听便知三分:肯定日本兵又在强奸妇女了!

"走!"拉贝二话没说,跟着中国人,来到蒋家巷4号。

"日本兵就在里面……"有人说。

拉贝推门便进。房子里面早已被日军抢劫一空。在一间敞开的里屋,放着一口棺材。再往隔壁的一间堆放稻草和杂物的屋子走去,拉贝发现了一名日本士兵正在强奸一名妇女。拉贝火了,上前一把拎起那日本兵的后衣,就往外拖,并且一直拖到走廊外。

"你的!你的什么的干活?你的……"日本兵又气又恼。

"你的强盗!野兽的干活!我的决不允许!"拉贝也怒发冲冠地回敬和训斥道。

那日本兵看看拉贝,又看看停在一边的挂着德国国旗的汽车,拎着裤子夺路而逃。

"哈哈哈……小鬼子也害怕呀!"中国人拍手欢呼,并纷纷竖起大拇指称赞拉贝。

"大家快离开这儿，说不定日本人会马上回来。"拉贝朝围着他的中国人挥挥手，让他们尽快离开。等现场所有人走尽后，他也登上汽车，扬长而去。

农历新年初一，是中国人最喜庆的日子。宁海路5号院子的难民们，一早就起来排着整齐的队伍，向他们的救命恩人拉贝先生三鞠躬。姑娘们还向他献上了一面长三米、宽二米的红绸布，上面写着一行长长的汉字。这行汉字拉贝读不懂，有人这样翻译给他听：你是几十万人的活菩萨！

天，我怎能受此大礼？拉贝一听，脸都涨红了，说自己无论如何也承受不起如此赞誉。有位前中国政府官员是名学者，他笑眯眯地对拉贝说："我给你把这句话翻译成一首阁下听得懂的诗吧！"

"太好了！"拉贝拍手赞同。

翻译后的难民献辞是这样——

你有一副菩萨心肠

你有侠义的品质

你拯救了千万不幸的人

助人于危难之中

愿上天赐福于你

愿幸福常伴你

愿神祇保佑你

你难民收容所的难民

"谢谢，谢谢你们！愿上帝也保佑你们！"拉贝又一次被自己的"臣民"感动了。

这一天，拉贝觉得阳光有了一丝暖意。因为他举目往外眺望时，发现院墙外那具中国军人的尸体终于被搬走和下葬了。

2月4日，也就是中国人过新年的第四天，这一天拉贝早早地起来了，因为他要在这一天亲自站岗值勤——"今天我得亲自站岗，也就是说，我必须注视着自己的难民收容所，双眼盯着我家后面德国学校里的六百名难民和我家前面中学里的约五千名难民。如果日本人强行闯入，我虽然阻挡不住，但我起码可以做一个目击者，观察事态以向世界通报。我一定想方设法保护好我自己的房子，我们倒要看看，他们敢不敢在我面前侮辱德国国旗！"拉贝在这一天的日记里这样写，整整这一天的行动也是这样做的。他穿着特别整洁的西装，袖子上的纳粹徽章格外显眼，而这一切都想表明，他决不会让日本人在他面前随心所欲地破坏他的安全区和欺负他所收容的中国难民们。

入夜，拉贝的日记这样写道："担惊受怕的一天，2月4日过去了，一切都很平静。这意味着只要日本人有所顾忌，我们就不会遇到麻烦。我们大家对此都感到非常高兴。今天是中国春节的最后一天假日，尽管天公不作美，下着雨雪，但中国人仍然兴奋地在院子里燃放鞭炮。这些可怜的人如此知足：只要不被打死，他们就满意了……"

"拉贝先生，您一定要出面救救栖霞山寺庙内的难民，他们太可怜了！无论如何，您得出面。"江南水泥厂的丹麦友人辛德贝格来了，他见了拉贝，事情还没顾上说，就一口请求拉贝答应他的求助。

"你说吧，把情况给我报告一下。"拉贝知道肯定又是一件令人愤怒的事。

辛德贝格这时才想起从口袋里掏出一样东西。"是僧人们给你和所有相关人士的公开信……"

拉贝接过信，看着看着，他的手开始抖动——显然是难以抑压的愤怒。公开信的内容是：

以人类的名义
致所有与此有关的人

值此，我们向您简要汇报该地的情况及本寺庙所遇到的骚扰——

南京沦陷以来，每天都有数百人逃至我庙寻求保护，要求安置。我写此信的时候，寺庙里已聚集了两万零四百人，大部分为妇女和儿童，男人们几乎都被枪杀或被掳去为日本士兵当苦力。下面，我们扼要地列出日本士兵自今年1月4日以来所犯下的罪行：

1月4日：一辆载着日本士兵的卡车驶来，他们掠走了九头牛，并勒令中国人为其宰杀，以便把牛肉运走。与此同时，他们放火焚烧邻近的房屋以消磨时光。

1月6日：从河上来了很多日本士兵，他们抢走了难民的一头毛驴，并抢走了十八个铺盖卷。

1月7日：日本士兵强奸了一位妇女和一个年仅十四岁的少女，抢走了五个铺盖卷。

1月8日和9日：有六位妇女被日本士兵强奸。他们像往常一样闯进寺庙，寻找最年轻的姑娘，用刺刀威逼她们就范。

1月11日：有四名妇女被强奸。喝得酩酊大醉的日本士兵在寺庙内胡作非为，他们举枪乱射，击伤多人，并损坏房屋。

1月13日：又来了许多日本士兵，他们四处搜寻并掠走大量粮食，强奸了一位妇女及其女儿，然后扬长而去。

1月15日：许多日本士兵蜂拥而来，把所有年轻妇女赶在一起，从中挑出十人，在寺庙大厅对她们大肆奸淫。一个烂醉如泥的士兵晚些时候才到，他冲入房内要酒喝、要女人。酒是给他了，但是拒绝给他女人。他怒火冲天，持枪疯狂四射，杀害了两个男孩后扬长而去。在回到火车站的路上，他又闯进马路边的一间房子，杀害了一位农民七十岁的妻子，牵走了一头毛驴，然后纵火把房子烧了。

1月16日：继续抢劫、奸淫。

1月18日：盗走了三头毛驴。

1月19日：日本士兵大闹寺庙，砸坏门窗和家具，掠走七头毛驴。

大约在1月20日，开来了一支新的队伍，换下栖霞山火车站的岗哨。新来部队的指挥官是个少尉，他心地较好，自他来后，形势明显好转。他在寺庙内设了一个岗，哨兵努力把专来捣乱、偷窃和抢女人的士兵拒之于寺庙大门之外。因此，我们害怕，一旦这位少尉撤离此地被派往别处，原来可怕的情景会重新出现。所以，我们请求你们，不管是谁，只要能帮助我们阻止重现这种惨无人道的残暴行径即可。安置在我们这儿的难民百分之八十已失去了一切，他们的房屋被毁，牲口被杀，钱财被抢。此外，许多妇女失去了丈夫，孩子没有了父亲，大部分年轻男子遭到日本士兵的杀害，另一部分则伤的伤、病的病，躺在这里缺医少药，谁也不敢上街，害怕被杀害，而我们还只剩下少量的粮食储备。我们的农民既无水牛又无稻种，怎能春耕播种呢？

在此，我们所有签名者再次恳请您的帮助。

栖霞寺庙难民（二十个签名略）

1938年1月25日

看完信，拉贝长叹一声，说："城内的情况其实并不比栖霞山寺庙好多少。你看看斯迈思等这几天整理的情况报告……"

拉贝随手从桌子上拿起几张纸，给辛德贝格看。这是"日军在南京暴行报告"的后续，这份报告已经登记到三百多个案情了。

辛德贝格看到如下报告——

2月2日下午，朱先生想返回位于建康路的家中，他与他朋友同行。他们到达铁管巷时受到五个日本士兵的阻拦，他们不得不听从日本兵的命令，为他们工作到深夜。从此他们再也不敢有试图回家的想法。

2月2日，江先生要返回位于新街口的住所，在云南路和中山北路的交叉口的一个街角，五六个日本兵遇见他，强迫他挑餐具到挹江旅馆。他办完事正要回家，在铁道部附近又遇上日本兵，要他把大米扛到上元门，他遵命完成后时间已晚，最后想想不得不放弃回家的想法。

2月3日：上午9时，一位十八岁的叫蔡晓喜（音译）的年轻男子离开难民收容所回家，走到四象桥时，因没有立即向日本兵行鞠躬礼，被该士兵用刺刀捅了一刀。今天下午，他回到我们这里接受医生治疗。

2月3日：上午10时左右，七八个日本兵闯进白下路江先生和江太太家——他们刚刚从安全区回到家，日本兵命令江先生出去，企图对他太太施暴。江立即指指袖子上的"国际委员会"标章，日本兵才悻悻地走了。江当晚带着太太回到安全区，他们说，回家太可怕，决定继续留在难民收容所。

2月3日，马太太回家途中，在同仁街某屋前被三个日本兵抓住，拖到一间屋子进行轮奸。马太太后来回到她原来的收容所……

后面的都是有关诸多妇女们离开安全区回家试图过日子时被日本兵或在家、或在途中强奸和轮奸的案例。辛德贝格没看几个就直骂："恶心！"

"这种情形下，如果我们把安全区放弃，将等于帮助日本人再次屠杀南京人嘛！"辛德贝格冲拉贝说，"无论如何我们不能这样做！"

拉贝拍拍丹麦朋友的肩膀，说："我们正在与各国驻华大使馆联系，争取他们的支持，并同日方和新成立的南京自治政府取得协调，力争保留国际委员会所担当的责任。"

"有结果吗？"彬彬有礼的辛德贝格看来也被形势逼得要发疯了。

"相信会有些结果。"拉贝说，"请向栖霞山的方丈们转达我的问候。他们那边的情况，我们一定协调顾及。现在的最大问题是，我们自己如何坚定对安全区的自信和自治能力，特别是食品的基本保证。"

"明白。"辛德贝格带着拉贝主席的一丝希望，离开了肮脏而焦味十足的城区。他对拉贝说："如果不是为了我那边两万多难民的事，一次也不想进城……"

拉贝苦笑道："可我们还必须每天二十四小时守着到处是尸体臭味的南京城。因为我们的岗位在这边——二十多万难民每时每刻在期待着我们。"

是的，无论南京城如何凄惨与肮脏，无论空气如何窒息与弥漫毒气，拉贝无法离开。2月4日，是日本要求安全区难民撤离的第一天，但除了拉贝和几个美国人住所内的难民们没有被日本军队驱赶处，其他区域几乎无一例外地遭到日军的强行而野蛮的破坏、骚扰。即便在拉贝一直关心的与他住处近在咫尺的金陵大学附中内的难民也纷纷又逃了回来。5日当日，负责这所中学难民的格兰姆斯先生向拉贝发出求救信：

尊敬的拉贝先生：

在此，请允许我转告您，越来越多的难民回到我们学校寻求保护。他们说，他们不可能继续留在家里，因为日本人不断进行骚扰，向他们要姑娘。如果他们不从，就威胁要杀死他们。形势从来没有像现在这样严峻。在这样的情况下，难民们怎能返回住所？请您给予他们仁慈的帮助，除了您和您的朋友之外，我再也不能请求他人保护。请您与德国、美国和日本大使馆商谈此事。难民来找我帮忙，可我却无力相助。自治委员会丝毫影响不了日本人。人们告诉我们，除了国际委员会，谁也不能保护我们，即使是自治委员会官员的夫人也跟平民百姓一样难免遭受日军的奸淫。我简直无法理解。自治委员会怎能在这样恶劣的情况下还要求难民返回自己的住所。他们自己也很清楚，在安全区外，谁也不能保护难民不受日本人的欺凌。

　　这些难民多么可怜，简直难以形容。我祈求上帝，不要离开中国，拯救我们吧！如果您及您的朋友不帮我们，谁还能帮助呢？恳请您及您的朋友考虑一下，通过什么途径帮助这些难民。

　　尊敬的、亲爱的拉贝先生，您是我们的先导，我写此信时已泪流满面，但愿上帝与您同在，请为我们祈祷吧！

　　　　　　　　　　　　　　　　　　您的D.G.格兰姆斯

　　"立即通知召开理事会！"拉贝对斯迈思说。下午，国际委员会在拉贝的要求下，再度召开了理事会紧急会议，重点研究了日军在安全区内驱逐难民后的形势、如何安置回来的难民及今后一段时间的工作。

　　"各位先生、各位女士：当前，我们可以说到了委员会成立以来最困难的时刻，大家无论如何要坚定我们的信仰和决心，其实也应当有理由坚定我们安全区的职责，这一点尽管日方不直接承认，但国际社会对我们的工作是普遍支持和同情的。现在我们面临的是：自治政府要求市民们回家，但多数难民他们不敢回家，或者说回家了又因为害怕日本兵的骚扰而回到了安全区来。这说明什么？说明了多数难民是信任我们而不信任日本人和自治政府的人。还有什么比这更值得我们继续为他们服务的理由吗？所以只要我们坚持，胜利一定属于我们！"拉贝是个商人，很少能说如此激情的鼓动话，但这一天他说了，说得很像一个德国政治家。斯迈思等美国朋友给予了拉贝很高的评价。

　　坚定战斗意志对此刻的国际委员会成员们来说，异常重要。

"寒冬总会过去，面包不能没有。"大家相互鼓励，困难似乎又在这群洋人面前变得轻如鸿毛。

这是1938年2月6日，拉贝收到了一份热情洋溢的信，是他的助手之一、金陵神学院安全区的陶忠亮代表他负责管理的全体难民感谢拉贝的。信这样写道：

尊敬的拉贝先生：

战争在上海爆发并不幸蔓延至南京时，国际委员会建立了南京安全区。它帮助难民免遭危险，获得安全，这件拯救工作使全体难民至死也难以忘怀。

我们——您的助手，愿为您的追求献出我们的全部力量，我们把这看成是我们的神圣职责。在辞旧迎新之际，我们收到您的来信，信中对我们的工作大加赞扬，随信还附上了十五元钱供我们欢度春节。虽然我们认为，我们不配接受这份礼物，但我们不予拒绝，以免让您生气，从而失去您的器重。根据您的指示，我们已把钱分发给各位工作人员。特写此信，以表示我们的衷心感谢。

您非常忠实的陶忠亮

代表金陵神学院难民收容所全体职工

自日军宣布要驱逐安全区内的难民以来，拉贝的神经每天都处在极度紧张状态，一件件令人忧心如焚的事困扰着他，但偶尔也有高兴事，比如他从罗森博士那里获悉，通过拉贝等多方努力，上海方面已经将一百吨蚕豆运往南京。这对处在饥饿与死亡边缘的南京难民来说，简直就是一个救命的消息，而对拉贝他们来说，让他的国际委员会更有了一份信誉，因为这样的物资援助是连日本军方都很难破坏的。因为这属于慈善援助，国际社会的眼睛都盯着呢！

但与此同时，拉贝又了解到了几件令他情绪扫地的坏事。其中有一件是，一个日本士兵闯入民宅，屋内住有一个妇女和她两个女儿。这个士兵想要强奸其女，遭到反抗。随后，日本兵把三个女人锁在屋子里，纵火烧屋，最后两个女儿烧成焦炭，母亲则烧得半死逃了出来……面对如此不断的暴行和噩耗，拉贝欲怒无奈，只得空握拳头。

"能做的就是更多地救助那些可怜的难民，或多给他们一碗粥喝、多让他们安全地睡上一夜……"拉贝内心一次次向上帝祈祷。

国际委员会的争取一直没有停止，拉贝在不停地向日方直接提出解决问题的指向。2月10日，他代表国际委员会向日方当局就"恢复秩序和纪律""食品供应"和"医院和卫生所的人员"等问题提出了要求。

在发上述信件给日本使馆方面的同时，拉贝也收到了一份来自上海报刊转载德国汉堡的新闻报道：

一个德国人卓有成效的工作

（上海1月10日讯）南京的许多报道一致肯定了德国西门子洋行（中国）驻南京代表拉贝值得赞扬的和卓有成效的工作。从11月中国当局完全撤离以来，他以难民区委员会主席的身份，实际上做了市长的工作。他在其他德国人和外国人的支持下，维护社会秩序，关心市民的福利。据日本大使馆一名代表报告，拉贝的工作对过渡时期是十分重要的，同时对目前为了居民和难民的利益而与占领军进行的合作也是很有益处的。留在南京的中国居民怀着感激的心情赞许拉贝的帮助。转自德国《汉堡消息报》

拉贝是个荣誉感特别强的人，尤其是来自自己国家的新闻消息他特别在乎，这也是他能够存在并如此贡献于中国难民的力量源泉之一。这篇新闻他看过后多次告诉朋友们。

离开南京的日子越来越近了，拉贝觉得身为"主席"的他，有必要做完两件事：审计在任委员会主席期间的财务情况和对未来委员会的命运作一安排。这也再一次显示和体现了他这个"精明的汉堡商人"的工作严谨性。

很快，财务报表和今后的财务预算送来了。"员工们的工资和医生的工资支出，必须件件落实，如果这方面留有问题，我宁可不走！"金陵大学报来的财务表中没有明确这一部分内容，拉贝很认真地要求细致地补充。

现在，拉贝要签署一份他认为他走后最重要的文件，即将"南京安全区国际委员会"名称改为"南京国际救济委员会"。

"我们选择这一名称，是为了更好地符合其目前作为纯民间救助组织的工作性质。为了更好地表达我们存在的理由，我和斯迈思博士会正式向日方提出上述请求。我本人——将不在新的机构里担任领导，但希望斯迈思、马吉、施佩林、米尔斯牧师等诸位成为这个新机构的领导人，过去的工作已经证明他们是卓越的……"2月18日，拉贝在国际委员会的最后一次理事会上，发表了"告别"讲话，斯迈思对会议作了认真记录。这些珍贵的资料后来都留在了美国耶鲁大学，成为世界研究南京大屠杀的重要历史档案。我有幸阅读到它们，就像与当年的传教士、基督徒、医生们在一起交谈那段无法忘怀的沧桑岁月……

拉贝在南京创办的主持难民安全区的功绩已被几乎全世界爱好正义的国家知晓，更不用说他在南京城内的影响，所以当他要离开南京的消息传出后，许多难民纷纷给他写信致敬。下面这一封由二十四位难民签名的信算是其中的一个代表吧：

尊敬的拉贝先生：

日本人占领本城后，从1937年12月16日起押走了许多中国人，据说是命令这些人为他们从事必要的劳动。这些人绝大部分是年轻人，有些还是未成年的孩子，我们的独生儿子也在内，他们都没有兄弟。许多人是商人家庭出身，从来没有当过兵；另一些人是手工业者或是小商贩，但大家都是本分的公民：现在留在家里的只有孤苦伶仃无依无靠的父母和祖父母，以及无人养活的妻子儿女。

我们从未有过财富。在您建立安全区时，我们希望能够在那里继续我们的生活和工作，并且不会受到伤害。可是，六十四天前，日本人突然从那里拖走了我们的儿子，我们直到今天还没有听到他们的消息。我们这些老老少少、女人们和孩子们，在安全区没有任何收入，在风里雨里，在严寒的冰雪天，等待着他们归来。如果这种情况继续下去，我们这些从未当过兵的人就会因饥饿和寒冷而死去。我们不知道我们的儿子们在哪里，也不知道他们如今怎么样，家属们日日夜夜都是在泪水中度过的，其中有些年老的和身体虚弱的因悲痛而病倒了。我们的笔难以给您描述这些人的痛苦。你们的委员会过去曾表示过，你们感到有责任去调查那些被押走的人和失踪者的下落。我们曾于1月28日和2月1日两次给您写信。现在又过去了几个星期，但是毫无结果。我们大家（我们这些为儿子、丈夫及其他人担心的人）走投无路，不知该向谁求救，但我们知道您心肠好、怜悯人，因此再次请求您找到能帮助我们的方法和途径，使那些年轻人能够回到我们身边，把赡养者还给家庭，搭救我们的性命。请求您告诉我们，您能为我们做些什么？那些年轻人是否还活着？他们此刻在哪里？（活着还是死了？）他们是否还能回到我们这里？什么时候能够回来？请您不要对我们隐瞒什么。请您把详细情况告诉我们。我们相信您的好心肠和怜悯心，我们将一辈子都感激您。

　　此致

敬礼！

　　　　　　您十分忠实的：

　　　　　　尤朱氏　　朱唐氏　　王苏氏

　　　　　　许朱氏　　许潘氏　　费于氏等二十四人

　　　　　　　　南京，1938年2月19日

　　拉贝是个办事十分认真的人，他对所有类似这样的来信，都一一回复，并且总是对对方期待的事尽可能地去努力处理和安排。

　　2月21日，国际委员会总部举办盛大招待会，这个招待会是专门为欢送拉贝所举行的。招待会是在一首悠扬中略带忧伤的曲子——《南京难民合唱曲》中拉开序幕的。这首曲子是由幽默大师麦卡勒姆牧师特意为拉贝所作，歌词独特：

"We want beans for our breakfast, beans for our lunch……（中文：我们要蚕豆做早饭，要蚕豆做午饭……）"当麦卡勒姆牧师将他所写的歌词告诉大家时，全场人都哄堂大笑，甚至连受邀的几个日本外交官都忍俊不禁地捧腹狂笑。拉贝觉得麦卡勒姆是个天才，他竟然能把一个严重而复杂的外交问题和关乎几十万难民生死的难题，用调皮的曲调表达出来，作为今天这个盛大而隆重的欢送仪式的主题曲，这也一下让整个招待会充满了苦中作乐的氛围。

斯迈思代表国际委员会，宣布了他们在拉贝缺席的情况下，召开了一次临时委员会会议，并把会议上的一个专门写给拉贝的决定当众宣读：

尊敬的拉贝先生：

我们荣幸地将下述决议通知您。该决议为今年2月15日在南京安全区九个区的区长及二十五个难民收容所所长第六次联席会议上作出的。会议一致决定：感谢南京安全区国际委员会主席约翰·M.D.拉贝先生为组织和管理安全区所做的极其宝贵的工作以及与此有关的救援和救济工作。对拉贝先生为南京居民的利益所做的努力表示最高的赞赏。我们将永远感激地记住他的名字。

上述决议也应该向西门子洋行（中国）和德国大使馆通报，使他们了解南京居民对拉贝先生在这段困难时期所做工作的感激之情。

上述会议，还委托签名者向西门子洋行（中国）提出请求，在可能的情况下，保留您在南京的住房以及国际委员会主席的职务。

虽然安全区本身已经不再存在，但居民们的困苦仍然很大，比以前更加需要对他们进行救济。由于这个原因，全体区长和收容所所长请求您，如有可能，继续在这里工作。告别像您这样一位经过困境考验的朋友，使我们大家深感遗憾。

因此我们十分希望，西门子洋行（中国）会考虑我们的请求，允许您为南京的利益继续您的工作，并请您在它的同意下决定继续留在我们这里。如果不能如我们的心愿，也仍然希望您不久就会回到我们这里来，给原有的友谊换上新的纽带。它在过去的几个月内对我们变得如此的珍贵。

十分感激和忠实于您的

南京安全区各区区长和

各难民收容所所长的代表

这份由董沈玉先生书写、南京安全区全体国际委员会委员和各区区长、难民收容所所长签名的"决议书"至今仍然保留在中国第二档案馆，长长的签名足以证明拉贝在任南京国际委员会主席期间的工作广泛受到拥戴。

这是拉贝获得的最高荣誉，尽管它是非官方的。

2月23日，拉贝在他最信任的中国助手韩湘琳和公司助手施佩林等人的陪同下，登上停靠在长江边的英国"蜜蜂"号炮艇。英国大使馆及炮艇司令长官等热烈欢迎他的到来。

"呜——"炮艇拉响一声长鸣的汽笛，滚滚的长江水顿时在艇尾翻卷……此刻，拉贝与码头上欢送的人群频频招手。他内心不由泛起难以压抑的波涛：啊，别了，我亲爱的南京！别了，我们几十万苦难而叫人牵挂的难民！

在艇船上，拉贝看到了刚刚出版的上海德文报纸上的一篇题为《向约翰·拉贝先生致敬》的短评上说：

当日本的部队在11月底以极快的速度向中国首都南京挺进时，在外国人的私人圈子里产生了建立一个安全区的想法，使外国的侨民和中国的平民在预期发生的战斗时可以找到一个避难的地方。

国际委员会由此诞生了。它把不同国家的公民（其中有三个德国人，还有美国人、英国人等）联合了起来。西门子洋行（中国）南京办事处代表约翰·拉贝先生在他的全体委员们的信任下，被任命为委员会的主席。

战斗爆发时，安全区已经组织完毕。委员会的成员们本来可以到停泊在扬子江上的轮船上去避难，这并不困难。可是，拉贝先生和他的委员们放弃了让自己到安全地方去的机会，决心将承担的使命进行到底。由于他们不怕自我牺牲的行动，在中国部队撤退和日本人占领南京后那些困难日子里，数十万人得以免受饥饿和寒冷。他们在力所能及的情况下保护数十万人免受可怕的遭遇。

只有在不顾个人安危的全力投入下，国际委员会的成员们才能做出这种完全是人道主义的贡献。

安全委员会的主席承担着最大的工作压力，工作的成功主要应归功于他。约翰·拉贝先生在南京困难的日子里，证明了自己是一个完美的人，他的献身精神，给"德意志"这三个字和他的祖国带来了荣誉。

南京的安全区委员会在我们中间人人皆知，我们十分高兴地获悉，拉贝先生已于昨天下午抵达了上海，他还是那么身体健康和精神饱满。他的夫人已在上海十分焦急地等了他很长时间，她的心情我们是可以理解的。他肯定会受到他在上海的全体同胞的热烈欢迎！

一定是先行到上海洋行总部的克勒格尔一帮朋友们弄出来的。拉贝内心很开心地猜想。

不过，拉贝更喜欢他口袋里的另一封"表扬信"，因为这是德国驻华大使特劳特曼博士的亲笔信。拉贝认为，这可以称得上是德国官方和政府对他在南京工作的肯定：

尊敬的拉贝先生：

鉴于您在1937年11月至1938年2月义务担任南京安全区国际委员会主席及后来的南京国际救济委员会主席期间，冒着生命危险，以人道主义的精神所做出的富有成就和勇于牺牲的工作，我向您表示我的赞赏。

此外，我也真诚地感谢您在这期间勇敢地为保护德国在南京的财产所做的个人努力。

您的行为给我们的祖国带来了荣誉。

请允许我通知您，为表彰您在南京的工作，我已请求外交部向德国红十字会建议授予您一枚奖章。

特劳特曼博士

1938年2月25日下午2时许，拉贝乘坐的船艇抵达上海。码头上，他与久别的爱妻重逢。俩人长时间地拥抱，场面感人。

在上海，他第一次向外界公开讲述了他所经历的日军在南京大屠杀中的暴行，从此他的名字在新闻报刊时常出现。

在他的故乡德国，他做了同样的事。然而几年后，第二次世界大战结束，以希特勒为首的法西斯失败，日本也被打败。拉贝的命运则成了一个特别：一会儿被捧为英雄，一会儿成为法西斯代表——因为他的纳粹身份无法逃避战后的严讨与追查。

关键时刻，中国各界和有关方面纷纷站出来为拉贝提供和出示了他在南京反日本法西斯时所作的特殊贡献的证据。这才为拉贝的"纳粹"污蔑加以澄清。下面是盟国占领区委员会主席杨克签发的一份法庭判决书：

盟国肃清纳粹法庭复议庭认定
拉贝为非纳粹分子的判决

现在从事口译工作并且有时被西门子公司临时聘用的拉贝在中国生活了很长时间，并且于1934年在中国加入德国国家社会主义工人党。他当时在南京建立了一所德国学校，有必要获得德意志帝国的支持，因此他必须加入该党。1935年约翰·拉贝临时担任了该党南京地方组织负责人。当时在中国的德国人并不了解国社党的罪恶目的和犯罪行径，有关这一点，证人的证词可以证实。南京安全区在日本人突破防线的时候建立，在美国人和英国人的请求下，拉贝担任了该委员会主席。作为委员会主席他似乎是使得安全区避免了日本人轰炸。1938年拉贝回到德国，途中他作为贵宾乘坐了英国"蜜蜂"号炮艇到上海。拉贝在德国作了数场关于日本人残酷非人的战争行径的报告，因而被盖世太保逮捕，并被禁止进一步从事有关这方面的活动。战争期间，拉贝的工作是负责照料西门子驻外工作人员。

阿尔夫雷德·霍普和阿尔贝特·阿尔姆布鲁斯特与拉贝一起在中国待过，而且不是党员，这两个证人以及所获得的可代替宣誓证词的陈述词均能证明以上的全部内容，特别还要考虑到的因素有，在1934年的时候，国家社会主义工人党的政策和帝国主义的目的在中国尚不被人所知。

　　鉴于以上所述，同时也尊重上述人所具有的人道主义的和社会的观念，委员会经多数票通过，支持认定其为非纳粹分子的提议。

　　一位德国纳粹在中国南京所建立的特殊功勋，为拉贝的命运画上了句号。

图书在版编目（CIP）数据

拉贝先生 / 何建明 著. —— 北京 ：作家出版社，2014.10
ISBN 978-7-5063-7652-5

Ⅰ. ①拉… Ⅱ. ①何… Ⅲ. ①长篇小说 – 中国 – 当代
Ⅳ. ①I247.5

中国版本图书馆CIP数据核字（2014）第246880号

拉贝先生

作　　者：	何建明
责任编辑：	秦　悦
装帧设计：	语可书坊·于文妍
出版发行：	作家出版社
社　　址：	北京农展馆南里10号　　邮　　编：100125
电话传真：	86–10–65930756（出版发行部）
	86–10–65004079（总编室）
	86–10–65015116（邮购部）

E–mail:zuojia@zuojia.net.cn
http://www.haozuojia.com（作家在线）

印　　刷：	北京中科印刷有限公司
成品尺寸：	133×214
字　　数：	195千
印　　张：	9.125
版　　次：	2015年1月第1版
印　　次：	2015年1月第1次印刷
ISBN	978-7-5063-7652-5
定　　价：	38.00元